여행의 질문

여행의 질문

1판 1쇄 인쇄 | 2020년 12월 15일
1판 1쇄 발행 | 2020년 12월 25일

지은이 | 이재경
펴낸이 | 김무영
편 집 | 나정원, 변지영
본문디자인 | 이다래
표지디자인 | 이다래
독자편집 | 심해리, 유혜은, 이금임, 이지영, 지은정, 최인복
인 쇄 | ㈜민언프린텍
종 이 | ㈜지우페이퍼

펴 낸 곳 | 텍스트CUBE
출판등록 | 2019년 9월 30일 제2019-000116호
주 소 | 03190 서울시 종로구 종로80-2 삼양빌딩 311호
전자우편 | textcubebooks@naver.com
전 화 | 02 739-6638
팩 스 | 02 739-6639

ISBN 979-11-968264-7-5 03810

※ 이 도서의 국립중앙도서관 출판예정도서목록(CIP)은 서지정보유통지원시스템 홈페이지(http://seoji.nl.go.kr)와
  국가자료공동목록시스템(http://www.nl.go.kr/kolisnet)에서 이용하실 수 있습니다.
  (CIP제어번호: CIP2020051172)

journey of life

이재경 지음

여행의 질문

인생 여행자를 위한
코칭 에세이

인생이라는 여행에서 만나는
수많은 질문들

41개국 140개 도시.

그동안 여행으로, 비행으로 내가 발 도장을 찍은 전 세계 도시의 숫자이다. 나조차도 이렇게 많은 곳을 돌아다니게 될 것이라고는 상상하지 못했다. 90일간 부지런히 돌아다녔던 배낭여행 덕분이기도 했고, 삶의 전환기마다 떠났던 여행 덕분이기도 했다. 한편으로는 10년 간 승무원으로서 일해온 덕이기도 하다.

인생의 방향을 잃고 방황하던 20대 무렵, 나는 우연치않게 승무원이 되었고, 무수히 많은 낯선 도시들을 돌아다니며 '장소의 이동으로서의 여행을 도와주는 일'을 10년간이나 하게 됐다. 이것 역시 애초부터 계획에 있었던 일은 아니었다. 그리고 10년 후, 또 한 번 인생의 전환기를 맞으며 현재는 '내면의 여행을 도와주는' 라이프 코치로 살고 있다. 뒤돌아보면 오늘의 내가 있기까지, 내 인생의 고비 고비마다 여행이 있었다. 그 당시 직면해 있던 삶의 문제들을 풀기 위해서 떠난 것은 아니었다. 그저 여행을 떠나야 할 때라는 생각이 들었고, 그 목소리를 무시하지 않았을 뿐이다. 그러고 보면 인생은 나를 어디로 데려다줄지 모르는 불확실함 투성이였지만, 또 나름대로 나쁘지 않은 여행이기도 했다.

이런 무수한 여행의 시간과 비행하며 낯선 땅에 발을 디뎠던 경험들은 나에게 여행이 아니라, 오히려 삶에 대해 생각하게 해 주었다. 나만의 여행경험은 나라는 필터를 거쳐 나만의 자양분으로 저장됐고 오로지 나만의 것이었다.

특히, 코칭이라는 분야를 접하고 조금씩 알아가면서 나는 여행과 삶의 속성이 닮아 있는 것처럼 코칭도 역시 여행과 공통점이 많다는 사실을 발견하게 됐다. 코칭 자체가 스스로 해답을 찾아가는 과정이고, 나 자신을 탐험하는 일이기도 하다. 여행자의 가장 중요한 태도 중 하나인 호기심은 전문 코치들에게 가장 중요한 역량 중 하나이기도 하다. 여행 중, 예상치 못한 난관에 부딪히게 되더라도 원인에 집착하기보다, 빠르게 상황을 받아들이고 지금 할 수 있는 것들에 집중하며 자신만의 방법을 찾아내 여행을 이어가는 것 역시 코칭의 속성과 닮아 있다. 처음 코칭을 시작할 때 다른 사람들의 관점과 다양한 생각을 보다 유연하게 받아들이고 호기심을 가질 수 있었던 것도, 어쩌면 여행의 태도로부터 온 것이 아닐까 생각하게 되었다. 코칭할 때 코치는 주로 질문을 하고, 고객은 여행한다. 나는 그 여행을 도와주는 조력자일 뿐이다.

여행과 우리의 삶, 그리고 코칭이 닮아있다면 이것이야말로 나만이 할 수 있는 이야기라고 생각했다. 여행의 경험, 그리고 질문하는 직업을 가지고 있는 나만이 할 수 있는 이야기. 이 책은 그렇게 시작되었다. 나답게 살기 위해 스스로에게 질문하고 고민하고 실행했던 한 사람, 불확실함에 내던져본 경험이 있는 '나'라는 삶의 전문가로, 많은 사람들의 내면 여행을 도와준 코칭 전문가로 말이다.

여행과 코칭의 경험을 통해, 여행이 준 질문을 우리 스스로에게 던지고 나의 목소리에 귀 기울이면 내가 원하는 방향으로 내 삶의 맥락이 바뀔 수 있다는 것을 나는 믿게 되었다. 우리는 여행을 다녀오면 뭔가 인생이 드라마틱하게 바뀌어 있거나 인생의 해답을 찾을 수 있을 것이라는 환상에 빠지곤 한다. 하지만 우리의 인생은 그렇게 단순하지 않다. 단 한 번의 여행으로 바뀔 삶이었다면 왜 변화하지 못하고 늘 고민하는 것일까. 결국 여행 자체만큼이나 중요한 것은 여행의 경험, 여행자의 마음가짐과 태도를 우리의 삶으로 옮겨오는 것이다. 코칭에서도 마찬가지이다. 전문 코치에게 코칭을 받는다고 해서 인생이 한순간에 확 바뀌지 않는다. 더 중요한 것은, 코칭을 통해 발견한 것을 삶으로 옮겨와 실행하며 하루하루 앞으로 걸어나아가는 것이다.

그래서 이 책은 여행에 대한 이야기이지만, 삶에 대한 마음가짐과 태도에 대한 이야기이자, 인생이라는 여행에서 만나는 질문이기도 하다. 어쩌면 여행은 불확실한 환경 속에 나 자신을 인위적으로 밀어 넣는 행위이다. 하지만 우리는 불확실하다고 해서 불안해하기보다는 여행을 즐겼고, 여행 중에 생긴 예상치 못한 상황들에 잘 대처했으며, 결국 무사히 여행을 완성했다. 한치 앞을 알 수 없는 불확실한 시대를 사는 우리가 이런 여행자의 마음가짐과 태도를 가지면,

좀 더 즐기면서 삶을 여행할 수 있지 않을까. 우리의 삶이 하나의 여행이라면, 여행이 나에게 던진 질문들을 우리 삶으로 가져와 나 스스로에게 질문할 수 있다면 좀 더 나답게 살 수 있지 않을까.

그러므로 불확실한 시대일수록 여행자의 마음과 태도가 필요하다고 생각한다. 여행을 통해 나 자신에게 던졌던 질문을 삶으로 가져와, 여러분과 함께 나누고자 한다. 나답게 산다는 것은 곧 자신에게 질문하고 나만의 해답을 창조해 내는 것이다. 질문하지 않고 나만의 해답을 만들려 하지 않는다면 다른 사람이 만들어 놓은 삶을 살 수밖에 없다. 여행이 나에게 준 질문들에 하나씩 답해 가는 과정은 곧 '나에게 말을 거는 연습'이기도 했다. 동시에 나 자신을 경청하고 공감하는 시간이기도 했다. 우리는 다른 사람들에게는 질문하고 타인에 대한 경청의 자세를 강조하면서, 정작 소중한 나 자신에게는 질문하지 않고 나의 목소리에 경청할 생각을 하지 못한다. 가장 먼저 여행을 해야 할 대상은 어쩌면 바로 나 자신이어야 할 것이다.

텍스트CUBE 김무영 대표를 처음 만난 건 2014년의 일이다. 막연하게 언젠가 한 번은 여행에 대한 이야기를 써 보고 싶다는 생각으로 찾아갔던 글쓰기 수업에서였다. 이듬해 나는 퇴사를 했고 전문 코치의 길로 접어들었다. 직장인에서 퇴사자로, 불안한 프리랜서에서 코칭 전문가로 성장하는 동안, 김무영 대표는 작가, 글쓰기 강사에서 출판편집자로 그리고 어엿한 출판사 대표로 성장해 있었다. 그렇게 각자의 삶을 여행하다가 때가 되어 우연히, 하지만 운명처럼 우리는 다시 만나게 되었다. 책은 나 혼자 잘 쓰면 된다는 오만한 생각도 잠시, 나의 원고는 많은 출판사로부터 퇴짜를 맞은 후, 텍스트

CUBE를 만나 비로소 『여행의 질문』이라는 이름으로 세상에 태어날 수 있었다. 그렇기에 이 책은, 나답게 살고자 하루하루 충실했고 즐기며 살아온 인생 여행자들의 합작품이기도 하다. 또한 코칭이라는 분야가 보다 널리 올바르게 알려져 우리의 삶에 스며들고 문화로 자리 잡길 바라는 전문 코치로서의 소명이 담긴 책이기도 하다. 그래서 더욱 소중한 첫 책이다.

　나답게 살고자 하는, 나 자신을 정성스럽게 사랑하는 모든 인생 여행자들에게 이 책을 선물하고 싶다.

우리 모두는
인생의 여행자입니다.

인생은 마치 여행과 같습니다. 지난 시간을 추억 삼아 미소짓기도 하고, 때로는 익숙한 듯 그러나 마치 난생 처음인양 새롭고 당황스럽기도 합니다. 우리의 인생은 불확실한 미래에 두려워 하면서도 설렘과 호기심으로 떠나보는 여행과 같습니다.

『여행의 질문』은 이렇듯 인생 여행을 하는 모든 독자에게 한 번쯤 스쳐 지나갔을 삶의 질문을 살포시 가슴에 던져줍니다. 누군가 나에게 질문을 던져줄 때 익숙했던 것이 새롭게 다가오듯 책장을 넘기며 흘려보냈던 내 삶의 소중한 순간을 하나하나 챙겨보게 됩니다. 다시 그 순간으로 돌아가서 새롭게 살 수는 없지만 '여행의 질문'과 함께 새로운 시간과 장소로 이동하며 저자와 함께 나의 스토리를 다시금 펼쳐보고 스스로 질문을 해보게 됩니다. 그러다 보면 어느새 후회보다는 아름다운 시간들로 축적이 되어 지금부터 떠나는 인생 여행은 여행의 길 위에서 만들어가는 나만의 인생을 꿈꿔보게 됩니다.

여행과 함께 다가온 또다른 대화

코칭은 질문과 경청을 기본으로 하는 대화입니다. 코치는 이를 통해 스스로 답을 찾고 우리 삶의 여러 이슈를 해결할 수 있도록 도우며, 원하는 삶의 주인으로 살 수 있도록 파트너가 되어줍니다. 이렇듯 질문에 익숙한 코치이지만 여행과 함께 다가오는 질문은 또 다른 경험이었습니다. 풍성한 감성이 담겨있고, 다양한 시각의 이동이 있고, 아름다운 장소가 주는 영감이 있어 여러 코치에게 코칭을 받은 듯한 느낌입니다.

코로나19로 인해 전 세계가 불안하고 하루하루의 삶이 힘겹게만 느껴집니다. 모든 것이 빠르게 변하고 모호해서 불안할 때, 믿어야 하는 것은 바로 나 자신이며 가장 확실한 것은 내 안에 가지고 있는 것들일 것입니다. 코치는 모든 해답은 우리 안에 있고, 무한한 가능성을 가지고 있으며, 전인적이고 온전한 인간이라는 코칭철학을 믿습니다. 그럼에도 불구하고 우리는 내 안에 있는 것을 보기보다 자꾸만 주변을 두리번거립니다. 이럴 때 코치는 질문을 통해 자신에게 집중하도록 하고 모든 가능성과 힘이 자신으로부터 나오는 경험을 하도록 합니다.

'자신감'이야말로 매 순간의 모호함과 불안을 뚫고 나가도록 하는 힘입니다. 코칭 질문을 통해 자신이 살아온 인생이 헛되지 않았고 매 순간 최선을 다하고 있었음을 인정할 때, 그리고 지금도 나의 최고를 발현하기 위해 나만의 방법으로 최선을 다하고 있다고 믿을 때 우리는 앞으로의 인생 여행에서 주인공이 됩니다.

저자는 인생이라는 여행에서 마주했던 질문들을 『여행의 질문』을 통해 독자들에게 질문하고 있습니다. 이 책을 읽는 여러분도 질문에 대한 나만의 답을 찾아가다 보면 셀프코칭이 될 것이라고 생각합니다. 코치의 도움으로 고객 스스로 답을 찾아가는 과정이 코칭인 것처럼 『여행의 질문』은 여러분의 멋진 코치가 되어 줄 것입니다. 저자의 다양한 여행의 경험과 코치로서의 진솔함이 담겨있는 『여행의 질문』이 나만의 답을 찾아가는 또 다른 여행을 선사해주었습니다.

박정영

(주)CiT코칭연구소 대표
ICF국제코칭연맹 마스터코치(MCC)
(사)한국코치협회 슈퍼바이저코치(KSC)

목차

1부

여행을 망설이는 당신에게

나는 내 인생의 중요한 전환기에 또 한 번 여행의 부름에 응답하고 싶었다. 미안함과 죄
책감과 불편한 타인의 시선에 잠시 눈을 감고 여행을 선택하기로 했다. 이기적인 엄마라
해도 어쩔 수 없다. 퇴사를 고민하며 나는 그 무엇인가가 아닌 '나'로 살기로 했으니 말이
다. 아이들 때문에 어쩔 수 없이 회사를 그만둔 것이 아니라, 내가 진정 원하는 삶을 살기
위해 불확실함을 선택했다. 아이들을 위해 자신의 인생을 희생하는 엄마의 모습이 아니
라, 자신의 삶을 행복하게 잘 사는 한 '존재'로서의 모습을 보여주고 싶었다. 그렇게 나는
스스로를 설득하며 남편의 이해와 가족들의 도움으로 홀로 하와이로 향했다.

1장

나에게로 떠난
여행

혼자서 여행 한 번 가는 일이 이렇게 어려운 일이었던가. 나이를 먹을수록 역할이 많아지면서 할 수 있는 것보다 하면 안 되는 일들이 더욱 늘어난 것 같다. 그렇지만 이번에는 엄마라는 이름표를 잠시 내려놓고 오랜만에 여행의 부름에 응답하기로 했다. 인생의 전환기. 불확실함의 파도를 선택한 지금, 늘 그랬듯 나는 다시 한 번 여행이라는 불확실함의 길 위에 서 보기로 했다.

비행이 아닌, 여행을 시작하며

●

　비행이 아니라 여행이었다. 신혼 여행객들로 가득 찬 비행기 안에 나는 홀로 탑승했다. 결혼식을 마치자마자 바로 비행기에 오른 듯, 짙은 신부 화장에 커플티를 맞춰 입은 신혼부부 옆자리에 앉아 그들만의 달콤함을 홀로 견디며 8시간을 날아가는 중이었다.

　하와이. 승무원으로서 내 마지막 근무지였다. 회사에 사표를 내고 받은 마지막 스케줄표에는 하와이에서 도쿄를 경유해 인천공항에 도착하는 날 이후로 아무 것도 적혀있지 않았다. 막상 텅 비어있는 스케줄표를 보니 실감이 나지 않았다. 10년 가까이 일했지만, 사직서가 처리되는 건 1주일도 채 걸리지 않았다. 승무원으로 살았던

10년의 시간이 스케줄표 하나로 정리됐다. 아주 간단했다.

나는 내 마지막 비행을 정리하면서, 일이 아닌 여행으로 하와이에 다시 오고 싶다고 생각했었다. 1년 내내 좋은 날씨와 멋진 풍광, 맛있는 먹거리와 쇼핑, 그리고 서핑이 있는 곳. 언젠가 여행자의 신분으로 다시 방문해, 평범한 일상의 여유를 만끽하는 아이러니를 경험해 보고픈 곳이 하와이였다. 하지만 이런 곳을 비행으로 올 때에는 여유롭지 못했다. 24시간이 채 되지 않는 체류 시간 동안 하와이를 느끼기에는 턱없이 부족했다. 더구나 노동자의 마음가짐과 여행자의 마음가짐은 다를 수밖에 없다. 그래서 나는 언젠가 이곳을 비행이 아니라 여행으로 다시 오겠노라 다짐했었다.

그리고 지금, 그 다짐이 현실이 되는 시간이다. 나는 퇴사하고 얼마 지나지 않아 하와이행 비행기에 몸을 실었다. 퇴사 이후, 넘쳐나는 시간을 아이들과 함께 혼연일체가 되어 부대끼는 하루하루였다. 나는 일하는 엄마의 부재를 한꺼번에 보충이라도 하듯 '완벽한 엄마'의 모습으로 꽉 찬 하루하루를 보내고 있었다. 늘 갈증을 느꼈던 아이들과의 충분한 시간은 행복한 일이었다. 이 역시 익숙한 일상이 되어 갈 무렵, 이것이 내가 퇴사를 선택하며 원했던 삶의 모습인가에 대한 질문이 스멀스멀 올라오기 시작했다.

'다시 한 번 여행을 떠나야겠다.'

생각해 보니 결혼을 하고 '엄마'가 된 이후, 나는 혼자서 여행을 간 적이 한 번도 없었다. 결혼 전에 나는 너무나 익숙하게 혼자 여행을 다녔었는데 말이다. 20대 때까지 몇 번의 전환기마다 나는 여행을 선택했었다. 의도했던 것은 아니었지만, 지나서 생각해 보니 그것은 삶의 새로운 전환을 맞이하는 나만의 의식같은 것이었다. 30대 인생의 큰 전환기를 지나고 있는 나는 다시 한 번 여행을 떠나야 할 때라는 걸 느꼈다. 그것은 묵묵히 잘 견뎠고, 큰 결단을 내렸고, 새로운 출발을 위한 용기를 기꺼이 낸 나를 위한 선물이기도 했다. 이왕이면 마지막 비행을 다녀온 곳으로 여행을 떠난다면, 지난 10년의 커리어를 정리하고 앞으로의 커리어와 삶에 대해 생각하기 좋을 것 같았다. 그러고 보니 하와이는 내 삶의 전환기에 두 지점을 잘 연결해줄 최적의 여행지였다. 그래서 나는 결심했다. 다시 한 번 여행을 떠나보기로.

결혼하고 처음으로 혼자서 여행을 다녀오겠노라고 선언했을 때, 그 누구도 반대하거나 의아하게 생각하는 가족이 없었다. 그도 그럴 것이, 며칠씩 집을 비우는 것은 내가 비행근무를 하는 것만큼이나 가족들에게도 익숙한 일이었다. 하지만 문제는 나였다. 어찌보면 상황은 바뀐 것이 없는데, 비행이 아니라 여행이라는 사실이 왠지 미안했다. 더구나 '엄마'라는 존재는 가족을 떠나 혼자 여행을 가려면 남은 가족들의 많은 이해와 도움이 필요하다. 아이들을 친정엄마에게 맡기고, 남편의 협조를 구하면서까지 혼자서 여행을 다녀온다는 것은 썩 마음 편한 일이 아니었다. 아이들에게도 미안했다. 죄책감마저 들었다. 시댁 부모님들은 또 어떻게 생각할지도 걱정이 됐다. 주변 사람들의 시선도 신경 쓰였다. 누가 뭐라고 하는 것도 아닌데, 나는 나 스스로 이전과는 다른 나의 위치를 생각하며 망설이게 됐다. 여행 한 번 가는 일이 이렇게도 어려운 일이었단 말인가. 시간만 있다면, 마음만 먹으면 훌쩍 떠날 수 있던 혼자만의 여행이, 결혼을 하고 '엄마'라는 이름표를 달고 나니 더 이상 호락호락한 일이 아니게 되었다. 하지만 나는 내 인생의 중요한 전환기에 또 한 번의 여행의 부름에 응답하고 싶었다. 미안함과 죄책감과 불편한 타인의 시선에 잠시 눈을 감고 여행을 선택하기로 했다. 이기적인 엄마라 해도 어쩔 수 없다. 퇴사를 고민하며 나는 그 무엇인가가 아닌 '나'로 살기로 했으니 말이다. 아이들 때문에 어쩔 수 없이 회사를 그만둔 것이 아니라, 내가 진정 원하는 삶을 살기 위해 불확실함을 선택했다. 아이들을 위해 자신의 인생을 희생하는 엄마의 모습이 아니라, 자신의 삶을 행복하게 잘 사는 한 '존재'로서의 모습을 보여주고 싶었다. 그렇게 나는 스스로를 설득하며 남편의 이해와 가족들의 도움으로 홀로 하와이로 향했다.

다시 여행자로

드디어 하와이에 도착했다. 와이키키 해변은 여전했다. 바람은 산뜻했고, 바다는 예뻤다. 서프 보드가 알록달록하게 바다를 장식하고 있었고, 일광욕을 즐기는 사람들로 가득했다. 얼마 전, 비행으로 왔을 때와 같은 모습이었지만 느낌은 완전히 달랐다. 내가 달라져 있었기 때문이리라.

혼자만의 여행이었지만 완전히 혼자는 아니었다. 처음 이틀은 마

침 하와이로 비행을 온 회사 선배를 만나 함께 시간을 보내기로 하고 같은 곳으로 숙소를 정했다. 함께 맛집을 찾아다니고 해변을 거닐며 하와이의 공기를 만끽했다. 숙소 근처 슈퍼마켓에서 와인과 치즈를 샀다. 말이 잘 통하는 그녀 덕분에 지난 10년의 직장생활이 밤새도록 생생하게 와인 잔 위로 떠올랐다가 목구멍을 타고 호로록 넘어가곤 했다. 가족이 아닌 누군가와 여행을 온 것도, 밤새도록 가족들이 아닌 오롯이 '나'에 대한 이야기를 나눠본 것도 매우 오랜만이란 것을 깨달았다. 20대 중반의 무수했던 유럽 게스트하우스에서의 밤과 라오스에서의 며칠 밤들이 스쳐 지나갔다. 와인에 약한 나는 살짝 알딸딸한 상태가 되어 혼자 하와이로 여행을 와 있는 지금 이 시간이 약간 비현실적이라고 느꼈고, 가족은 잠시 잊고 까무룩 잠이 들었다.

다음 날에는 한국으로 돌아갈 비행준비를 하는 선배와 작별인사를 나누고 숙소를 옮겨 게스트하우스로 갔다. 하와이까지 와서 근사한 호텔에 계속 묵으면 좋겠지만, '혼자 하는 여행이라면 역시 게스트하우스'라는 나름의 공식을 갖고 있었다.

나는 독립된 공간이 보장되는 좋은 호텔보다는 다른 사람들과 어울릴 수 있는 게스트하우스의 도미토리룸에 묵는 것을 좋아한다. 그건 혼자 여행을 하며 가장 좋았던 점이기도 했다. 유명한 관광지를 보는 것보다, 다양한 사람들을 만나 그들의 삶을 보고 듣는 것이 훨씬 좋았다. 오랫동안 잊고 지냈지만 다양한 삶을 만나는 시간을 나는 그리워하고 있었나 보다. 20대에는 돈을 아끼기 위한 어쩔 수 없는 선택이었지만, 지금은 오롯이 나를 위한 선택이었다.

구글맵의 도움을 받아 도착한 게스트하우스는 전날 묵었던 호텔 바로 옆 골목에 있었다. 걸어서 불과 5분 거리였다. 비행근무를 위해 하와이에 몇 번이나 와 봤지만 이런 곳도 있다는 건 처음 알았다. 역시 어떤 마음가짐으로 오느냐에 따라 볼 수 있는 것도 달라지는 모양이다. 문 손잡이마저 하와이 파도 모양으로 돼 있는 게스트하우스는 서핑의 본고장에 왔다는 것을 실감하게 해 주었다. 복도의 곳곳에 서핑사진이 걸려 있고, 알록달록한 색감으로 해변의 커다란 파도가 그려져 있었다.

내가 배정받은 6인실에는 스웨덴에서 여행을 왔다고 소개하는 20대의 앳된 친구들 4명이 각자 침대를 차지하고 있었다. 짐을 푸는 동안 그들은 시끌벅적하게 인사를 건네고 서핑을 하러 해변으로 나갔다. 나도 대충 짐을 풀고 밖으로 나가 본격적으로 혼자만의 시간을 즐길 준비를 했다. 트롤리trolley, 하와이의 주요 교통수단 중 하나로, 주요 관광지와 쇼핑센터를 순회하는 오픈형 버스를 타고, 일로 왔을 때는 미처 가보지 못한 교외의 주요 관광지 곳곳을 누볐다. 하와이의 아름다운 풍광을 눈에 담으며 천천히 걷다 서다를 반복했다. 한국으로 돌아갈 비행근무를 생각하지 않고 있음을 깨닫고 비로소 여행을 와 있구나 실감했다.

한껏 하와이를 즐기고 게스트하우스로 돌아와 휴식을 취하고 있는데, 서핑을 하러 나갔던 스웨덴 친구들이 시끌벅적하게 돌아왔다. 맥주와 간식거리를 공용 식탁에 한껏 펼쳐 놓고는 나에게 함께 하지 않겠냐고 권했다. 나는 내심 기다렸다는 듯 그들 사이에 끼어서 한국에서 가져온 과자들을 풀어놓았다. 처음 먹어보는 한국 과자를 그녀들은 매우 좋아했다. 맥주를 함께 나누며 한국과 스웨덴의 이야기를 주고 받다가 내 나이가 그들과 10살 넘게 차이가 난다는 사실을 알고는 매우 놀라워했다. 비슷한 또래라고 생각했다는 말에 농담인 걸 알면서도 나는 흡족해 했고, 두 명의 아이가 있다는 말로 다시 한번 그녀들을 본의 아니게 놀라게 했다. 잠시, 다시 한번, '엄마'라는 이름표를 떠올리는 순간이었다. 밤늦은 시간이 되자 그녀들은 클럽에 가는데 함께 가지 않겠느냐고 물었고, 겉모습과는 달리 체력은 나이를 속일 수 없었던 나는 쉬고 싶다고 거절하고 혼자 남아 곧바로 곯아떨어졌다.

다음 날은 서핑을 배워보기로 했다. 수영을 못하고 물을 무서워하는 내가 서핑을 배워보겠다고 마음먹었다는 것은 엄청난 용기를 냈다는 뜻이다. 이번 여행에서는 그동안 해 보고 싶었지만 선뜻 도전하지 못했던 것들에 너그러워져 보기로 했다. 어쩌면 어디에도 구속받지 않는 프리랜서의 삶을 살겠다고 안전한 조직을 뛰쳐나온 내가, 앞으로 마주할 세상의 험한 파도를 헤쳐나가기 위해 필요한 자세인지도 모른다는 생각이 들었다. 아무것도 정해지지 않은 불확실한 길에 발을 내딛기 위해서 안전해 보이는 끈을 잘라버린 결단이 단순한 무모함으로 끝나지 않으려면 앞으로 나는 무수한 도전과 용기를 필요로 했다. 그러니 일단 부딪혀 봐야 뭐든 알 수 있지 않을까. 무언가 할 일이 정해져 있지 않다는 것은 무엇이든 할 수 있다는 가능성의 의미이기도 하니까 말이다. 그런 면에서 불확실한 삶이라는 파도를 제대로 즐겨보기 위해 실제로 '파도타기'를 배워 보는 것도 꽤 괜찮은 선택인 것 같았다. 진짜 파도타기를 경험해 본다면 어쩌면 삶의 파도를 타는 자세도 배울 수 있지 않을까. 더구나 내가 지금 있는 곳은 서핑의 본고장이지 않은가! 여기서 서핑을 배우는 것도 참 근사한 일이라고 생각했다.

하와이의 파도가 가르쳐 줄거야

근사한 마음으로 시작했지만, 역시 현실은 내 맘 같지 않았다. 해변가에서 간단한 기본동작을 배우고 바다 속으로 들어갈 시간이 다가올수록 불안해졌다.

'내가 정말 저 파도를 탄다고? 내가 정말 할 수 있을까?'

집어삼킬 듯한 와이키키 해변의 파도를 보니 절로 그런 생각이 들었다. 도전에 너그러워지기로 했던 마음이 다시 쪼그라들었다. 삶은 멀리서 보면 희극, 가까이서 보면 비극이라고 했던가. 그렇다면 파도도 마찬가지인 것 같다. 다른 서퍼들이 파도를 타는 모습은 그렇게 멋있어 보였지만 내가 막상 저 파도를 탄다고 생각하니 그렇게 거대하고 거칠어 보일 수가 없었다.

하지만 서핑 강사는 나의 불안함은 아랑곳하지 않고 점점 더 깊은 바다로 데리고 나가 파도와 마주보게 했다. 그냥 배운대로 하면 된다고, 힘을 빼고 파도에 몸을 맡겨보라고. 직접 부딪혀 봐야 알 수 있다고 했다.

서프 보드에 엎드린 채로 파도를 마주보고 나아가고 있는데 어떤 파도가 올지 모르는 이 상황이, 그동안 무수히 넘어온 삶의 여러 파도들 같다는 생각이 들었다. 문득 옛날 생각이 났다. 특히 처음 승무원이 되었을 때에는, 나조차도 생각하지 못했던 삶의 파도를 잡아탄 일이었다.

처음 승무원 일을 시작했을 때는 모든 것이 즐겁고 신기한 새내기였다. 일에도 잘 적응했고 열심히 한만큼 진급도 빠른 편이었다. 불규칙한 스케줄 근무도 내 성향과 잘 맞았고 다양한 사람을 만나며 다양한 곳을 가볼 수 있는 경험도 호기심 많은 나에게는 잘 맞았다. 하지만 남들보다 꽤나 늦은 나이에 입사한 나는, 얼마 지나지 않아 결혼을 했고 곧장 첫째를 임신하며 육아휴직에 들어갔다.

육아휴직 동안 나는 임신과 출산으로 인체의 신비와 경외감을 경험했고, 꼬물거리는 새 생명과 함께 '엄마'라는 이름표를 갖게 되었다. 그리고 옹알거리는 아이와 하루종일 먹고 자는 일을 반복하며 나라는 이름보다 엄마라는 이름이 더 익숙해질 무렵 복직을 했다. 그렇게 워킹맘의 세계에 입성했다.

복직한 후 처음에는 비행근무를 하며 잠시 아이와 떨어져 있는 나만의 시간이 유일한 휴식이었다. 지금도 복직 후 첫 비행을 마치고 호텔방에 들어섰을 때, 아무도 나를 찾지 않는 조용한 방의 공기느낌을 생생하게 기억한다. 오랜만에 느껴보는 고요함이었다. 잘 정돈된 침대 위에 널브러져 알람을 맞추지 않고 자연스럽게 눈이 떠질 때까지 곯아떨어졌던 기억이 난다. 돌쟁이 아이를 키우며 1년 가까이 쪽잠을 자느라 늘 잠이 부족하던 때였다. 집에서는 나의 모든 자유의지를 내려놓고 아이에게 맞추며 옹알이 수준의 대화만을 하다가, 밖으로 나와 여러 사람들과 함께 일을 하는 것도 삶의 활력소가

1부 여행을 망설이는 당신에게

되었다. 내가 사회적 인간으로서 기능하고 있고 세상과 연결돼 있다는 생각이 나를 살아있다고 느끼게 했다.

하지만 '엄마'라는 이름표를 달고 나니 이전과는 달라진 것이 많았다. 일하러 가서도 아이와 가족을 생각했고, 집에 있는 동안에는 아이를 챙기고 집안일을 하느라 쉴 틈이 없었다. 일하고 돌아와서도 집으로 다시 출근을 하는 기분이었다. 어린이집에 다니는 아이가 혹여나 일하는 엄마라 잘 챙기지 못하는 티가 나지 않을까 더 살뜰히 챙기게 됐다. 장거리 비행으로 밤을 새고 집에 돌아와 아무리 피곤해도 잠을 자기보다는 아이의 아침밥을 챙기고 남편의 출근을 도왔다. 아이를 어린이집에 보낸 후, 청소하고 빨래하고 집안일을 하면 시간은 왜 이렇게 빨리 지나가는지, 금세 아이가 돌아올 시간이 됐다. 어떤 날은 아이가 엄마랑 떨어지기 싫다고 울며불며 등원을 거부하는 바람에, 밤샘 비행으로 저절로 감기는 눈을 비비며 아이와 함께 하루종일 시간을 보내기도 했다. 일하는 엄마의 부재를 메우기 위해 두세 배로 더 노력했다. 육아도, 살림도, 일도 모두 잘 해내고 싶었고, 그래야 할 것 같아서 아등바등 매달렸다. 다 잘 해내려고 낑낑대는 사이 나도 모르게 지쳐갔던 것일까. 뭐든 잘 해내는 원더우먼이 되려고 했던 나는 행복하지 않았다. 열심히 하고 있지만 무엇 하나 제대로 되고 있지 않는 것 같아 혼자 우는 날들이 늘어갔다.

무엇이 잘못된 것일까. 어디부터 잘못된 것일까. 어느 날부터인가 '이렇게 사는 게 맞나'라는 생각이 들면서 출근하는 날이 괴로워지기 시작했다. 일도 재미가 없고 늘 피곤하기만 했다. 어쩌다 아이가 가지 말라고 울며불며 치맛자락이라도 붙들고 늘어지는 날에는 '무슨 부귀영화를 보겠다고 이러고 사나'? 하는 생각이 절로 들었다. 회사를 그만둬야 하나 말아야 하나 고민이 시작되는 순간이었다.

그렇다고 무턱대고 회사를 그만둘 수도 없는 노릇이었다. 맞벌이를 하면서 유지해 온 살림 때문이기도 했지만 무엇보다 나는 일을 계속하고 싶었다. 경제적인 이유를 떠나 무엇이 되었든 사회적인 활동을 계속하고 싶었다. 육아휴직을 하는 동안 아이와 충분한 시간을 보내는 것도 의미 있고 행복한 일이었지만, '엄마'가 아닌 '나'로 살아가는 시간도 나에게는 꼭 필요하다고 느꼈다. 하루종일 아이를 챙기고 집안일을 하다 보면 점점 '나'라는 존재가 사라지는 것 같았다. 사회와의 단절감도 두려움이었다.

회사를 그만두느냐 마느냐 답이 쉽게 나오지 않는 문제를 끌어안고 끙끙대는 시간이 길어지자, 나는 좀비처럼 회사를 의무적으로 오가게 됐다. 답이 나지 않는 고민은 나의 시간과 에너지를 갉아먹는 것 같았다. 답답했던 나머지 나는 오랜만에 만난 지인에게 고민을 털어놓기로 했다.

"회사를 그만둬야 할지 말아야 할지 고민이에요. 아이에게는 항상 부족한 엄마인 것 같고 일은 일대로 제대로 못하는 것 같고. 이대로 계속 사는 게 맞는지 모르겠는데, 그만 두는 것도 쉽지가 않네요. 그만두는 게 좋을까요, 계속 다니는 게 좋을까요?"

"일하랴 육아하랴, 많이 힘들었겠어요. 그런데 이미 답을 알고 있을 것 같은데요? 지금 더 중요한 것은 회사를 그만두느냐 마느냐가 아닌 것 같아요."

1부 여행을 망설이는 당신에게

"그럼 뭐가 더 중요하다는 거죠?"

"회사를 그만두느냐 마느냐, 이분법적인 결론에서 잠시 빠져나와서 어떻게 살고 싶은지를 고민해야 할 때인 것 같아요. 재경씨는 정말로, 어떻게 살고 싶으세요?"

원하는 삶을 위해 내가 한 일

'그래서 대체 난 어떻게 살고 싶냐고?'

그러고 보니 이 당연한(?) 질문을 스스로에게 한 번도 묻지 않았다. 그저 나는 무엇을 해야 할지만 생각하며 살아왔던 것 같았다. 고등학교를 졸업하면 당연히 대학교에 진학해야 하고, 대학교를 졸업하면 회사에 취직하고, 회사원이 되어 적당한 나이가 되면 결혼하고 아이를 낳고… 이 다음 단계는 뭐지? 그걸 위해 나는 뭘 해야 하지? 충격이었다. 무엇을 해야 하는지만 생각해 왔지 내가 어떻게 살고 싶은지에 대해서 그때까지 진지하게 고민해 본적이 없었다니. 앞에 닥친 삶의 문제들을 해치우느라 바빴던 것 같다.

'무엇을 하지?'에서 '어떻게 살고 싶지?'로 질문의 방향이 바뀌니, 생각의 방향도 바뀌었다. 그때부터 나는 회사를 그만 둘지 말지가 아니라, 치열하게 '나'에 대해서 고민하기 시작했다. 일을 그만 두고 싶은 이유부터 어떻게 살고 싶은지까지 나 스스로에게 질문하기 시작했다. 그러면서 나에 대해 많은 것을 새롭게 생각하게 되었다. '엄마'라는 이름을 갖게 되면서 가치의 우선순위가 바뀌었지만 나는 그

것을 무시하고 그냥 그렇게 흘러오고 있었다는 걸 깨달았다. 나의 삶은 나에게 여러 가지 시그널을 보내고 있었지만, 모른 척, 살던 대로 삶을 유지해 오고 있었던 것이다.

나에게 어떤 가치가 중요한지도 새롭게 알게 되었다. 잘 적응하고 있다고 생각했지만, 목적지만 다를 뿐 매번 똑같은 기내의 반복적이고 루틴한 업무는 나의 성장 욕구를 채워주지 못했다. 언뜻 자유로워 보이는 스케줄 근무와 철저한 매뉴얼 기반의 서비스 업무 역시 자율성의 가치가 중요한 나를 힘들게 하는 요소였다. 깊은 관계를 추구하는 나에게 매번 피상적인 관계를 맺고 헤어지는 업무 환경 또한 스트레스였다. 무엇보다 나는 소중한 것들을 내가 선택할 수 있는 주도적인 삶을 살고 싶었다. 끊임없이 성장하며 다른 사람들과 나누는 삶 역시 중요했다.

물론 엄마라는 이름의 모습도 빼놓을 수 없었다. 누구나 좋은 엄마가 되고 싶은 마음은 마찬가지일 것이다. '좋은 엄마란 어떤 모습일까'라는 고민은 내가 어떤 삶을 살고 싶은지를 결정하는 가장 중요한 질문이기도 했다. 나는 아이들이 엄마를 필요로 할 때 옆에 있어줄 수 있는 시간의 주도권을 가지길 바랐다. 비행을 하는 동안 스케줄 근무로 아이들의 소중한 순간에 함께 하지 못하는 마음은 이루 말할 수가 없었다. 또한 아이들을 위해 자신의 인생을 희생하는 엄마의 모습이 아니라, 좋아하는 일을 하며 주도적으로 자신의 삶을 행복하게 잘 사는 '한 존재'로서의 모습을 보여주고 싶었다. 그것이야말로 인생의 주인이 되어 주도적인 삶을 살 수 있도록 엄마로서 아이들에게 줄 수 있는 가장 큰 유산이 아닐까. 그래서 나는 아이들 때문에 어쩔 수 없이 회사를 그만두고 희생하는 것이 아니라, 내가 진정 원하는 삶을 살기 위해 기꺼이 불확실함을 선택하기로 했다.

파도 위에서 배운 것

정신을 차려 보니 해변으로부터 제법 멀어져 있었다. 서프 보드 위에 엎드려 있는 몸이 파도에 떠밀려 넘실거렸다. 배운대로 하면 된다고 안심시키던 강사는 파도의 타이밍에 맞춰 보드를 밀어주었고, 나는 'take off!' 라고 외치는 구령에 따라 파도의 힘을 느끼며 보드 위에 두 발로 서보려고 노력했다. 그렇게 하와이의 파도 위에서 수도 없이 물에 빠지기를 반복했다. 어느 순간부터는 제법 어정쩡한 자세로 서프 보드 위에 서서 잠시 나마 균형을 잡기 시작했다. 그런 나를 보고 그가 말했다.

"이제는 어떤 파도를 잡아야 하는지도 직접 한 번 판단해 보세요. 저기 밀려오는 파도가 적당한 파도라고 생각하고 잡으려고 했지만 나의 판단과 달랐다면? 괜찮아요. 아쉬워할 필요 없이 그냥 지나 보내고 다음 파도를 기다리면 돼요. 그렇다고 실패한 게 아니예요. 파도는 또 올테니까요. 어떤 파도가 올지는 몰라요. 기다리는 동안 우리가 가만히 있는 것이 아니라 열심히 패들링paddling, 두 팔을 저어 서프 보드를 전진시키는 일을 하며 다음을 준비하고 있는 거예요. 저 파도다 싶으면 다시 패들링을 하면서 파도를 잡으면 됩니다."

그는 이어 말했다.

"마음 먹었다면 두려워하지 말고 일단 시도해 보는 거예요. 그래봤자 물에 빠지기밖에 안 하잖아요. 직접 부딪혀 보고 물에 많이 빠져봐야 잘 탈 수 있어요. 보드에서 일어설 때는 망설이지 마세요. 그동안 내가 쌓아온 것이 있기 때문에 나를 믿으면 돼요. 보이진 않지만 내 안에 있는 것들을 믿어야 해요. 그것들이 어느 순간 파도와 만나면 온몸이 나도 모르게 반응하고, 나를 맡기면 파도를 즐길 수 있게 되는 거예요. 그때 모든 감각이 살아나는 걸 느낄 거예요. 그리고 서프 보드 위에서 중심을 잘 잡기 위해서는 시선을 멀리 둬야 합니다. 내가 가고자 하는 방향으로 시선을 멀리 두는 걸 잊지 마세요. 무섭다고 움츠러들면 금방 중심을 잃고 물에 빠질 거예요. 내가 어디로 가고 싶은지, 그쪽으로 팔을 뻗고 그곳을 바라보세요."

간단했다. 하지만 심오했다. 파도타기의 자세를 설명하는 강사의 말이 나에게는 삶의 태도를 말하는 것처럼 들렸다. 나는 그의 말대로 해보자고 마음먹었다. 어떤 파도가 올지 알 수 없었지만, 파도를 고르며 기다렸고, 기다리며 준비했고, 힘을 빼고 파도에 내 몸을 맡겼다. 그리고 나는 결국 하와이의 파도를 탔다. 파도에 내 몸을 맡겼을 때의 짜릿함을 맛볼 수 있었다. 보드 위에 선 시간보다 물에 빠진 시간이 훨씬 많았지만. 처음에는 두렵기만 하던 파도가 나중에는 어떤 파도가 올까 설레기까지 했다. 그렇게 나는 불확실하다는 것이 늘 불안하고 두려운 것만은 아니라는 것을 경험했다. 이것이 어쩌면 프리랜서의 삶을 살아가야 하는 내가 잊지 말아야 할 자세일지 모른다고 생각하며 세포 하나하나에 새겨 넣었다.

서핑 강습을 마치고 게스트하우스로 돌아오던 중에 나는 한가한 해변을 발견했다. 하와이에서의 마지막 시간을 이곳에서 보내기로 결정했다. 모래사장에 비치타월을 깔았다. 서핑을 하며 지친 몸을 누이고 한가로운 마음으로 지나다니는 사람들을 구경하고 있는데 부모와 함께 해변으로 나온 아이가 눈에 들어왔다. 아장아장 걷는 파란 눈의 아이를 보니 문득 한국에서 재잘재잘 부대끼고 있을 아이들이 떠올랐다. 하와이와 19시간 시차가 나는 한국은 아이들이 유치원에 있을 시간이었다. 늦잠을 자지는 않았을까, 아침은 잘 챙겨 먹고 갔을까, 엄마가 보고 싶지는 않을까 생각하며 한국으로 훌쩍 마음을 보냈다 돌아왔다. 이제 다시 '나'이면서 '엄마'의 이름으로 돌아갈 시간이었다. 자리를 털고 일어나 숙소로 돌아와 보니, 나올 때만 해도 쿨쿨 자고 있던 스웨덴 친구들이 한국으로 잘 돌아가라는 짧은 메모를 남기고 체크아웃을 한 상태였다. 나도 짐을 챙겨 돌아갈 준비를 했다.

다시 8시간을 날아 인천공항에 도착하니 아이들이 나와 반갑게 손을 흔들며 나를 기다리고 있었다. 다시금 '엄마'의 이름으로 돌아오는 순간이었다. 5일만에 보지만 5년만에 보는 듯 반갑게 달려와 안기는 아이들 품이 그렇게 포근할 수가 없었다. '나'의 이름도, '엄마'의 이름도 모두 사랑하는 내 이름임을 실감하는 순간이었다.

삶이라는 파도를 대하는 자세

때때로 삶이 불확실한 파도를 만나는 일처럼 느껴질 때가 있다. 그런 면에서 이번 여행은 여러 가지로 경력 전환 이후의 삶을 대하는 태도에 대해서 생각하게 해 주었다. 앞으로 수없이 마주하게 될 삶이라는 불확실한 파도. 그것은 항상 불안하고 두렵기만 한 일이 아니라는 것을, 불확실한 삶의 파도를 기꺼이 즐기며 대할 수 있는 자세를 하와이의 파도가 가르쳐 주었다.

나 자신도, 엄마의 역할도 이도 저도 아닌 방황을, '나 자신과 행복한 엄마'라는 모습의 균형으로 정리할 수 있도록 도와주는 시간이기도 했다. 여행하는 동안 나는 직업인으로서의 나도 아니고, 엄마나 아내로서의 나도 아니고 오로지 내 이름 석 자로 불리우며 혹은 영어 이름 차분히 혼자만의 시간을 가졌다. 그동안 고생한 나의 노력과 용기를 자축했다. 타인의 기대보다 나의 욕구에 집중하는 법을 알고, 나 자신으로 살기 위해 혼자만의 시간을 가져보는 경험이 필요하다는 것을 깨달았다. 그것이 여행이든 외출이든, 길든 짧든 '엄마'나 그외의 다양한 이름표를 잠시 내려놓고 '나'에 대해 생각하고 나로 존재하는 시간이 중요하다는 걸 알게 되었다. 오래도록 잊고 있었던 여행자의 마음가짐과 태도를 다시금 떠올리며 여행자 세포를 하나하나 깨우는 시간이기도 했다. 무엇이든 할 수 있고, 어디로든 갈 수 있으며 도전하고 부딪히며 경험해 나아가는 삶. 그렇게 나는 삶이라는 여행의 여행자로 돌아왔다. 일상으로 돌아오니 변한 것은 없었다. 가족도 그대로였고 일상도 그대로였다. 하지만 나는 미묘하게 달라져 있음을 느낄 수 있었다.

"진정으로, 어떻게 살고 싶은가요?"

원더 우먼이 아니라 원더풀 우먼으로, 완벽한 엄마가 아니라 '행복한 나'로 살기 위해서 우리는 스스로에게 질문해야 한다. 우리네 삶은 예측할 수 없는 파도처럼 시도 때도 없이 일렁인다. 그래도 나는 괜찮다고 말하고 싶다. 삶의 속성 자체가 불확실한 것 투성이라면 그저 맡겨보는 것도 방법이다. 기꺼이 부딪혀 본 삶의 파도들이 어떻게 살고 싶은지에 대한 나만의 해답을 줄지도 모른다. 부딪혀 봐야 알 수 있는 것 또한 우리 삶의 속성이지 않은가. 불확실한 삶의 파도를 만날 때마다 나는 하와이의 파도를 떠올린다. 그렇게 함께 삶의 파도를 타고 있을 나와 여러분을 진심으로 응원한다.

때때로 삶이
불확실한 파도를 만나는 일처럼 느껴질 때가 있다.

그런 면에서 이번 여행은 여러 가지로
경력 전환 이후의 삶을 대하는 태도에 대해서
생각하게 해 주었다.

앞으로 수없이 마주하게 될 삶이라는 불확실한 파도.

그것은 항상 불안하고
두렵기만 한 일이 아니라는 것을,
불확실한 삶의 파도를
기꺼이 즐기며 대할 수 있는 자세를
하와이의 파도가 가르쳐 주었다.

2장

후회하지 않을
단단함

이탈리아로 넘어오는 배 위. 칠흑같이 어두운 밤에 바라본 바다는 두려움 그 자체였다. 아무것도 보이지 않고, 어디로 가고 있는지 방향도 가늠할 수 없었다. 어둠 빼곤 아무것도 보이지 않았다. 마치 지금의 내 처지 같았다. 망망대해에 혼자 떠 있는 기분. 그때의 나는 어떻게 해야 할지 모르는 막막함에 이러지도 저러지도 못한 채, 하염없이 어두운 바다만 바라보고 있는 모습이었다.

답이 없는 고민에 필요한 것

'정말 누구라도 대신 결정해줬으면 좋겠다….'

몇 달을 고민해도 답이 나오지 않았다. 고민하고 고민해도 답이 없으니 그때 심정이 딱 그랬다. 누군가 "너, 그냥 회사 그만둬!"아니면 "배부른 소리 하지 말고, 그냥 계속 붙어 있어!"라고 정해주면 속이 후련할 것만 같았다. 사실, 회사를 그만둘지 말지는 답이 있는 것이 아니라, 내가 결단을 내려야 하는 문제였다. 그래서 누구도 내 인생에 답을 내려줄 수 없다는 것도 잘 알고 있었다. 주변 사람들은 모두 뜯어 말렸다. 세상 물정 모르고 하는 소리라고도 했다. 그만두면 안 되는 이유와 그만둬야 할 이유가 팽팽하게 맞서서 싸움을 끝낼 기미가 보이지 않았다. 모든 것이 확실하지 않았다. 단 한 가지 확실한 건, 내 삶 어딘가가 삐걱대고 있다는 것이었고, 끊임없이 나에게 신호를 보내고 있다는 것뿐이었다.

그 무렵 나는 내 고민에 대해 도움을 받고자 라이프 코칭을 신청했다. 나는 코치의 질문에 대답하면서 지금껏 그 누구에게도 해본 적 없는 이야기들을 나도 모르게 술술 풀어놓았다. 이러지도 저러지도 못하고 있는 답답한 마음을 코치는 잘 들어주었고 나는 하소연하듯 쏟아냈다.

"도대체 아무도 내 마음을 몰라주는 것 같아요. 어떻게 해야 할지도 모르겠고, 그저 답답하고 막막하기만 해요. 마치 아무것도 보이지 않는 망망대해에 혼자 떠 있는 기분이예요. 어디로 가야 할지 모르겠어요."

"지금 망망대해라고 표현하셨는데요, 그 기분을 좀 더 묘사해 주시겠어요?"

망망대해라. 나도 모르게 툭 튀어나온 단어지만, 딱 지금의 내 처지 같았다. 코치의 질문을 받고 상상하다 보니 불현듯, 언젠가 느껴본 적이 있는 캄캄한 바다 위에서의 두려움이 떠올랐다. 그리스에서 이탈리아로 넘어오는 배 위에서였다. 아무것도 보이지 않는 어두컴컴한 바다를 바라보며 느꼈던 바로 그 두려움이었다.

　몇 시쯤이나 됐을까? 잠에서 깨어보니 주변이 쥐죽은 듯 고요했다. 배 위에서 만난 캐나다 청년 데이비드도 침낭 속에서 코까지 골며 잠들어 있었다. 그리스에서 이탈리아로 돌아가는 배 위에 혼자 깨어 있었다. 나는 17시간이 넘는 이동 시간 중 절반 정도 지나온 것 같았다. 배를 예매할 때 침대칸과 데크deck를 고를 수 있었는데, 가난한 배낭여행자로서 비용을 줄이기 위해 훨씬 저렴한 데크를 선택했다. 데크는 말 그대로 배의 갑판 위에서 가는 일종의 '입석'같은 것이었다. 이탈리아 바리Bari에서 그리스 파트라스Patras로 갈 때는 승객이 없어 마음씨 좋은 직원의 배려로 실내에서 편하게 올 수 있었지만, 그리스에서 다시 이탈리아로 넘어올 때는 배를 타기 위해 줄을 서서 기다리고 있는 사람들을 봐도 만석이었다. 꼼짝없이 휑하니 뚫린 갑판 위에서 17시간 동안을 이동해야 했다.

　배를 타고 그리스까지 가는 것은 애초에 계획에도 없었고, 거대한 배의 갑판 위에서 자게 될 거라고는 상상도 못했던 일이다. 그러니 침낭을 준비했을 리 만무했다. 하지만 다른 여행자들은 대부분 침낭을 펼치고 갑판 위의 명당 자리를 차지하고 누워 자고 있었다. 중간에 잠이 깼지만, 다시 잠을 청하기도 쉽지 않아 한적한 곳으로 갔다. 날이 흐린지 밤하늘에 별도 보이지 않았다. 달빛에 비친 검은색 바다만 출렁거리고 있을 뿐이었다. 배의 난간에 서서 주변에 배와 바다, 달빛 외에는 아무것도 보이지 않는 망망대해를 바라보니, 갑자기 엄청난 두려움이 엄습해 왔다. 거대한 자연 앞에서 초라한 인간의 존재를 실감하는 순간이랄까. 검고 거대한 바다가 나를 집어삼킬 것만 같았다. 사방을 둘러봐도 이정표를 찾을 수 없는 말 그대로 '망망대해花花大海'였다. 내가 어디로 가고 있는지, 어디로 가야 하는지, 어디로 갈 수 있는지조차 가늠이 되지 않았다. 방향을 전혀 짐작할 수 없다는 것이 두려운 것이라는 걸 그때 처음 온몸으로 깨달았던 것 같다. 데이비드가 언제 깼는지 뒤에서 말을 걸어왔다.

"여기서 뭐해?"
"잠이 안 와서 바다 보고 있었어."
"사방이 탁 트인 바다를 보고 있으니까 가슴이 뻥 뚫리는 것 같지 않아? 시원하다."
"그래? 난 너무 무서운데, 마치 나를 집어삼킬 것만 같아."

물을 좋아한다는 데이비드와는 달리 나는 망망대해 앞의 거대함에 짓눌려 있었다. 몸을 옹송거리고 있던 나는 겨우 자리로 돌아와 다시 잠을 청했다. 몸이 한껏 움츠러든 채 떨려왔다. 추워서인지 무서워서인지 알 수 없었다.

인생의 mooring line을 자르는 순간

"지금 망망대해라고 표현하셨는데, 그 기분을 좀 더 묘사해 주시겠어요?"

라이프 코치가 물었다. 코칭에서는 고객이 말한 은유적인 단어를 통해 깊이 있는 대화를 이어나가곤 한다. 나는 회사를 그만 둘지 말지를 고민하고 있는 지금 내 상황을 상상하며 망망대해에 비유해 대답했다.

"깜깜하고 아무것도 보이지 않아요 막막하고 두려워요. 어디로 가야 할지 몰라서 답답하고 불안해요."
"주변에는 뭐가 보이나요?"
"까맣고 거대한 바다랑 달빛이 보여요. 저는 작은 구명 보트에 혼자 올라타 있구요. 저 건너편에는 비상착수한 큰 비행기가 떠 있고 제 구명보트의 mooring line이 비행기에 묶여 있는데, 끈을 자를까 말까 제가 고민하고 있는 것 같아요."

mooring line은 비행기가 바다에 불시착했을 때, 비행기 본체와 구명보트를 연결해 주는 생명줄이다. 승무원으로 근무할 때, 안전 교육을 받으며 몇 번 본 적이 있다. 비행기가 바다에 비상 착수했을 때, 비상 모드에서 비행기 문을 열면 거대한 슬라이드가 터진다. 이 것이 육지에서는 미끄럼틀과 같은 탈출로가 되지만 바다 위에서 펴지면 구명보트가 된다. mooring line은 승객들이 무사히 보트에 올라탈 때까지 보트가 멀리 떠내려가지 않도록 하기 위해 비행기 본체에 연결돼 있는 밧줄과 같은 것이다. 하지만 아이러니하게도, 모든 승객이 구명보트 위로 승선을 끝내면 이 mooring line을 끊고 비행기 동체로부터 멀어져야만 안전하다. 이것을 끊지 않고 계속 연

1부 여행을 망설이는 당신에게

결돼 있으면 비행기가 물속으로 가라앉거나 폭발할 수도 있어 오히려 위험에 처하게 된다.

"마치 지금 제 상황 같네요. 큰 비행기 안이 안전해 보이기도 하지만, 계속 있으면 더 위험할 것 같기도 하고, 지금 제가 타고 있는 구명보트는 작아서 불안하지만 제가 마음만 먹으면 자유롭게 어디로든 갈 수 있을 것 같아요. 어떤 사람들은 밖은 위험하다고 다시 비행기 안으로 들어오라고 손짓하고 있어요."
"그럼, mooring line을 어떻게 하고 싶으세요?"

코치가 물었다. 나는 잠시 생각에 잠겼다. 안전해 보이는 비행기에 이대로 머무를까, 막막하고 두렵지만 자유롭게 내가 원하는 곳으로 노를 저어 갈 수 있는 구명보트를 선택할까. 각각을 선택했을 때, 나의 표정과 기분을 상상해 보았다. 그러고 나니 답이 또렷해졌다.

"자를래요."

명쾌해졌다. 누가 제발 결정을 좀 내려줬으면 좋겠다고 생각하던 나는, mooring line을 자르는 것을 선택했다. 두렵다고 지금 당장 안전하고 확실한 것을 선택하면 당분간은 안정적이고 좋을지 모르겠지만 나는 점점 빈 껍데기인 듯 살게 될 것이 뻔했다. 스케줄 근무를 했던 나는, 원하는 시간에 원하는 사람들과 원하는 장소에 있을 수 있는 자율성을 갖고 싶었다. 매일매일 성장할 수 있는 일을 하고 싶었고, 보다 많은 사람들과 나의 성장을 나눌 수 있는 일을 하고 싶었다. 그게 뭔지는 알 수 없었지만, 불확실하더라도 용기를 내 볼만한 선택이라는 생각이 들었다. 지금 이대로는 안되겠다는 생각이 들어 나는 mooring line을 자르는 선택을 하기로 했다.

　라이프 코치는 나의 선택과 용기에 축하를 보내며, 구명보트를 타고 어디로 가고 싶은지, 구명보트 위에는 또 어떤 것들이 있는지, 무엇이 더 필요한지, 원하는 대로 항해하는 나는 어떤 사람인지 차분히 질문해 주었다. 코칭 대화 안에서, 내가 선택한 구명보트를 타고 자유롭게 항해할 수 있도록 도와주었다. 코치의 안내에 따라 구명보트에 서서 자세히 주변을 둘러보니 그때는 보이지 않던 가족들이 함께 타고 있었다. 어디로 가야 할지 알 수 없었지만, 내가 가고 싶은 곳으로 어디든 갈 수 있었다. 가족이 함께였으므로 어디로 가더라도 괜찮다는 생각도 들었다. 망망대해를 영어로 쓰면 'open sea'이다. 막막함에 두려움을 느낄 수도 있지만, 사방이 열려 있으니 어디로든 갈 수 있는 것이 또한 망망대해인 것이다. 코치와 대화를 마치자, 망망대해에 혼자 떠 있던 두려움은 소중한 사람들과 함께하는 행복과 열정으로 바뀌어 있었다. 이후 나는 마음을 굳히고 차마 제출하지 못하고 오랫동안 품고만 있던 사직서를 제출했다. 나는 내 인생의 mooring line을 잘라냈고 그렇게 망망대해로의 새로운 항해를 시작했다.

결정이 아닌, 결단

막막하고 두려웠지만, 진짜 자유를 선택하니 용기가 샘솟았다. 어디서 그런 용기가 난 걸까. 그냥 자르면 된다니. 나의 결단은 생각외로 단순했고, 명쾌했다. 막상 자르고 나니 오히려 마음이 홀가분해졌다. 결단決斷은 결정과는 다르다. 무언가 끊어내야 한다는 것을 의미한다. 우리가 선택을 하기 어려운 이유는 양쪽에 쥐고 있는 것을 놓지 못하기 때문이다. 양쪽의 좋은 점을 모두 가질 수 없다. 포기하고 끊어낼 수 있는 용기가 필요하다. 이때 필요한 것은 좋은 선택에 대한 기대가 아니라, 후회하지 않을 단단함인 것 같다. 결단을 내리는 그 순간, 우리는 그 선택에 대해 온전한 책임의 존재로 서야한다. 우리 모두에게는 이런 결단의 순간이 있다. 나에게 가장 큰 결단의 순간은 바로 mooring line을 끊고 망망대해 불확실함 속으로 항해를 시작했던 순간이다. 두렵지 않았던 것은 아니다. 이대로 경력이 끊겨 버리는 것은 아닐까, 회사를 퇴사한 것을 후회하게 되면 어쩌나 걱정도 많았다. 그럼에도 불구하고 내 인생의 mooring line을 자를 수 있었던 이유는 어쩌면 막막함에 도전해 봤던 몇 번의 여행 때문인지도 모른다. 여행만큼 불확실한 것 또한 없을 것이다. 계획한 대로 되지 않고, 어떻게 해야 할지 몰라 우두커니 서 있던 수많은 여행지에서의 경험들이 스쳐 지나간다. 하지만 그러한 막막함도 잠시였고, 어떻게든 나는 여행을 이어나갔고, 즐겼고, 무사히 나만의 경험을 이루어 냈다. 내 안에 스며들어 있던 여행의 경험들이 결정적 결단의 순간에 내가 용기를 내고 mooring line을 자를 수 있도록 이끈 것이 아닐까. 작지만 원하는 곳으로 자유롭게 갈 수 있는 구명보트를 선택하는 것이 내가 살아왔던 방식인 것 같다.

　무엇을 선택하든, 여행에도, 우리 삶에도 정답은 없다. 하지만 어려운 결단을 내리고 용기를 낸 선택이라면, 무엇이었든 가치 있는 일이었기 때문이리라. 조금 더 앞서 인생의 mooring line을 잘라본 한 사람으로서, 결단의 순간에 선 두려움과 용기가 무엇인지 알기에 지금 이 순간, 여행을 망설이고 있는 당신의 선택과 용기를 응원하고 싶다. 이제 선택했으니 우리는 우리가 원하는 어느 곳으로든 갈 수 있다. 내가 선택한 결단은 더 이상 아무것도 보이지 않는 망망대해가 아니라, 어디로든 갈 수 있는 가능성의 바다이다.

3장

삶의 리듬을
만드는 일

아름다운 음악을 만드는 악보에도 쉼표가 있고, 연극의 중간에도 쉬는 시간이 있는데, 우리 삶에도 그런 쉼표를 가지면 안 되는 것일까. 쉬고 싶어도 잠시 속도를 늦추기가 쉽지 않았다. 일상의 속도를 늦춘다거나 멈추면 나의 삶도 왠지 영영 멈춰버릴 것만 같았다. 하지만 아니었다. 멈출 수 있는 용기를 내기까지가 어려웠을 뿐. 막상 해보니 오히려 더 많은 것이 보였다. 용기를 내니, 오히려 새로운 것이 보이기 시작했다.

멈추는 데도 용기가 필요하다

"코치님, 너무 쉬고 싶은데, 쉴 수가 없어요."

나를 찾은 고객이 말했다. 그녀는 이제 막 5살이 된 아이의 엄마이자 대기업을 다니는 워킹맘이었다. 안정적인 직장과 협조적인 남편 덕분에 남들이 보기에는 걱정 없이, 꽤나 맘 편하게(?) 워킹맘의 역할을 다하고 있다고 했다. 하지만 이런저런 이유로 잠시 쉬고 싶지만, 쉴 수가 없다 했다. 회사에 안식년 제도가 있어서 1년을 사용할 수 있지만, 왠지 쉬면 안 될 것 같아 차마 신청하지는 못하고 마음만 굴뚝 같다고 한다. 코칭을 진행할수록 그녀는 '정말 쉬고 싶다'는 마음이 또렷해졌다.

그녀는 마음이 지칠대로 지쳐 있었지만 정작 '쉼'을 선택하지는 못했다. 나는 그녀에게 쉬지 못하도록 발목을 잡는 것이 무엇이냐고 물었다. 누가 뭐라고 하지 않지만, 왠지 쉬면 눈치가 보인다고 했다. 배부른 소리한다고 할 것만 같아 쉬면 안 될 것 같다고 했다. 1년을 쉬어 버리면 시간을 낭비하게 되는 것이 아닐까 걱정도 된다고 했다. 잠시 멈추면 그냥 인생이 멈춰버리는 것은 아닐까, 커리어가 끝나버리는 것은 아닐까 두렵다고 했다. 그녀는 쉬는 것에 죄책감을 느끼고 있었다. 일상을 잠시 멈추면 삶이 영원히 멈추게 될까 봐 겁내고 있었다. 한때는 나도 그녀와 같던 때가 있었다. 누가 그러라고 시킨 것도 아닌데, 잠시 쉬기라도 하면 인생이 큰일 나는 줄 알았다. 멈추면 뒤처지고 다시 앞으로 나아갈 수 없을 것만 같아 공백을 만들지 않으려고 열심히 앞만 보고 달렸다. 그때는 앞만 보고 달리다가 멈춘다는 것은 상상할 수 없었다.

그랬던 나는 요즘 의식적으로 '잠시 멈춤'의 시간을 갖는다. 1년에 한 번 자체적으로 '안식월安息月'을 갖는 것이다. 교수님들은 6년간 일하고 7년째 되는 해에 1년간 안식년을 갖는 걸로 안다. 하지만 나는 1년 중 11개월은 즐겁게 일하고 1개월은 나에게 충분한 휴식의 시간을 주는 '안식월' 제도를 시행하고 있다. 1년에 한 번, 의식적으로 삶의 무게중심을 옮기는 일, 주로 여행으로 삶의 속도와 풍경을 바꿔 일상적 패턴을 전환하는 것으로 '안식월'을 시작하곤 한다. 안식월은 일에 압도되지 않는 삶, 재충전의 시간을 통해 앞으로 나아갈 근력을 기르고, 필요에 따라서는 방향을 재설정하는 시간이기도 하다. 나는 내가 원하는 나만의 밸런스를 맞추기 위한 삶의 과속방지턱을 만들고 싶었다.

안식월을 가져야겠다는 생각을 언제부터 하게 됐는지는 잘 기억이 나지 않는다. 하지만, 의도치 않게 나는 인생의 중요한 삶의 전환기마다 여행을 갔었고, 그 경험을 통해 삶을 잠시 멈추고 속도를 조절하는 방법을 배우게 되었다. 휴학하고 진로를 재점검하던 시기에 떠난 첫 배낭여행이 그랬고, 백수 시절의 라오스 여행이 그랬다. 잠시 멈추는 것이 삶에 어떤 기회를 가져다주는지 경험했기에 프리랜서의 삶으로 용기를 낼 수 있었고, 내가 원하는 방향과 속도, 그것을 조절할 수 있는 나만의 방법을 생각할 수 있었던 것 같다. 여기에 일하는 엄마로서의 고민도 더해졌다. 바쁘게 일하다 보면 아이들과 함께 충분한 시간을 갖지 못하는 것이 늘 아쉽고 속상하다. 아이들과 함께 일 년에 한 달쯤은 충분히 부대끼며 밀도 높은 시간을 갖는 것은 어떨까 하는, 워킹맘으로서의 위안과 바람이 담겨 있는 것이기도 하다.

물론 나만의 안식월 제도가 처음부터 가능했던 것은 아니다. 퇴사하고 프리랜서가 된 초반에는 안식월이라는 것이 따로 필요 없었다. 매일매일이 쉬는 날이었으니까 말이다. 말이 좋아 프리랜서이지, 일이 없으면 백수나 마찬가지이다. 그렇게 시간이 흐르고 열심히 노력하다 보니 어느 순간 일거리가 들어오기 시작하고, 회사를 다니던 때에 받던 월급만큼의 수입이 생기기 시작하면서 조금씩 자리를 잡아갔다. 하지만 어느 날 정신을 차려 보니 나는 밤낮으로 일만 하

고 있었다. 프리랜서에게는 출근 시간도, 퇴근 시간도 없다. 휴가가
따로 있는 것도 아니었다. 의식적으로 쉬지 않으면 쉴 수 없는, 일과
삶의 경계가 모호한 것이 프리랜서의 삶이다. 이러려고 퇴사한 게
아닌데…. 좋아하는 일을 즐겁게 하고 있었지만, 역시 이 속도로 달
리기만 하는 것은 내가 원하는 것이 아니라는 것을 깨달았다. 그래서
내가 원하는 삶의 시스템을 돌려야 할 때라고 생각했다. 내가 원하는
속도를 조절하기 위해 '잠시 멈춤'의 시간을 가져야겠다고 결심했다.

한 달이나 일을 쉰다는 것이 쉽지는 않았다. 프리랜서가 일하지
않는다는 것은 수입이 생기지 않는다는 뜻이다. 들어오는 일감을 거
절하는 것도 어려웠다. 이러다가 한 달 쉬고 나면 아예 일이 없어지
는 건 아닐까 걱정도 됐다. 쉬는 것의 중요성을 안다고 해도 먹고 사
는 문제와 직결돼 있다면 결코 쉬운 문제가 아니다. 모두가 다함께
달리고 있는데 그 사이에서 나 혼자 속도를 늦추고 멈춘다는 것, 의
식적으로 인생의 공백을 가지는 일은 언제나 용기가 필요하다.

쉬는 것의 중요성을 안다고 해도
먹고 사는 문제와 직결돼 있다면
결코 쉬운 문제가 아니다.

모두가 다함께 달리고 있는데
그 사이에서 나 혼자 속도를 늦추고 멈춘다는 것,
의식적으로 인생의 공백을 가지는 일은
언제나 용기가 필요하다.

인생의 중요한 전환기마다 여행을 다녀왔던 나는 인생의 공백기를 조금씩 이해할 수 있게 되었다. 오히려 잠시 멈춰 서서 숨을 고르고 내가 원하는 방향을 생각하고, 나만의 길을 걸어 본 그 경험이 어쩌면 내 삶의 속도를 조절하는 것의 중요성을 가르쳐 준 것인지도 모르겠다. 언젠가 이러한 방식을 내 삶으로 옮겨와야겠다고 생각했고, 그 중 한가지가 바로 안식월이다. 정말 쉬어도 괜찮을까 고민이 될 때마다, 그동안 내가 얼마나 열심히 달려왔는지 뒤돌아보며 나를 인정해 줬다. '안식월'이 나에게 주는 가치와 중요성에 대해 생각하면서, 한편으로는 걱정되는 마음을 스스로 공감해 주기도 했다. 그러다 보니 완벽하지는 않지만, 해를 거듭해 가며 나만의 안식월 제도도 조금씩 원칙과 노하우가 생기기 시작했다. 예를 들어 매월 들어오는 수입의 10%씩을 모아 안식월 기간의 가계 경제에 대비하기도 한다. 안식월이라고 항상 여행을 가는 것도 아니다. 정확히 '한 달'인 것도 아니다. 일을 전혀 하지 않는 것도 아니며 잠시 삶의 무게 중심을 옮기는 것이다. 그래서 어느 해는 최대한 가족들과 시간을 보내며 '게으르게 일하기'를 자처하기도 하고, 어떤 해는 안식월 동안 최소한의 일만 정해 놓고 온전히 쉬기도 한다.

안식월의 첫해, 이러한 위안과 바람을 담은 내 삶의 시스템을 처음 작동시키기 시작한 제주에서의 시간들을 아직도 생생하게 기억한다.

"엄마! 여기가 이제 우리 집이야?"
"우와~ 마당에 고양이가 살아!"

아이들이 흥분하며 소리쳤다. 제주도 라이프가 시작되는 순간이었다. 제주의 동쪽, 멀리 바다가 보이는 곳, 푸른 잔디가 넓게 깔린 마당이 있는 이 집이 앞으로 우리가 안식월 동안 머물게 될 '제주의 우리집'이었다. 인터넷으로 사진만 보고 예약을 하면 보통 기대와 달라서 실망하는 경우가 많았는데, 이곳은 기대 이상이었다. 제주도에서 이 정도 숙소라면 아주 괜찮은 가격에 잘 계약했다는 생각이 들었다. 안식월을 처음 시작하는 나를 아마도 온 우주가 응원하고 있는 것은 아닐까 착각하면서 흡족해했다.

우선 나는 짐을 대충 풀고 집 구석구석을 한 바퀴 둘러 보았다. 현관문 앞에 해먹이 눈에 띄었다. 나는 냉큼 푸른 잔디가 깔린 마당에 해먹부터 펼쳤다. 신이 나 있던 아이들은 그 사이 마당 한켠의 수도 꼭지를 언제 발견했는지 긴 호스를 들어 물싸움부터 시작했다. 바삭거리는 햇볕과 푸른 잔디, 제주의 바다 소리와 바람 소리는 아이들의 옷이 젖든 말든 신경 쓰지 않을 만큼 엄마를 너그러워지게 만들었다. 느슨해진 마음을 만끽하니 콧노래가 저절로 흥얼거려졌다. 어느새 이 집에서 키우는 고양이가 내 옆으로 다가와 친한 척을 하며 하품을 했다.

내 삶에 필요한 다양한 속도

제주에 머무는 동안, 아이들은 고양이에게 문안 인사를 하는 것으로 하루를 시작했다. 나는 간단하게 아침 식사를 준비해 마당에 나가 아이들과 함께 먹으며 상쾌한 기분으로 하루를 시작하곤 했다. 아이들과 손에 손을 잡고 동네 한 바퀴를 산책하고 돌아오는 것이 일과였다. 아파트에 살던 우리 집에서는 밖에 나가길 그렇게 귀찮아 하던 아이들이 맞나 싶었다. 잔디를 벗어나면 골목 사이로 돌담길이 펼쳐지는 조용한 동네였다.

어느 날 아침, 큰아이와 함께 손을 잡고 돌담길을 걸으며 산책을 하는데 아이가 말했다.

"나는 나뭇잎이 부딪히면서 사각거리는 소리가 좋더라."

"그래? 엄마가 그건 몰랐네?"

"이 소리를 들으면 왠지 천천히 걷게 돼. 더 자세히 듣고 싶어서 그런가? 마음이 편해져서 좋아. 엄마는 어때?"

"그러고 보니 엄마도 그런 것 같네."

"근데 말이야, 엄마. 엄마는 회사를 그만뒀는데도, 요즘 너무 바쁜 거 같아."

나뭇잎 이야기를 하다가 갑자기 바쁜 엄마 이야기를 하며 허를 찌르는 아이의 말에 뜨끔했다. 언젠가 하려고 벼르고 있었던 걸까. 아니면 마음이 편해진다는 말을 하다가 문득 떠오른 것일까.

"요즘 좀 그렇긴 했지…? 그래서 제주도에 왔잖아. 엄마도 잠깐 멈추는 연습을 하는 거야."

"그렇지. 엄마가 좀 더 느슨해지면 좋겠어."

내가 원하는 속도로, 내가 원하는 일을 하면서 살겠다고 사표를 썼으면서, 프리랜서로서 자리를 잡아야 한다는 생각으로 나는 어느 순간 또다시 브레이크가 없는 듯 숨 가쁘게 달리고 있었나 보다. 아이도 그걸 느끼고 있었구나, 생각하니 정신이 번쩍 들었다. 쉼의 중요성을 이해한다 해도 의식적으로 노력하지 않으면 금세 까먹는 게 인간인지라, 나 역시도 끊임없이 노력하지 않으면 밸런스가 무너지기 십상이다.

아이의 말을 듣고 나는 다시 한 번 걸음을 늦추었다. 나뭇잎 부딪히는 소리를 들으며 천천히 걷고 있는 아이의 보폭에 맞춰 옆에서 걸었다. 속도가 느려지니 감각이 살아나고 보이지 않던 것들이 눈에 들어오기 시작했다. 나뭇잎이 흔들리는 것이 보이고, 나뭇잎 부딪히는 소리가 들렸다. 좋아하는 아이의 미소가 보였고, 아이의 마음이 보이기 시작했다. 시야도 달라졌다. 천천히 걸으며 가끔 지나온 길을 돌아보기도 하고, 길가에 핀 꽃을 보기 위해 쪼그리고 앉아 아이와 한참 관찰하기도 했다.

아이와 함께 걸으며 나는 생각했다. 인생에서 나만의 과속방지턱을 잊지 말아야겠다고. 틈이 많은 사람이 되어야겠다고. 인생에 주어진 공백의 의미를 이해할 수 있었던 여행의 시간을 떠올리며, 잠시 일상의 속도를 멈추고 제주에 내려오길 잘했다고 말이다.

어떤 속도로 사느냐에 따라 인생의 풍경이 달라진다. 일상의 속도를 조절할 수 있다는 것은 내가 삶의 속도를 조절할 수 있다는 뜻이다. 또한 삶의 풍경을 내가 선택한다는 의미이기도 하다. 내 삶에 다양한 속도가 깃드는 것은 삶에 리듬이 생기는 일이기도 하다. 음악에 강약 중강약이 있듯 우리 삶에 다양한 속도로 리듬이 생기면 삶은 아름다운 음악이 되고 나는 음악에 맞춰 자유롭게 춤을 출 수 있을 것이다. 그러므로 때때로 더 크게 멀리 걷기 위해 인생을 잠시 멈출 수도 있어야 한다.

멈출 줄 아는 것도 속도이다.

인디언들에게는 말을 타고 가다가 잠시 멈춰 뒤돌아보는 의식이 있다고 한다. 너무 빨리 달린 나머지 영혼이 자신을 따라오지 못할까봐 기다려 주는 것이라고 한다. 안식월이 나에게는 그런 멈춤의 시간이다. 인생의 중요한 순간마다 가졌던 여행의 시간이 나에게는 그런 의식과 같았다는 것을 지나온 뒤에 깨달았다.

우리는 경험하기 전에는 인생의 공백을 이해하기 어렵다. 일상을 멈추면 나의 인생도 영영 멈출 거라 생각하고 남들의 속도에 맞추려고 앞만 보고 허덕이며 달리게 된다. 하지만 멈추어 보면 알 수 있다. 놀랍도록 아무 일도 일어나지 않는다는 사실을 말이다. 오히려 잠시 멈춰 선 그 시간 동안 우리는 어쩌면 더 많은 것을 얻을 수 있을지도 모른다.

밸런스는 양쪽이 균등한 평형이 아니라, 말 그대로 '균형'이다. 그러니 일과 삶을 나눠서 균형을 맞추는 삶이라는 것이 가능할까. 많은 사람들이 워라밸 work-life balance 을 외치는 시대이다. 일과 삶의 균형, 어찌 보면 우리의 삶은 일과 삶뿐만이 아니라, 내가 중요하다고 생각하는 것들 사이의 적절한 균형을 유지하기 위해 끊임없이 애쓰는 균형 잡기의 과정인지도 모른다. 고정된 균형balance이 아니라, 균형을 잡아가는 과정 그 자체balancing인 것이다. 나다운 삶을 산다는 것은 이렇듯 끊임없이 나만의 밸런스 점을 찾아 미세하게 삶의 톱니바퀴를 조정해 가는 과정인 것 같다. 내가 원하는 지점을 찾기 위해서는 다른 사람들의 기준이 아니라 나만의 관점과 속도가 필요하다.

영화 〈먹고 기도하고 사랑하라Eat pray love〉에서 이런 대사가 나온다. 더 큰 균형을 위해서는 균형을 잃어봐야 한다고 말이다. 안식월은 더 큰 균형을 위해 어쩌면 내가 의도적으로 균형을 잃어버리는 나만의 방식인지도 모른다. 내가 원하는 균형을 위해 나만의 속도를 조절하는 방법이다. 많은 사람들이 앞만 보고 달릴 때, 나 혼자 속도를 늦추고 멈추는 것에는 엄청난 용기와 에너지가 필요하다. 하지만 우리의 삶에는 다양한 속도가 필요하다. 쉬지 않고 달리기만 한다면 탈이 날 수밖에 없다. 멈추는 것 역시 하나의 속도임을 이제는 이해하게 되었다. 중요한 것은 내가 원하는 속도를 내가 알고 있는지, 그 속도를 내가 조절할 수 있는지다. 또한 나만의 속도를 조절할 수 있는 자기만의 방법이 필요하다. 나의 삶에는 다양한 속도가 존재하나? 그 속도를 내가 조절할 수 있는가? 내 삶의 속도를 조절할 수 있는 나만의 방법을 나는 가지고 있는가? 내가 원하는 삶을 주도적으로 살기 위해서 나 스스로에게 물어볼 일이다. 쉬고 싶지만 쉴 수 없다고 말하던 고객이 마지막 코칭 시간에 말했다.

"코치님! 저 회사에 안식년 신청했어요!"

1부 여행을 망설이는 당신에게

내가 안식년을 갖게 된 것도 아닌데, 고객의 이 말이 어찌나 기쁘게 들렸는지 모른다. 그녀는 쉬어 봐야 그 다음을 알 수 있을 것 같다고 했다. 그나마 회사에서 안식년을 사용할 수 있는 자신은 행운이라며, 누가 뭐라고 한 것도 아닌데 왜 그렇게 쉬는 것을 두려워했는지 모르겠다고도 했다. 굳이 무엇을 하지 않아도, 아이와 함께 시간을 보낸다는 것만으로 충분히 쉴 의미가 있을 것 같다고 했다. 그녀로서는 아마도 엄청난 용기를 낸 것일 게다. 라이프 코치에게 가장 영광스러운 순간은 이런 순간이다. 한 사람 인생의 역사적인 순간을 목격하는 바로 그 순간, 코치는 최초이자 유일한 목격자가 된다. 그녀의 삶에서 자기 자신만의 속도를 조절하는 법을 배우는 첫 걸음을 뗀 것을 나는 축하하고 응원했다. 그렇게 인생의 공백을 경험하고 이해한 사람은 한층 더 성장할 것임을 나는 확신한다. 내가 그랬던 것처럼 말이다. 코칭 내내 두려워하고 자신 없어 하던 그녀가 이렇게 당당하고 홀가분한 모습을 보여주다니, 코치인 나로서는 이보다 더 보람된 결과가 없다. 나는 약속했다. 그녀가 인생의 공백에 익숙해질 무렵, 함께 만나 좋은 공간에서 평일의 여유로움을 나누며 우리만의 조촐한 축하파티라도 해야겠다고 말이다.

나 역시 인생의 중요한 순간마다 멈출 수 있는 용기가 없었다면, 스스로 삶의 속도를 조절할 수 없었다면 더 큰 함정에 빠져 있을지도 모른다. 어쩌면 아이러니하게도 잠시 멈춰서 내 인생에 다양한 속도를 만들고 나침반을 재조정하며 방향감각을 되찾는 시간이, 소중한 가치를 챙기고 내가 원하는 방향으로 나아갈 수 있도록 하는 가장 중요한 힘일지도 모른다.

어떤 속도로 사느냐에 따라
인생의 풍경이 달라진다.

일상의 속도를 조절할 수 있다는 것은
내가 내 삶의 속도를 조절할 수 있다는 뜻이다.
또한 내 삶의 풍경을
내가 선택한다는 의미이기도 하다.

내 삶에 다양한 속도가 깃드는 것은
삶에 리듬이 생기는 일이기도 하다.
음악에 강약 중강약이 있듯
우리 삶에 다양한 속도로 리듬이 생기면
삶은 아름다운 음악이 되고
나는 음악에 맞춰 자유롭게 춤을 출 수 있을 것이다.

그러므로 때때로 더 크게 멀리 걷기 위해
인생을 잠시 멈출 수도 있어야 한다.

4장

숙제와
축제 사이

우리가 여행을 가기 전에 가장 먼저 하는 일은 무엇일까? 아마도 인터넷이나 SNS를 뒤적거리는 일이 아닐까 싶다. 가면 꼭 가봐야 하는 곳, 꼭 먹어봐야 하는 것 등 명소와 맛집을 체크하고, '내가 언제 또 여길 와 보겠어? 남들 하는 거 다 해 봐야지!'하는 생각으로 쉼 없이 부지런히 움직인다. 계획을 세우느라 머리가 아프고, 계획대로 되지 않으면 불안하다. 체크리스트를 지우기 위해 여행 첫날부터 강행군을 시작해서 일할 때 보다 더 바쁜 일정이 이어지고 평소보다 잠을 더 적게 자는 경우도 많다. 그래서 '남는 건 사진뿐!'이라고 외치는지도 모르겠다. 그렇다 보니, 삶을 벗어나 새로운 곳으로 떠나온 여행이지만, 여행을 와서도 삶의 속도는 달라지지 않는다. 우리는 어쩌면 여행도 숙제처럼 하는 것은 아닐까.

도대체 피지타임이 뭐길래

가족들과 남태평양의 외딴 섬나라, 피지로 여행을 간 적이 있다. 항공사 직원들에게는 저렴한 가격의 할인권이 제공되는데, 우리 회사의 경우, 퇴사 이후에도 근속연수에 따라 일정 기간 제공된다. 마지막으로 할인 항공권을 사용할 수 있었던 겨울이었다.

여행자의 특권 중 하나는 계절을 선택할 수 있다는 것이다. 그래서 우리는 추운 겨울이니까 따뜻한 나라로 가자고 했다. 이왕이면 따뜻한 나라 중에서도 가장 먼 곳으로 가보기로 했다. 그래서 얼떨결에 목적지가 피지로 결정됐다. 하지만 모든 승객이 체크인을 하고 난 후 좌석이 남아야 탈 수 있는 항공권이라 몇 주 전부터 좌석 상황을 체크하면서 머릿속으로 전 세계 목적지에 수도 없이 이착륙을 거듭해 결정한 어쩔 수 없는 선택이기도 했다.

피지는 생각보다 멀었다. 휴양지 하면 동남아 정도의 시간을 생각하지만, 하와이에서 뉴질랜드로 가는 2/3 지점에 있는 피지는 비행기로도 우리나라에서 10시간 정도 걸리는 곳이었다. 하지만 그렇게 도착한 피지는 모든 것이 여유로웠다. 그리고 모든 것이 느렸다. 인터넷이 느린 건 기본이고 사람들의 행동도 느린 것 같았다. 피지의 모든 속도 자체가 느리게 느껴졌다. 심지어 피지의 시간은 특별히 느리게 가는 것은 아닐까 착각이 들 정도였다. 우리는 우선 리조트로 향하는 셔틀버스의 시간표를 확인하고 정류장에 나가 기다렸다. 하지만 우리가 알고 있는 시간이 훨씬 지났는데도 버스가 오지 않았다. 뭔가 잘못된 것 같아 슬슬 불안해지기 시작했다. 마침 지나가던 공항 직원을 붙들고 물어보았다. 그는 아주 여유롭게 웃어 보이며,

"Don't worry, Fiji Time~" 걱정하지 마세요, 피지 타임이에요~

이라고 말했다. '피지 타임'이 뭔지는 알 수 없었지만, 웃어 보이는

직원의 표정으로 봐서는 잘못된 것은 아닌 듯했다. 안심하고 조금 더 기다려 보기로 했다. 잠시 후, 예정 시간을 훌쩍 넘겨 셔틀버스가 도착했다. 역시 운전기사는 미안한 기색 없이 우리를 숙소까지 '느긋하게' 데려다주었다. 사과는커녕 미안한 기색조차 없는 그의 태도에 괘씸한 생각이 들었던 나는 예정 시간보다 한참 늦게 도착했음을 지적하며 시계를 가리켰다. 하지만 운전사 역시 배시시 웃으며 외쳤다.

"Don't worry, Fiji Time~"

대체 피지 타임이 뭐길래 다들 이렇게 걱정 없는 표정으로 피지 타임을 외치는 것일까. 내가 피지에서 가장 많이 들은 말은 바로 이 '피지 타임'이다. 피지에 도착한 첫날 이후로도 셔틀버스는 매번 늦게 도착했고, 그럴 때마다 물어보면 돌아오는 대답은 역시 '피지 타임'이었다. 음식을 주문한 지 30분이 지나도 나오지 않아 언제쯤 먹을 수 있냐고 물으면 직원은 친절하게 '피지 타임'이라고 했다. 그들은 결코 서두르거나 재촉하는 법이 없었다. 재밌는 것은, '피지 타임'이라고 말할 때는 찡그리거나 짜증 내며 말하는 사람이 없다는 것이었다. 다들 웃어 보이며 여유롭게 '피지 타임'을 외쳤다. 아마도 그들에게 '피지 타임'은 부정적인 의미는 아닌 듯했다. 특별한 계획 없이 섬에 들어가서 시간을 보낼 거라고 말하면 '피지 타임'이라며 엄지를 치켜세웠다. 그럴 땐 느긋하고 여유로운 시간을 보내게 되어 좋겠다는 의미로 들렸다.

1부 여행을 망설이는 당신에게

이들의 국어사전에는 '피지타임'이 기록돼 있을까. 만약 그렇다면 '피지 타임'은 '여유롭다', '느긋하다', '서두를 필요 없다'는 의미로 쓰이는 것 같았다. 하지만 뭐든지 빨리 빨리에 익숙해져 있고 계획대로 알차게 시간을 보내는 것이 익숙한 우리가 '피지 타임'에 익숙해지는 데에는 시간이 필요했다. 우리에게는 일정이 있었고, 주어진 피지에서의 시간 동안 최대한 많은 것을 해야 했다. 비행기를 타고 10시간이나 날아온 곳이 아닌가! 약속된 시간이 조금이라도 지나면 언제 버스가 오는지 마음이 불안해졌고, 음식을 주문하면 아름다운 피지의 바다보다는 시계를 보게 됐다. 여행을 와서도 시간을 허투루 보내지 말고 무언가 알차게 해야만 한다는 생각에서 자유롭지 못했다. 계획대로 되지 않아 예측할 수 없다는 것이 답답했다. 그러다 보니 처음 만나보는 '피지 타임'은 우리에게 불편했고 답답했다.

진정한 여행이 시작되는 순간

나는 계획 세우는 것을 좋아하고 계획대로 진행되는 것에서 안정감을 느끼는 성격이었다. 학창시절에도 계획표를 세우는데 많은 시간을 보내는 학생 중 한 명이 나였다. 다이어리에도 꼼꼼하게 하루, 일주일, 한 달 계획을 적어놓고 수시로 들여다보곤 했다. 공부를 할 때에도 마찬가지였다. 계획이 있다는 것은 미래의 시간이 정해져 있다는 것이고 예측 가능하다는 의미였다. 그 안에서 무엇인가 빈틈을 주지 않고 할 일을 해 내는 것은 열심히 살고 있다는 증거처럼 느껴졌고 불안하지 않았다. 어쩌면 이것은, 알 수 없는 미래에 대비하는 나의 방식이었는지도 모른다. 이런 나의 성향은 첫 여행에서도 그대로 드러났다.

내가 처음 우리나라를 벗어나 낯선 나라로 여행을 갔던 것은 2002년을 뜨겁게 달궜던 한일 월드컵이 막 끝난 무렵이었다. 처음 비행기를 타고 다른 나라에 간다는 기대감에 잠을 설쳤고, 최대한 알차게 이 기간을 보내야겠다고 마음먹었다. 한편으로는 아는 사람 한 명 없는 낯선 곳으로 혼자 간다는 것이 두렵기도 했다. 그래서 나는 여행을 위한 공부(?)를 시작했다. 많은 정보와 계획을 가지고 있으면 조금은 덜 불안할 것 같았다. 언제 또 다시 가게될지 모르는 여행이니 정해진 일정 안에 최선을 다해(?) 많은 것을 해야 하기도 했다. 나는 발품을 팔아 유럽여행 가이드북을 사서 읽고, 인터넷 카페에 올라온 여행 정보를 참고해 리스트를 정리했다. 그리고 이미 그곳으로 여행을 다녀온 주변 사람들을 만나 경험담을 듣고, 추천지를 메모했다. 당시는 스마트폰이 나오기 이전이었다. 언제 또 내가 이곳에 와 볼까 싶어서 조금이라도 흥미롭다 싶은 도시들은 죄다 여행 루트에 집어넣었다. 마침 스코틀랜드와 그리스에서 머물고 있던 대학교 선배들이 있어서 그들이 있는 곳도 추가했다. 휴학을 하고 얻은 1년 중 90일 정도 여행을 하니 시간이 충분하다고 생각했고 남들이 잘 가지 않는 여행지를 추가해 좀 더 특별한 경험을 쌓아보고 싶었다.

발품 팔아 구한 정보를 가지고 나는 유럽 지도를 펼쳐 놓고 동선을 짜기 시작했다. 정해진 일정 안에 최대한 많은 곳을 가보고자 꼼꼼하게 목적지를 정했다. 그곳에서 꼭 들러봐야 하는 곳, 꼭 먹어봐야 할 것, 꼭 해 봐야 하는 것, 꼭 사야 하는 것 등을 체크했다. 왠지 그곳의 정보를 두둑히 가지고 있는 것 같아서 걱정스러운 마음도 조금은 위안이 됐다. 그즈음 나의 여행 소식을 들은 선배가 언제쯤 자신이 사는 스코틀랜드에 오는지 일정을 알려달라고 메일을 보내 왔다. 그 당시 해외에 있는 사람과 소통하는 방법은 비싼 국제전화가 아니면 메일이 유일했다. 나는 내가 고심하며 정리한 여행일정을 메일로 보냈다. 며칠 후, 선배로부터 딱 한 줄의 답장이 도착했다.

'이렇게 돌아보려면 기차 안에만 있겠는걸? 그 도시에 발만 찍고 오겠다!'

아하, 그렇겠구나. 현실적으로 무리한 스케줄임을 깨닫고 나는 욕심을 내려놓기로 했다. 그리고 몇 개의 도시를 계획표에서 삭제했다. 하지만 나머지는 아무리 생각해도 포기할 수 없었다. 첫 여행이지만 마치 마지막 여행인 것처럼 모든 것을 다 경험해 보고 오겠노라며 나의 각오는 비장했다. 그러다 보니 여전히 나의 여행 계획표는 촘촘했고 틈이 없었다. 하지만 완벽했고 든든했다.

그렇게 완벽하고 든든한 계획표와 함께 나의 첫 유럽 배낭여행은 시작되었다. 계획표대로 진행해야 했기에 시차를 느낄 새도 없이 바쁘게 움직였다. 처음 며칠은 신기함에 힘든 줄도 몰랐지만, 며칠이 지나자 피곤해지기 시작했고 강행군의 연속이었다. 계획대로 움직이기 위해 사진으로만 보던 버킹엄 궁전 앞에서는 인증샷만 찍고 다음 장소로 이동했다. 그 넓고 평화로운 하이드 파크에서는 느긋하게 잔디에 누워 쉴 생각은 하지 못하고 끊임없이 걷고 또 걸었다. 하나라도 더 보기 위해서 새벽 6시에 일어나 하루를 시작했다. 한국에 있을 때보다 더 부지런했고 그만큼 피곤했다. 시차 때문이기도 했지만, 어느 순간 나는 여행을 하러 온 건지 계획표의 리스트를 지우러 온 건지 분간이 어려울 지경이었다. 그렇다고 계획표대로 되는 것도 아니었다. 많은 정보를 가지고 있었지만, 현지 사정과는 다른 경우가 많았고 어차피 내가 직접 부딪히며 해결해 나가야 하는 것들 투성이였다.

배낭여행의 첫 도시였던 런던에서의 마지막 날, 나는 다음 목적지로 이동하기 위해 2층 버스를 기다리고 있었다. 운좋게(?) 버스 2층의 맨 앞자리에 타게 되어 신이 나 있었다. 그런데 몇 정거장만 지나면 도착할 줄 알았던 목적지가, 한참을 가도 나타나질 않았다. 이상하다 싶어 노선도를 다시 보니, 아차! 버스를 반대로 탄 것이다. 하지만 어쩐 일인지 나는 버스에서 내려 반대편으로 가 계획대로 하기보다는, 그냥 한 번 끝까지 가보고 싶어졌다. 여행 시작 며칠 만에 지칠 대로 지친 체력 탓도 있었겠지만, 몇 정거장 만에 나타난 낯선 런던의 풍경들이 나의 호기심을 자극했기 때문이다. 그래서 나는 원래 계획과는 정반대 방향으로 가고 있는 버스에서 내리지 않기를 선택했다. 불안한 마음이 없지는 않았지만, '에라, 모르겠다' 싶었다. 몇 정거장 지나자 버스는 며칠 동안 익숙해진 시내를 벗어나 달리기 시작했고, 관광명소들이 가득하던 곳에서는 보지 못했던 새로운 런던의 풍경이 나타나기 시작했다. 관광지가 아닌 삶의 터전으로 일상을 누리고 있는 런던 사람들의 생활이 눈에 들어오기 시작했다. 친구들과 재잘거리며 길을 걷고 있는 아이들이 보였고, 대문 앞에 앉아 담소를 나누고 있는 할머니들이 보였다. 버스의 창 밖으로 보이는 런던 외곽의 풍경들이 나에게는 그 어떤 유명 관광명소보다 특별하게 다가왔다. 지금 이 순간의 풍경만큼은 그 누구도 보지 못한, 나만의 풍경이었다. 왠지 더 마음이 끌렸다.

나는 그렇게 예정에 없던 버스 여행을 하며 종점까지 갔다가 다시 버스를 타고 시내로 돌아왔다. 계획대로 되진 않았지만, 같은 루트를 돌아다니는 다른 여행자들이 보지 못한 런던의 다른 풍경을 볼 수 있었다. 원래 가려던 곳을 방문하지 못했고 많은 것을 했던 하루는 아니었지만 왠지 나의 여행이 더욱 특별하고 풍성해진 기분이었다. 그리고 깨달았다. 나는 지금 여행을 즐기고 있는 것이 아니라, 숙제를 하고 있었다는 것을 말이다. 어쩌다 보니 맹목적으로 알차게 보내야 한다는 생각이 여행을 즐기기보다는 숙제하듯 움직이게 만들었던 것이다.

그날 저녁, 나는 숙소로 돌아와 한국에서부터 빽빽하게 짜온 여행 계획표를 버리고 유럽 지도 한 장만 남겼다. 너무 많은 것은 아무것도 없는 것과 마찬가지였다. 나의 여행에 충분한 여백을 두기로 했다. 계획에 있지는 않았지만 우연이 선물해 준 특별한 풍경처럼 현재에 충실하며 여행을 좀 더 여유롭게 즐겨야겠다고 다짐했다. 그리고 내가 여행을 왜 왔는지부터 다시 생각해 보기로 했다. 나는 무엇인가 성취하거나 이루려고 온 것이 아니었다. 넓은 세상을 보고 새로운 경험을 하고 싶어서 용기를 낸 것이고 불확실함에 몸을 던진 것이었다. 그러니 모든 사람들이 하는 것을 꼭 하지 않아도, 미리 짜놓은 계획표대로 되지 않더라도 여행에서 나에게 다가오는 모든 우연과 경험은 나름대로 의미가 있었다. 애초에 일하듯 계획표에 쫓겨

다니는 모습은 어울리지 않았다. 그것은 내가 계획한 것만 얻을 수 있는 경험뿐이었고, 그 외의 우연이 주는 기회들은 배제된 여행이었다. 지금-여기에 충실하되 여행이 이끄는 대로 나의 운명을 맡겨보는 여유를 갖게 됐을 때, 빽빽한 계획표를 버리고 지도 한 장만 남겼을 때, 불필요한 욕심과 무언가 해야 한다는 불안을 내려놓았을 때, 꼭 필요한 것만 챙기며 불확실함에 너그러워졌을 때, 나의 여행은 숙제가 아니라 비로소 축제가 되었다. 계획표에서 벗어나 나에게 길을 잃을 자유를 주면서, 길을 잃는 즐거움을 알게 되면서부터 진정한 여행이 시작되었다.

지금-여기에 충실하되 여행이 이끄는 대로
나의 운명을 맡겨보는 여유를 갖게 됐을 때,

빽빽한 계획표를 버리고 지도 한 장만 남겼을 때,

불필요한 욕심과 무언가 해야 한다는
불안을 내려놓았을 때,

꼭 필요한 것만 챙기며 불확실함에 너그러워졌을 때,

나의 여행은 숙제가 아니라 비로소 축제가 되었다.

계획표에서 벗어나 나에게 길을 잃을 자유를 주면서,
길을 잃는 즐거움을 알게 되면서부터
진정한 여행이 시작되었다.

여행의 순간마다 이런 경험을 수도 없이 해왔으면서, 여행에서의 태도를 삶에서도 똑같이 취하는 것은 쉽지 않은 일인 것 같다. 나는 뭐든 쓸데없이(?) 열심히 하는 스타일이다 보니, 일할 때도 그랬다. 일에 압도되지 않는 삶을 살겠다고 직장생활을 정리하고 나왔으면서도 늘 항상 바빴다. 일과 쉼의 밸런스를 잘 맞추어야겠다고 다짐하면서도 아무것도 하지 않는 시간은 왠지 불안해 무언가 할 것들을 찾아다니다 보면 어느샌가 내 스케줄표는 빈틈 없이 빽빽해졌다.

아무것도 정해져 있지 않은 프리랜서의 시간은 자유이면서 불확실함 투성이기 때문에 미리 계획함으로써 미래의 확실성을 만들고 싶었던 건지도 모른다. 그렇게 시간을 통제하면 미래가 예상가능하고 효율적이라는 생각이 드니 조금 덜 불안했던 것 같다.

어느 날은 아이들을 재우고 조심조심 이불 밖으로 빠져나오는데, 나의 노력에도 아랑곳하지 않고 작은 아이가 깨고 말았다. 조심조심 나가고 있는 엄마의 등 뒤에 대고 작은 아이가 중얼거렸다. 잠꼬대인지 아닌지 알 수 없었다.

"엄마, 또 일하러 가? 그냥 자지. 힘들겠다."

나는 아이 등을 토닥여 다시 잠이 든 것을 확인하고 방을 빠져나왔다. 서재로 들어가 노트북을 켜고 앉았는데, '또 일하러 가?'라는 아이의 말이 귓가에 맴돌았다. 그리고 보니, 나는 언제부터인가 출퇴근 시간도 없이 밤낮으로 일하고 있었다. 어찌 된 일인지 프리랜서가 되고 난 후에는 주말도 따로 없는 것 같았다. 쉬는 날에도 계속 일을 하거나 일에 대해 생각하고 있었다. 머리가 365일 내내 돌아가는 기분이랄까. 일이 많은 것도 한몫했지만, 무엇인가 하지 않고 있으며 뒤처진다는 불안감에 일이 없는 날에도 끊임없이 뭐든 하려고 했다.

일에 압도되지 않는 삶을 살겠노라고 다짐해 놓고 또다시 균형감각을 잃은 나 자신을 보게 되었다. 언제부턴가 나는 또다시 좋아하는 일을 온전히 즐기지 못하고 어쩔 수 없이 해치우는 숙제 같은 삶을 달리고 있었던 것이다.

그러다 보니 오랜만에 떠난 여행에서조차 그러다 보니 오랜만에 떠난 여행에서조차 여행자의 태도를 잊고 일상의 속도를 그대로 옮겨왔던 모양이다. 모든 것이 여유로운 피지까지 와서 시간에 쫓기며 종종거리고 있었다. 시도 때도 없이 '피지 타임'을 외쳐대는 사람들은 마치 나에게

"헤이~ 컴온! 벌써 잊은 거야? 뭘 그렇게 자꾸 하려는 거야? 어차피 인생은 계획대로 되지 않는다고! 잘 알잖아? 뭘 하지 않아도 괜찮다고! 그냥 지금 여기를 즐겨! 당신은 지금 피지에 와 있다고!"

라고 말하는 듯했다. 처음엔 무작정 기다려도 오지 않는 셔틀버스를 마냥 기다리는 것이 불안했고, 물어도 웃으며 '피지 타임'만 외쳐대고 별다른 응대를 하지 않는 그들이 답답했다. 계획한 대로 되지

않는 것이 불편했고, 무엇을 하지 않고 그저 흘려보내야 하는 시간들이 아까웠다. 하지만 나는 이곳에 무언가 열심히 하려고 온 것이 아니라, 가족들과 충분한 시간을 즐기기 위해 우리의 일상으로부터 멀리 떠나온 것이지 않은가!

무엇을 하든 사랑하는 가족들과 함께 있으니 그걸로 충분했다. 피지의 아름답고 여유로운 자연은 덤이었다. 계획한 대로 되지 않는다고 혼낼 상사가 있는 것도 아니고, 닦달하는 고객사의 담당자가 있는 것도 아니었다. 남태평양의 섬나라까지 와서 계획대로 하려고 종종거릴 필요가 전혀 없다는 생각을 하고 '피지 타임'에 익숙해지니, 그때부터 여행의 모든 것이 달라졌다. 아무것도 하지 않는 시간이 아깝지 않았고, 계획대로 되지 않아도 우연이 주는 새로운 경험들에 너그러워졌다. 모든 것이 느리게 흘러가는 피지의 풍광이 느긋하고 여유롭게 다가왔다. 숙제하듯 종종거리던 여행이 '피지 타임'을 만나면서 비로소 지금-여기를 즐길 수 있는 축제가 되었다. '피지 타임'을 이해한다면 피지는 때 묻지 않은 자연 속에서 한없이 평온하게 시간을 흘려보내며 지금-여기를 누릴 수 있는 최고의 여행지였다. 아마도 나는 일상이라는 여행의 속도를 늦추는 데에 시간이 필요했던 모양이다.

'피지 타임'을 경험한 후로 나는 여행할 때마다 스스로에게 묻곤 한다. 일할 때에도, 일상을 여행할 때에도 때때로 질문하곤 한다.

'너는 지금 숙제를 하고 있니, 축제로 살고 있니?'

혹시 나는 빡빡한 계획과 빠른 속도, 효율성으로 불확실한 삶을 통제하려고 하면서 숙제하는 태도를 취하고 있는 것은 아닐까. 호기

1부 여행을 망설이는 당신에게

심과 여유가 아니라, 아무것도 하고 있지 않다는 불안감 때문에 불확실함이 가져다주는 새로운 기회를 즐기지 못하고 있는 것은 아닐까. 지금 내 여행과 삶이 축제가 아니라 숙제처럼 느껴진다면, 어쩌면 바로 이때가 우리 삶에서 '피지 타임'을 외쳐야 할 때인지도 모른다.

하루하루는 열심히! 인생은 되는대로!

우리의 삶 자체가 항상 축제일 수는 없다. 하지만 삶을 대하는 나의 태도는 내가 선택할 수 있다. 여행을 통제하려 할 때 여행이 숙제가 되듯, 내 삶을 통제하려 할 때 인생은 즐길 수 있는 축제가 아니라 해치워 버려야만 하는 숙제가 되어버린다.

4차 산업혁명 시대를 대표하는 세계관으로 많은 학자들은 VUCA 뷰카를 이야기한다. 변동성Volatility, 불확실성Uncertainty, 복잡성Complexity, 모호성Ambiguity의 앞 글자를 딴 단어로, 변동성이 크고 복잡하며 불확실하고 모호한 현대 사회를 의미한다. 이러한 환경을 내가 통제하기란 불가능에 가깝다. 우리의 삶 자체가 확실한 것이 없지만, 요즘 시대는 더더욱 그렇다. 심지어 변화의 주기가 빨라지면서 불확실성은 더욱 커졌다. 하루가 다르게 기술은 발전하고, 앞으로 어떤 세상이 펼쳐질지 예측하기 어렵다. 1년 전 나의 경험과 정답을 오늘 그대로 적용할 수 있는 정답이라고 확신할 수 없다. 아니, 어쩌면 1년 전이 아니라 바로 어제 나의 경험도 오늘은 믿을 수 없는 시대인지도 모른다. 이러한 VUCA 시대를 살아가는 우리는 시대에 뒤처질까 불안하고 뭔가 하지 않으면 생존할 수 없을까 두렵다. 그래서 삶을 조금이나마 대비하기 위해 계획을 세우고 쉬지 않고 무언가를 하면서 준비한다. 하지만 완벽한 계획을 세우고, 철저하게 준비했다고 해서 뜻대로만 되지 않는다는 것을 우리는 안다. 완벽한 계획을 세운 여행에서도 우리는 자주 길을 잃지 않던가. 하물며 VUCA라고까지 불리는 요즘 시대는 오죽할까. 이런 시대를 살아가는 우리에게 정말 필요한 것은 미래를 통제하기 위한 철저한 계획이 아니라, 우연의 기회를 받아들일 수 있는 호기심, 즉 불확실함과 모호함을 견딜 수 있는 '힘'일 것이다. 이러한 능력을 '소극적 수용력nagative capability'이라고 한다. 이는 불확실성 가운데 즐길 수 있는 능력으로, 불확실한 상태에 머물 수 있는 능력, 어떻게 해야 할지 알 수 없는 상황에서 성급하게 답을 내리지 않고 지켜보는 것을 말하기도 한다. 이는 명확함을 추구하는 본성에 거스르며 열린 마음으로 호기심을 가지고 수용할 수 있어야 가능하다. 여행은 어쩌면 이런 불확실성과 모호함이 극대화된 환경 안으로 나를 인위적으로 밀어 넣는 일인지도 모른다. 이런 여행에서조차 빼곡한 계획표로 통제하고 해결하려 한다면, 심지어 우리의 삶에서는 어떤 태도를 가지게 될까.

어쩌면 오늘의 나는 수없이 불확실하고 모호한 여행의 환경에 스스로를 내맡겼던 경험으로 만들어졌는지도 모르겠다. 어차피 여행도 삶도 계획대로 되지 않으며 내가 통제할 수 없다는 것을 알게 됐다. 이러한 여행의 경험들을 통해 나는 불안해하기보다는 호기심을 갖고 즐길 수 있는 소극적 수용력을 조금씩 단련해 왔는지도 모른다. 그래서 안정적인 회사의 울타리 밖으로 뛰쳐나와 불확실한 프리랜서의 길을 택할 수 있었던 것 같다. 나도 불안하지 않았던 것은 아니다. 아무것도 정해져 있지 않은 길이다 보니 무엇을 해야 할지 모르는 시간들이 이어졌지만, 나는 내가 할 수 있는 일들을 묵묵히 하며 현재를 살았다. 숙제가 아니라 축제처럼 살고자 노력했다. 내가 원하는 삶의 주인으로 살기 위한 나의 선택이었고, 그 선택에 책임을 지는 최소한의 예의이기도 했다.

모든 것이 빠르게 변하고 모호하고 불확실한 이 시대는 누구에게나 동일하게 주어진 환경이다. 이런 시대에서 나는 어떻게 나의 삶을 여행하며 살고 있는지 한번쯤 멈추어 서서 생각해 볼 일이다. 빠른 속도와 효율성을 추구하며 나의 삶을 계획표와 할 일들로 미래를 통제하기 위해 숙제처럼 살고 있는지, 불확실성을 조금은 여유롭게 견디며 호기심으로 즐기듯 축제처럼 살고 있는지 말이다.

어차피 여행도 인생도 계획대로 되지 않는다는 것을 우리는 이미 알고 있다. 우리 삶에서 유일하게 가장 확실한 것은 우리 삶이 불확실하다는 사실 뿐이다. 이럴 때 우리가 할 수 있는 유일한 것은 어쩌면 나를 믿고 현재를 즐기며 하루하루를 충실히 사는 것인지도 모른다. 서두를 필요 없다. 마음껏 지금-여기를 즐기는 것이 불확실한 삶을 사는 가장 확실한 방법이다. 그 용기와 믿음이 우리의 삶을 축제로 만들어 줄 것이다.

어차피 여행도 인생도
계획대로 되지 않는다는 것을
우리는 이미 알고 있다.

우리 삶에서 유일하게 가장 확실한 것은
우리 삶이 불확실하다는 사실 뿐이다.

이럴 때 우리가 할 수 있는 유일한 것은
어쩌면 나를 믿고 현재를 즐기며
하루하루를 충실히 사는 것인지도 모른다.

서두를 필요 없다.

마음껏 지금-여기를 즐기는 것이
불확실한 삶을 사는 가장 확실한 방법이다.
그 용기와 믿음이 우리의 삶을
축제로 만들어 줄 것이다.

나의 축제를 위하여

- 라이너 마리아 릴케 -

인생이란 꼭 이해해야 할 필요는 없는 것.
그냥 내버려 두면 축제가 될 터이니,
길을 걸어가는 아이가
바람이 불 때마다 날려오는
꽃잎들의 선물을 받아들이듯이
하루하루가 네게 그렇게 되도록 하라.

꽃잎들을 모아 간직해 두는 일 따위에
아이는 아랑곳하지 않는다.
제 머리카락 사이로 기꺼이 날아 들어온
꽃잎들을 아이는 살며시 떼어내고
사랑스런 젊은 시절을 향해
더욱 새로운 꽃잎을 달라 두 손을 내민다.

2부

여행을 시작하는
당신에게

LIFE IS A JOURNEY

LIFE is A JOURNEY

하지만 어쩌면 삶의 변화는 여행 그 자체가 아니라, 새로운 여행을 시작할 때 가진 초심자의 마음이 있었기에 가능했을지도 모른다. 익숙했던 것들을 과감하게 벗어던지고 낯선 것들을 선택할 수 있었던 용기. 그 초심자의 마음이 있었기에 나다운 여행도, 삶도 가능했을 것이다.

1장

여행자는
길 위에서 태어난다.

우리의 삶도 리허설을 할 수 있다면 어떨까. 그렇다면 조금 덜 막막하고 조금 덜 실수하고 조금 더 잘 살 수 있지 않을까. 하지만 그럴 수 없는 인생은 늘 즉흥극이고, 매 순간이 처음이다. 그렇다면 이런 삶을 살기 위해 우리에게 필요한 것은 무엇일까? 리허설을 할 수 없다면, 예방주사 정도는 미리 맞을 수 있지 않을까. 삶의 면역력을 키우기 위해. 그래서 나는 다시 여행길에 올랐다. 이번에는 혼자가 아니라, 아이와 함께.

아이와의 여행은 고행이라고.

우리 가족에게는 한 가지 특별한 전통(?)이 있다. 아이들의 특별한 시작과 끝에 엄마나 아빠가 아이와 단둘이서 배낭여행을 떠나는 것이다. 전통이라고 하기엔 그 역사가 너무 짧지만 첫째 아이가 유치원을 졸업하고 초등학교에 입학하기 전, 나와 단둘이 배낭여행을 다녀온 후부터 우리 가족의 특별한 전통으로 삼기로 했다. 그전까지는 거창하게 '가족의 전통'이라고 할 만한 것이 없었다. 결혼하고 아이를 낳고 키우며 정신없이 지내다 보니 그런 것들을 생각할 겨를이 없었다. 언젠가 아이와 단둘이 여행을 가보고 싶다는 로망은 막연하게 가지고 있었지만, 아이를 키우는 과정을 오롯이 겪어 보니, '굳이 여행까지 가서 고생해야 할까'라는 생각이 들기도 했다. 아이가 초등학교 입학을 앞두고, 혼자 먹고 자고 화장실에서 큰일을 보고 엄마를 찾지 않을 나이가 되고 보니, 그제야 한숨 돌릴 수 있었다.

우리 가족 전통의 시작은 매우 즉흥적이었다. 첫째 아이가 유치원을 졸업하고 초등학교에 입학하기까지 겨울방학을 보내는 동안, 나 역시 일이 많지 않은 시기여서 집에 함께 있는 시간이 많았다. 날이 추워 밖에 나가지도 못하고 집에서만 복닥거리는 시간을 반복하다 문득, 이 기간을 특별하게 보낼 방법이 없을까 고민하게 됐다.

그러다 문득 여행을 떠올렸다. 그러고 보면 나와 남편도 삶의 중요한 전환기에 여행으로 다음 삶을 위한 디딤돌을 놓았다. 어찌 보면 유치원생에서 초등학생이 된다는 것은 유아기에서 아동기로 넘어가는 변화의 시기를 의미하기도 했다. 보육의 대상에서 교육의 대상으로 전환된다는 것은 돌보아 주어야 하는 'care'의 대상에서 지식과 기술과 인격을 기르는 'education'의 주체로 바뀌는 것이기도 하다. 아이에게는 의미 있는 첫 전환의 시기이기도 했다. 아이가 낯선 곳으로 여행을 한다면 곧 마주하게 될 새로운 삶으로의 여행을 준비하는 좋은 연습이 되지 않을까 하는 생각이 들었다. 새로운 환경의 변화 앞에서 느낄 설렘과 두려움을 여행에서 미리 경험하고 앞으로 필요한 용기와 지혜를 미리 얻어올 수 있다면 얼마나 좋을까. 생각할수록 아이와 함께 단둘이 여행을 가야겠다는 마음이 더욱 확고해졌다. 기왕이면 가족 모두가 함께하는 것이 아니라 나와 단둘이면 더 좋겠다고 생각했다. 엄마와의 부족했던 시간을 채우고, 아이가 좀 더 주인공으로서 여행할 수 있길 바라는 마음에서였다. 아무래도 가족 모두가 함께 가는 여행에서는 일상에서의 부모와 자녀 관계가 그대로 이어질 수밖에 없었다.

나는 우선 당사자에게 의사를 물었다.

"엄마랑 단둘이 여행 갈래?"

"여행? 엄마랑? 좋아! 그런데 어디로?"

"어디로? 그건 엄마도 아직 몰라. 그냥 어디든. 혹시 가보고 싶은 곳이 있어?"

"에버랜드."

"이번에는 그런 여행이 아니야. 다른 나라로 멀리 갈 거야. 어때?"

"그래, 좋아! 엄마랑 가는 거면 어디든."

그렇게 우리의 여행은 결정됐다.

그런데 어디로 가지? 아이의 물음대로 이내 장소 고민이 시작됐다. 혼자 결정하기보다는 아이와 함께 선택하면 좋을 것 같아 아이에게 몇 가지 질문을 했다. 추운 곳보다는 따뜻한 곳, 비행기를 타고 갈 수 있는 곳 정도가 정해졌다. 사실 아이는 이 여행이 어떤 의미인지 모르는 것 같았다. 모르는 게 아니라 별로 관심이 없어 보였다. 나는 아이의 두 가지 기준을 충족하면서도 비행시간이 너무 길지 않은 나라를 생각했다. 갑작스런 결정에 여행 경비가 넉넉하진 않았기 때문에 물가가 비교적 저렴한 곳이면 더 좋을 것 같았다. 휴양지 여행이 아니라, 아이와 함께 배낭을 메고 걸으며 불편함을 감수하고 경험하는 배낭여행이길 바랐기 때문에 자연스럽게 동남아의 몇 곳을 떠올렸다. 이전에 혼자 갔던 라오스를 제일 먼저 생각했지만, 그곳은 나중에 우리 네 식구가 다 같이 다시 가보고 싶은 곳이었다. 그러다 문득, 언젠가 한 번쯤 꼭 가보고 싶다고 생각했던, 배낭여행자들의 성지이자 안식처로 불리우는 '빠이Pai'가 떠올랐다. 빠이로 가기 위해서는 우선 태국 북부의 치앙마이Chiang Mai로 들어가야 했다. 치앙마이는 태국 제2의 도시로 느긋한 동남아 특유의 분위기와 함께 도시적인 즐길 거리와 편의시설이 적절하게 갖춰져 있어서 여행자들에게 관심을 받던 곳이기도 했다. 일로 몇 번 가본 적이 있지만 제대로 본 적이 없어 여행으로 가보고 싶다는 아쉬움을 갖고 있던 곳이었다.

'그래, 여기로 가자!'

나는 혼자서 속으로 유레카를 외쳤다. 아이를 불러 엄마가 찾은 우리의 목적지를 검색해 보여주고, 어떻게 생각하는지 물었다. 역시나 아이는 무조건 좋다고 했다. 엄마와 함께 하는 것이 좋은 것인지, 비행기를 타는 것이 좋은 것인지, 여행을 가는 것이 좋은 것인지 알 수 없었지만, 어쨌든 좋아하니 됐다. 비행기 표를 검색해 예약하고 본격적인 여행 준비에 들어갔다.

그 무렵, 나는 우리의 충동적인 여행 계획을 가족들에게 알리고 주변에 일곱 살 아이와 단둘이 배낭여행을 간다고 전했다. 그러면 많은 사람들이 다시 나에게 물었다.

"그게 가능해요?"

그러게. 정말 가능할까? 내심 걱정이 됐다. 생각해 보면 아이가 생긴 이후로 네 가족이 함께 여행을 간 적은 있어도 아이와 단둘이 가는 여행은 처음이었다. 여행을 뜻하는 'travel'의 어원은 '고생'을 뜻하는 'travail'에서 온 것이다. 즉, 집 떠나면 고생이란 뜻이다. 하물며 아이와의 여행은 더욱 그렇다. 어쩌면 아이와의 여행은 여행이 아니라 고행일 수도 있었다.

하지만 나는 이 여행이 분명 우리에게 아직은 알 수 없는 무엇을 가져다줄 것이라고 믿었다. 부모인 우리가 그랬듯 아이 인생의 전환기에 '여행'이라는 디딤돌을 함께 놓는 경험을 선물하고 싶은 마음이 제일 컸다. 이 여행이 고행일지 아닐지는 일단 해봐야 아는 일이었다. 무엇을 얻지 못하더라도 아이와 단둘이 여행 내내 함께 하는 시간만으로도 의미가 있으리라 생각했다.

두 가지 마음의 줄다리기

여행을 시작할 때는 늘 설레임과 두려움, 두 가지 마음이 공존하는 것 같다. 어떤 여행은 설레임이 두려움을 앞서기도 하지만, 어떤 여행은 설레임보다 두려움이 좀 더 많은 채로 시작되기도 한다. 아이와 함께 하는 여행은 더욱 그랬다. 아이와 함께 하는 삶이 늘 행복과 걱정의 그 어느 즈음을 왔다갔다 하는 것처럼, 여행 역시 설레임과 두려움의 줄다리기인 것 같다.

나는 여행을 준비하는 과정을 최대한 아이와 함께하려고 노력했다. 사실 여행 준비랄 것이 따로 없었다. 지금까지 나의 여행이 그랬

듯, 특히 나에게 배낭여행이란 비행기 항공권과 첫날의 숙소만 정하면 나머지는 일단 시작하고 여행하면서 점점 완성해 가는 것이었다. 다만, 아이와 함께 하는 여행이므로 안전을 생각해서 계획과 자유를 적절히 섞기로 했다.

이렇게 구체적인 계획이 없는 우리의 여행이었지만, 딱 한 가지 특별한 규칙을 만들었다.

'각자의 배낭은 각자 멜 것!'

아이가 유치원 버스에서 내리면 자연스레 가방부터 받아들곤 했던 나였다. 이제부터 '너의 가방은 스스로 책임져야 한다'고 아이에게 말해주었다. 여행을 시작하기 전 한 가지 중요한 규칙을 아이와 합의하고, 여행에 가지고 가고 싶은 물건, 꼭 필요하다고 생각하는 물건을 배낭에 직접 챙기도록 했다. 본인이 직접 메고 다녀야 하고 엄마가 대신 들어주지 않을 것이란 걸 알아서인지 아이는 무거워지지 않도록 하지만 꼭 가져가고 싶은 것들이 빠지지 않도록 신중하게 필수템들을 정하는 듯 보였다. 우리는 '각자 꾸린' 배낭을 '각자 메고' 치앙마이로 가는 비행기에 올랐다.

기대되는 마음 한 켠에는 그 어느 여행보다 걱정스런 마음이 컸다. 좋은 의미로 시작한 여행이었지만 아이와 단둘이 배낭여행을 간다는 건 역시 설레기보다는 떨리는 일이었다. 그것도 아직 일곱 살, 어린아이와 함께 단둘이 낯선 곳으로 간다고 생각하니 왠지 긴장됐다. 보살피고 책임져야 할 소중한 존재와 함께한다는 사실은 부푼 기대만큼 많은 걱정이 숨어있는 일이었다. 혹시 몰라 영어로 '엄마를 잃어버렸어요. 이 번호로 전화해 주세요.' 라는 글과 함께 국제번호를 포함한 전화번호를 적어 아이의 옷 주머니 곳곳에 넣어두었다. 여행 중에 아프기라도 하면 말도 통하지 않는 곳에서 약이라도 제대로 사 먹일 수 있을까 싶어 해열제와 진통제, 소화제 등등 기본적인 약을 더 꼼꼼이 챙겼다. 혼잡한 곳에서 엄마 손을 놓쳐 잃어버리게 되면 찾으러 다니지 말고 꼼짝 말고 그곳에 서 있으라고 몇 번을 신신당부하기도 했다. 내 전화번호를 적은 종이를 꼬깃꼬깃 적어 마치 부적이라도 숨기듯 아이 옷 곳곳에 넣는 모습이 참 웃기기도 했지만, 나는 나름 매우 심각했다. 엄마가 된 이후로는 늘 그런 마음이었던 것 같다. 여행이 모험을 바라는 마음과 위험을 바라지 않는 마음의 줄다리기라면 아이와 함께 하는 삶도 마찬가지인 것 같다. 행복하고 설레는 일이었지만, 한편으로는 소중한 아이에게 좋지 않은 일들이 일어나지 않길 바라며 노심초사하는 마음이 한켠에 늘 박혀 있는 기분이었다. 아이는 이런 마음을 아는지 모르는지 엄마랑 여행을 간다는 사실에 마냥 신나 들떠 있었다.

드디어 비행기가 치앙마이를 향해 출발했다. 이제는 걱정이 된다고 후회해도 되돌릴 수 없었다. 7시간 후면 우리는 치앙마이에 도착해 있을 것이다. 피곤했는지 내 무릎을 베고 잠이 든 아이를 보고 있자니 엄마를 늘 고파했던 아이의 시간들이 스쳐 지나갔다.

처음 아이와 단둘이 배낭여행을 다녀와야겠다고 생각했을 땐, 유치원을 졸업하고 초등학교에 들어간다고 하니 그 작던 아이가 언제 이렇게 컸나 싶어서 그저 아이와 많은 시간을 함께 보내고 싶다는 마음이 가장 컸다. 일하는 엄마이다 보니 아이와 충분한 시간을 함께해 주지 못하는 것이 늘 아쉽고 미안했기 때문이다. 특히 항공사에서 근무할 때는 비행 스케줄에 따라서 며칠씩 집을 비우는 경우가 많았다. 남편도 한창 직장생활을 하던 시기여서, 아이는 친정엄마가 맡아 주셨고 비행 근무를 마치고 집으로 돌아오는 시간이면 아이는 외할머니와 함께 집 밖에 나와서 엄마가 오는 시간을 기다리곤 했다.

비행 근무를 하기 위해 매번 아이와 떨어지는 일도 쉽지 않았다. 가족들의 협조와 세심한 도움으로 아이는 비교적 상황을 잘 이해하고 적응하는 듯했다. 엄마가 유니폼을 입으면 며칠 동안 집에 없다는 것을 알지만, 또 며칠 후에는 반드시 돌아온다는 것도 아는 것 같았다. 그래서인지 어릴 적부터 엄마와 떨어지는 것에 익숙했고 크게 보채지 않았다. 엄마가 집을 비우더라도 아빠나 할머니, 할아버지가 함께하며 큰 사랑을 주신다는 것도 아는 것 같았다. 엄마의 빈자리를 최대한 느끼지 않도록 채워준 가족들의 노력이 감사할 따름이었다.

그랬던 아이가 딱 한 번, 출근하는 나를 붙들고 크게 보챈 적이 있다. 아이가 네 살 때의 일이다. 그날도 여느 때처럼 비행을 가려고 집을 나서는데 그날따라 아이가 회사에 안 가면 안 되냐고 칭얼댔다. 친정엄마가 아이를 달래는 동안, 나는 태연한 척 금방 다녀오겠다고 인사를 하고 문을 나서려는데 아이가 문밖까지 달려 나와 유니폼 치마 끝자락을 붙들고 울며불며 소리를 질렀다.

"엄마가 가면 나는 누가 키워!"

그 말을 듣는 순간, 엄마와 떨어지고 싶지 않은 아이의 마음이 나

인생과 여행이 닮은 점이 있다면
예측할 수 없다는 것이다.
주어진 상황에 순응할 수밖에 없다.
그리고 언젠가는 끝난다.
순간순간이 너무 소중하다.

여행이야말로 삶을 지혜롭게 살 수 있도록
기반을 만드는 '준비 연습'이라고 생각한다.

에게로 날아와 둔탁한 소리를 내며 부딪혔다. 네 살밖에 되지 않은 아이가 분명한 어조로 내뱉은 말 한마디는 내 가슴에 깊이 박혔다. 우는 아이를 뒤로 하고 나는 어쩔 수 없이 부랴부랴 집 문을 나섰지만, 차마 발길이 떨어지지 않았다. 닫힌 현관문 밖에서 아이가 우는 소리를 들으며 한참을 서성이다가 나 역시도 아이만큼이나 울면서 출근을 했었다. 아이에게는 엄마만이 채워줄 수 있는 자리가 있다고 생각하니 하염없이 마음이 무너져 내리는 기분이었다. 그때 처음, 아이를 위해, 죄책감을 느끼는 나 자신을 위해 회사를 그만둘까 생각했었다.

퇴사를 결심한 이유가 육아 때문은 아니었다. 엄마이기 이전에 '나'로서 성장하고 원하는 일을 하며 살고 싶어서였다. 하지만 늘 어쩔 수 없는 죄책감을 갖고 일하는 엄마에게는 아이의 육아 문제가 중요한 이유일 수밖에 없는 것도 사실이다. 회사를 그만두고 나서, 아이에게 며칠씩 집을 비우는 일은 앞으로 없을 거라고 말할 수 있었을 때, 묵은 체증이 내려가는 기분이었다. 하지만 왜 엄마가 회사를 그만뒀는지는 아이에게 자세히 말하지 않았다.

회사를 그만두고 처음 몇 개월은 아이들과 충분한 시간을 보내는 것이 마냥 좋았다. 유치원에 누가 등교시키고 누가 데리러 가야 하는지 친정엄마와 스케줄 체크하며 신경 쓰지 않아도 돼서 좋았다. 출근할 때마다 죄책감을 느끼며 아이와 작별인사를 하지 않아서 좋았고, 아이가 먹고 싶다는 간식을 만들어 줄 수 있어서 좋았다. 함께 자고 함께 일어날 수 있는 일상의 연속이 좋았다.

하지만 이 행복도 6개월 정도 지나니 조금씩 희미해지기 시작했다. 이대로 커리어가 끊겨 버리는 것은 아닐까 걱정이 되었고 조급한 마음이 올라왔다. 영영 사회와 단절되는 것은 아닐까 하는 불안감이 스멀스멀 올라왔다. 그러다 보니 아이들과의 시간에 온전히 집중하지 못했다. 함께 있으면서도 마음은 다른 곳에 가 있는 시간이 많아졌고, 그것은 그것대로 엄마로서 역할을 제대로 하고 있지 못한 것 같아 마음이 불편했다. 조금씩 일이 생기고 프리랜서로 자리를 잡기 시작할 때는 그때대로 밤낮없이 일하다 보니 아이들과의 시간이 줄어들었다. 일을 마치고 밤늦게 들어와 먼저 자고 있는 아이들의 얼굴을 쓰다듬고 있으면 '이러려고 회사를 그만둔 게 아닌데'라는 생각에 죄책감이 들었다. 지금 나는 제대로 하고 있는 걸까 다시 고민했고, 좋은 엄마가 되어주지 못하고 있는 것 같아 늘 미안했다.

"그래도 이제는 멀리 안 가고, 매일매일 얼굴은 볼 수 있잖아. 그게 어디야. 적어도 같이 자고 같이 일어날 수 있잖아."

부쩍 자란 아이의 말에 위로받으며 잘하고 있는 거라고 나 스스로를 다독이곤 했다. 그래서 아이와 단둘이 떠나는 이 여행이 어쩌면 나에게 주는 선물이었는지도 모른다. 적어도 함께 여행하는 열흘 동안은 아이와 딱 붙어 충분히 밀도 있는 시간을 누릴 수 있기 때문이다. 나는 여행의 힘을 믿는 사람이다. 지금까지 여행을 통해 세상을 확장하고 삶을 배워왔다. 엄마로서 아이에게 주고 싶은 선물, 그리고 나 스스로에게 주는 아이와의 선물같은 시간이 이제 막 시작되고 있었다.

보호자에서 동반자로

밤늦은 시간, 치앙마이 국제공항에 도착했다. 배낭을 메고 아이 손을 꼭 잡은 채 공항 밖으로 나가자 습기를 머금은 더운 공기가 치앙마이에 도착했음을 실감케 했다. 아이를 잡은 손에서 땀이 났다. 더워서인지 긴장해서인지는 알 수 없었다. 혼자서 여행할 때보다 훨씬 더 긴장됐다. 아이는 이미 비몽사몽이었다.

'업어달라고 칭얼대기라도 하면 어쩌지?' 그동안은 가족이 함께 여행했기 때문에 이런 상황에도 크게 걱정이 없었다. 하지만 지금은 상황이 달랐다. 다행히 아이는 엄마에게 업힐 수 없는 나이라는 걸 아는지, 각자의 배낭은 각자 메는 게 규칙인 이 여행에서는 잠이 온다고 칭얼대도 소용없다는 것을 이미 알아버린 건지 제법 잘 따라왔다.

우리는 숙소로 이동하기 위해 택시를 타야 했다. 늦은 시간, 말도 잘 통하지 않는 낯선 나라에서 여자 혼자, 어린아이를 데리고 택시를 탄다는 것부터가 나에게는 엄청난 모험이었다. 치앙마이는 더웠지만, 한국은 겨울이었기에 청바지 차림으로 두꺼운 외투를 한쪽 팔에 걸친 채 커다란 배낭을 메고 있는 내 모습은 영락없는 여행객이었다. 게다가 잔뜩 긴장해 있는 모습은 누가 봐도 이런 여행이 너무 오랜만이거나 익숙하지 않아 보일 터였다. 그냥 보기에도 바가지 씌우기 딱 좋은 타입이었다. 그럼에도 애써 당당한 척, 목적지를 이야기하고 택시를 잡았다.

택시를 타고 숙소로 가는 동안, 어두컴컴한 치앙마이 거리를 보니 더욱 긴장됐다. 운전기사가 올바른 길로 제대로 가고 있는지 알 길이 없었다. 아이 앞에서는 태연한 척했지만, 속으로는 잔뜩 긴장해서 배낭을 움켜 안고 있는 팔 아래로 아이의 손을 꼭 잡았다. 얼마나 지났을까. 다행히 예상했던 합리적인 가격으로 안전하게 숙소 앞에 도착하자, 한결 마음이 편해졌다. 기꺼운 마음으로 택시비를 지불하고 아이와 배낭을 챙겨 내렸다. 긴장해 잔뜩 움츠러들었던 세포 하나하나가 그제야 편하게 펴지는 기분이었다.

본격적으로 시작된 우리의 여행은 무엇을 특별히 하기보다, 현지의 일상을 평화롭게 누리는 여행자의 특권을 실천하는 것으로 하나둘씩 채워나갔다. 시간표에 길들여진 생활에서 벗어나 시계를 보지 않아도 되는 일상, 재촉하지 않아도 되는 하루하루가 이어졌다. 유치원과 학원 스케줄에 맞춰 아이를 재촉하기보다, 시계 대신 아이의 얼굴을 더 자주 보는 일상이었다.

치앙마이에서 보낸 며칠은 아침에 일어나면 아이의 손을 잡고 함께 동네를 산책하는 것으로 시작했다. 가방을 메고 학교에 가는 치앙마이의 아이들을 보니, 아이는 한국에 있으면 유치원에 갈 시간이겠다고 말했다. 길을 걷다가 편의점을 만나면 그곳에 있는 물건들을 자세히 구경하는 것도 재밌는 일이었다. 현지에서만 볼 수 있는 과자와 먹을 거리들이 있었지만, 아이는 우리나라에서 볼 수 있는 것들이 똑같이 있다는 것에 더욱 놀라워했다. 하루는 내가 태국에 갈 때마다 가족들과 함께 꼭 먹어보고 싶었던 수끼일종의 태국식 샤브샤브를 먹으러 갔다. 까다로운 입맛을 가진 아이가 여행 중에 잘 먹을까 걱정했지만, 어쨌든 한 번은 시도해 보는 아이를 보며 제법 여행자의 태도를 갖췄다고 생각했다. 수끼에 들어가는 야채는 여전히 먹기 싫어했지만, 동글동글한 두부와 피시볼 fish ball 을 아이는 가장 좋아했다.

어떤 날은 시장에 들러 망고를 잔뜩 사다가 숙소에서 직접 잘라 배터지게 먹는 날도 있었다. 우리나라에서는 망고 맛 아이스크림 외에는 망고 맛을 본 적이 없는 아이는 노랗고 묘하게 생긴 진짜 망고를 보고 신기해했다. 나는 칼로 망고의 반을 가르고 대각선으로 몇 개의 칼집을 교차해 낸 후, 껍질이 있는 아랫부분을 뒤집듯 밀어 사진에서 흔히 보는 바둑판 모양의 망고로 만들어 주었다. 그러자 그제서야 망고가 맞다며 감탄했다. 우리나라에서 먹는 망고 맛 아이스크림보다도 저렴한 가격으로 5개의 망고를 살 수 있다는 사실이 더 놀라웠다. 망고를 배터지게 먹으면서 아이가 말했다.

"진짜 맛있다, 엄마! 근데 우리끼리 먹으니까 기분이 좀 이상하다!"
"그러게. 다음에 아빠랑 건이랑 다 같이 한 번 더 오자!"

우리는 치앙마이에서 짧은 일정을 보내고 원래의 목적지였던 빠이 Pai 로 가기 위해 다시 짐을 챙겼다. 배낭여행자들의 천국이라고 불리는 빠이는 치앙마이에서 출발해 차로 3시간 정도 걸리는 곳에 위치한 작은 마을이다. 구불구불한 700개의 커브를 지나 산길을 넘어야 만날 수 있다. 가는 길이 만만치 않아 멀미약을 꼭 먹어야 했는데, 불행히도 우리는 멀미약을 미리 구하지 못해 먹지 못한채 차에 올랐다. 나는 가는 내내 아이의 안색을 살피며 조마조마한 마음으로 잘 버텨주길 바랐지만 아이는 차 안에서 구토를 하고 말았다. 토사

2부 여행을 시작하는 당신에게

물이 앞좌석에 앉은 다른 여행자들에게 사방으로 튀었고 냄새도 고약했다. 나는 아이 걱정만큼이나, 다른 여행자들에게 폐를 끼친 것이 미안해 어쩔 줄 몰라했다. 하지만 차 안에 탄 그 누구도 뭐라고 하지 않고 모두가 아이를 걱정해 주었다. 그중 누군가는 자신이 가지고 있는 멀미약을 나누어 주었고 또다른 여행자는 자신의 물을 나누어 주었다. 사탕을 물고 가면 멀미가 조금 덜 할 거라며 막대사탕을 내어주기도 했다.

그중 한 명이 핼쑥한 얼굴로 미안해하고 있는 아이의 머리를 쓰다듬으며 말했다.

"엄마와 단둘이 여행하고 있는 네가 진정한 여행자다."

우여곡절 끝에 도착한 빠이에서도 많은 사람들의 도움으로 별탈 없는 여행이 이어졌다. '특별한 커플(?)'이라고 풍경이 가장 좋은 방을 내어 준 숙소 직원은, 빠이에 머무는 동안 우리 아이에게 태국의 아이들이 좋아하는 간식거리들을 하루에 한 가지씩 사다주며 삼촌 역할을 톡톡히 해 주었다. 빠이 야시장을 걸을 때면 어린 아이와 단둘이 여행하는 우리가 눈에 띄었는지 마주치는 한국인들마다 우리 아이를 응원해 주는 말을 잊지 않았다. 어쩌면 우리 아이는 거기서 가장 나이 어린 여행자였는지도 모른다. 아이는 처음 보는 사람들의 도움과 응원에 늘 감사하다는 말을 잊지 않았다. 어느 날, 하루를 마무리하고 잠자리에 누웠는데, 팔베개를 하고 있던 아이가 말했다.

"엄마, 세상에는 친절한 사람들이 훨씬 많은 것 같아."

그렇다. 우리의 여행은 이 세상에 부정적인 것보다 긍정적인 것들이 훨씬 더 많다는 깨달음의 여정이었다. 그리고 우리의 배낭여행은 우연한 발견의 연속이기도 했다. 여름이면 하루에 한 통씩도 먹어치울 정도로 수박을 좋아하는 아이와 나는, 빠이에 있는 거의 모든 가게들을 찾아 다니면서 그곳에서 파는 수박주스를 모두 맛보았다. 그리고 나름대로 품평회(?)를 열었고, 세상에서 가장 맛있는 수박주스를 파는 곳을 발견했다. 그날 이후로 우리는 그곳에 하루에 두 번씩 방문하는 단골손님이 되었다.

한번은 택시 운전기사와 목적지를 잘못 소통한 덕(?)에 현지 사람들이 주로 찾는 자연 온천을 우연히 알게 되었다. 그곳은 국립공원 같은 곳이었는데, 저렴한 입장료를 내고 들어가 종일 따뜻한 온천 물속에서 수영하며 놀 수 있었다. 우리는 끓어오르는 자연 온천 물속에 달걀을 담가서 삶아 먹는 신기한 경험을 하기도 했다. 아이는 내가 달걀을 지키며 삶아오는 동안, 아래쪽에 있는 따뜻한 물에서 물놀이를 하며 말도 통하지 않는 현지 친구들을 사귀었다.

책을 좋아하는 아이는 여행자들이 사고파는 책방에 들러 마음에 드는 책을 찾는 재미에 빠져 빠이에 있는 내내 매일 서점에 들러 우연한 책 찾기에 나서기도 했다. 우연히 들른 식당에서 입맛에 맞는 음식을 발견해서 서로 기뻐하기도 하고, 자전거를 타다가 우연히 발견한 멋진 강가에서 노을 지는 풍경을 보며 함께 하루를 마무리하기도 했다.

더불어 빠이에서의 우리의 여행은 그동안 몰랐던 서로의 취향을 알게 되는 시간이기도 했다. 밤마다 활기가 넘치는 빠이 야시장은 유독 예술품들이 많기로 유명했다. 특별히 할 것이 없었던 우리는 밤마다 야시장에 나가 구경하는 것이 낙이었다. 그런데 하루는 아이가 가던 길을 멈추고 한참을 쪼그리고 앉아 한 청년 화가가 나무 조각에 그림 그리는 것을 지켜보았다. 나는 아이가 그렇게 마음을 빼앗긴 듯한 표정을 본 적이 없었다. 여행을 기념하는 의미로 마음에 드는 그림을 골라보라고 했다. 아이는 코끼리가 밤길을 걸어가고 있는 그림을 골랐다. 그림을 고른 아이는 매우 기뻐하며 나에게 코끼리 위에 탄 사람이 엄마와 자신이라고 했다. 자세히 보니 두 사람이 나란히 코끼리 등에 올라타고 밤길을 산책하고 있는 듯 보였다. 한편 우리가 묵었던 숙소에서는 매일 아침 다양한 메뉴로 아침 식사를 준비해 주었다. 그런데 다른 메뉴는 바뀌어도 딱 한 가지 바뀌지 않고 매일 나오는 것이 있었는데, 바로 소고기죽이었다. 입맛이 까다로운 아이가 먹을까 싶어서 굳이 권하지 않았었는데, 웬일인지 아이는 내 것까지 탐내며 너무나 맛있게 먹어치웠다. 매일 아침 소고기죽을 먹는 낙으로 눈을 뜬다고 말할 정도였다. 나는 아이에게 매일 양보하느라 그 맛이 잘 생각나지도 않는데, 아이는 지금도 그때 맛본 소고기죽 이야기를 하곤 한다. 그때까지도 나는 아이가 죽 종류를 그렇게 좋아하는지 미처 몰랐었다.

우리는 동남아에 온 여행자의 특권을 누리기 위해 1일 1마사지를 실천하기도 했다. 그전까지 아이는 마사지를 받아본 적이 없었다. 나는 내가 마사지를 받고 싶은데, 아이를 혼자 둘 수 없어 옆에서 함게 발 마사지를 받으며 누워있으라고 권했다. 하지만 웬걸, 아이는 마사지를 받자마자 10분 만에 늘 곯아떨어지곤 했다. 그 모습이 귀여운지 마사지를 해 주는 직원들이 잠든 아이를 가리키며 나에게 키득키득 웃곤 했다.

그리고 무엇보다도 단둘이 보낸 밀도 있는 시간은 부모와 자녀의 관계를 너머 서로가 서로를 지지하고 존중하는 동행자로서의 시간을 만들어 주었다. 우리는 서로의 취향을 존중했고, 때로는 서로에게 자신의 시간을 기꺼이 양보하며 기다려 주었다. 한 번은 빠이 이곳저곳을 산책하다가 우연히 한국어로 붙어 있는 벽보를 발견한 적이 있다. '와라!'라고 크게 써 놓은 한국어가 그렇게 반갑고 재밌을 수가 없었다. 한국인 여행자가 빠이의 어느 바_{bar}에서 통기타를 연주하며 공연을 한다는 광고였다. 나는 바에 가고 싶었지만, 한국 시간으로는 이미 아이가 잠이 들고도 남을 늦은 시간이라 망설여졌다. 아이를 데리고 가도 괜찮은 곳인지도 알 수 없었다. 포기할까 고민하다가 그래도 이런 경험이 또 어디 있겠나 싶어 아이에게 의사를 물었다. 아이는 잠시 고민하더니, 엄마도 자기가 하고 싶은 일을 할 때 기다려 주었으니 자신도 기꺼이 함께 가서 버텨보겠다고 했다. 평소 같으면 귀찮다고 칭얼거릴 법도 한데, 제법 진지하게 길을 따라나서는 모습이 대견했다. 덕분에 우리는 다른 나라의 낯선 곳에서 생각지도 못하게 김광석의 〈서른 즈음에〉를 생생하게 듣게 되는 행운을 누리기도 했다.

빠이에서 보낸 시간이야말로 아이와 단둘이 함께 여행 온 것의 진정한 의미를 생각하게 하는 선물과 같은 시간이었다. 여행길 위에서는 누구나 평등했고, 길 위에서 만난 여행자들은 우리 아이를 동등하게 대해주었다. 아이는 스스로 배낭을 책임지며 자신의 몫을 해냈다. 엄마가 하고 싶은 것을 위해 기꺼이 자신의 시간을 내어주었고, 아이가 하고 싶은 것을 위해 나 역시 아이를 기다려 주고 함께 했다. 여행을 시작할 무렵, 책임지고 보살펴야 하는 존재로 생각하며 혹시라도 잘못되면 어쩌나 걱정했던 것이 무색하게, 여행의 어느 무렵에는 오히려 내가 아이에게 의지하기도 하며 보호자가 아닌 동행자로 나란히 걷고 있다는 것을 깨달았다.

생각해 보면 아이가 걷기 시작할 무렵 이후로 언제 이렇게 한시도 떨어지지 않고 붙어 있었던 적이 있나 싶었다. 보호자에서 동행자로 함께 길을 걸었던 여행의 경험은 단순히 아이와 좋은 추억을 만든 이벤트를 넘어, 엄마와 아이가 따로 또 같이 성장하는 배움의 시간이었다.

삶의 예방주사

우리는 빠이에서 둘만의 추억을 만들고 다시 돌아갈 준비를 했다. 며칠간 삼촌처럼 살갑게 아이를 챙겨준 숙소 직원이 무척이나 아쉬워했다. 아이에게 악수를 청하자, 아이는 함께 사진을 찍자고 했다. 마지막까지 가는 동안 먹을 간식을 챙겨준 그는 우리가 배낭을 메고 다리를 건너 잘 보이지 않을 때까지 손을 흔들어 주었다. 아이도 못내 아쉬운 듯 자꾸 뒤를 돌아보며 그에게 손을 흔들어 보였다.

우리는 다시 차를 타고 구불구불한 산길을 3시간 달려 치앙마이에 도착했다. 이번에는 여행자들이 건네 준 멀미약을 미리 챙긴 덕분에 난감한 상황 없이 무사히 도착했다. 치앙마이에 도착해서 하룻밤을 보내고 곧바로 한국으로 돌아가기 위해 공항으로 향했다. 올 때처럼 택시를 타고 어두운 치앙마이의 도로를 달려 공항에 도착했다. 아이는 배낭을 스스로 챙기는데 익숙해졌는지 비행기에 탑승하기 위해 기다리는 동안 배낭을 베개 삼아 잠들어 버렸다.

　돌아오는 비행기 안, 아이는 올 때처럼 역시나 나의 무릎을 베고 곯아떨어졌다. 그냥 나의 느낌인 걸까. 불과 며칠 사이이지만 치앙마이로 갈 때 비행기 안에서 본 모습보다 아이가 부쩍 큰 것처럼 느껴졌다. 나는 모두가 잠든 비행기 안에서 우리의 여행을 곰곰이 곱씹어 보았다. 나중에 아이가 성인이 되었을 때, 아이는 이 여행을 어떻게 기억할까.

　『카라마조프가의 형제들』에는 이런 말이 나온다.

"사람들은 교육에 대해 많은 것을 말한다. 그러나 어린 시절부터 간직한 아름답고 신성한 추억만한 교육은 없을 것이다. 마음속에 아름다운 추억이 하나라도 남아 있는 사람은 악에 빠지지 않을 수 있다. 그리고 그런 추억들을 많이 가지고 인생을 살아간다면 그 사람은 삶이 끝나는 날까지 안전할 것이다."

　나는 아이를 키우면서 늘 이 말을 잊지 않으려고 노력한다. 우리가 살아가는 데 필요한 것은 어쩌면 거창한 기술이 아니라, 나만이 간직한 아름다운 시간일 지도 모른다. 이러한 시간이 인생의 모진 순간에도 우리를 다시 일으켜 세우는 힘일 것이다.

이런 면에서 나는 여행이 우리 삶의 예방주사일 지도 모른다고 생각한다. 당장은 그 효과를 느낄 수는 없지만, 삶의 면역력을 키워주고 언젠가 아픈 순간이 찾아오면 비로소 효과를 나타낼 것이라고 믿기 때문이다. 인생의 중요한 시기마다 낯선 곳으로 가기 위해 짐을 싸고, 새로운 곳에서 잠을 청하고, 다양한 사람들을 만나며 내 앞에 주어진 그 길을 걸었던 숱한 여행의 아름다운 순간들이 예방주사 같은 것이었음을 삶이라는 여정의 순간순간 깨닫기 때문이다. 덕분에 나는 조금 덜 흔들리며 여기까지 왔고, 조금 덜 아프게 삶의 어두운 시기들을 지나온 것 같다. 그래서 나는 조금 더 나답게 여기까지 걸어왔을지도 모른다.

모범생이 아닌 모험가로

아이는 삶의 중요한 전환기에 떠난 여행을 통해, 자기 스스로에 대해 더 많은 것을 알게 되었다. 여행하며 만난 많은 사람들과 스스럼없이 인사를 먼저 건네는 법을 배웠고, 편견 없이 대화를 이어나가는 법과 도움이 필요할 때 건강하게 도움을 요청하는 방법을 터득했다. 그리고 그 도움에 적절하게 진심의 마음을 전달하는 방법을 경험했다. 집 주변에서는 보기 힘든 자연과 문화를 접하며 세상에는 변화무쌍한 자연이 있고 우리와 다른 모습으로, 하지만 어쩌면 또한 같은 모습으로 살아가는 또 다른 문화가 있음을 목격했다. 나는 아이에게 이런 '아름다운 시간'을 선물하고 싶었다. 이를 통해 자기 자신에 대해 잘 이해하고, 좀 더 자신감 있게 본인이 원하는 선택을 할 수 있는 힘을 기르는 것, 두려움보다는 호기심으로 불확실한 우리 삶을 즐길 수 있는 힘을 갖게 되는 것. 나는 이런 예방주사 같은 여행의 힘을 아이와 함께 경험하고 싶었던 것이다. 나는 아이가 삶의 주인으로 살길 바란다. 삶의 주인으로 산다는 것은 여행에서의 모습 그대로이다. 나의 배낭을 스스로 책임지며 자신만의 길을 걸어 나가는 것. 이런 여행자의 시선과 태도로 삶을 살길 바란다. 모범생이 아니라 모험가로 말이다. 이런 우리의 아름다운 시간이 나답게 살 수 있는 힘이 되어줄 것이라고 나는 믿는다.

그리고 이것은 새로운 삶으로의 여행을 시작하는 우리 모두에게 필요한 자세라고 생각한다. 삶에서도 여행자의 시선과 태도를 가질 수 있다면, 우리는 보다 나답게, 즐겁게 우리의 삶을 걸어갈 수 있을 것이다.

여행을 모두 마치고 돌아와 얼마 후, 놀이터에서 놀던 아이가 친구들과 나누는 이야기를 우연히 들은 적이 있다. 초등학교 입학을 앞둔 고만고만한 아이들끼리 모여 갑자기 자랑 배틀이 시작됐다. 어떤 아이는 태권도 시합에 나가 1등을 했다고 자랑했다. 어떤 아이는 두 발 자전거를 탈 줄 안다고 자랑했다. 어떤 아이는 혼자서 심부름을 할 수 있다고 의기양양하게 말했다. 어떤 아이는 동생이 셋이나 된다고 외쳤다. 아이들이 서로 질세라 점점 수위를 높여가던 그때, 우리 아이가 당당하게 나서며 말했다.

"야, 너네 다 졌어! 너네 배낭 메고 여행해 봤어? 난 배낭여행자라고!"

배낭여행자가 뭐 그리 대단하고 특별한 거라고, 저리도 자랑스럽고 당당하게 이야기할까. 하지만 친구들이 관심 있건 없건 그 한마디로 다른 친구들을 제압한듯 기세등등한 아이를 보고 있자니 둘만의 여행을 다녀오길 참 잘했다는 생각이 들었다. 아이에게는 엄마와 단둘이, 자기 배낭을 스스로 책임지면서 낯선 곳으로 '배낭여행'을 다녀온 그 경험이 매우 특별하고 자랑스러운 일이었나 보다. 즉흥적으로 시작된 우리 가족만의 특별한 전통이 앞으로 어떤 모습으로 우리 가족을 성장시킬지 기대된다. 이 전통의 첫 세대인 우리 아이가 나중에 아이를 낳아도 이 전통을 계속 이어가고 있을까? 문득 궁금해진다.

2020년 2월, 둘째 아이가 유치원을 졸업하고 초등학교 입학을 앞두고 있었다. 역시 나는 우리 가족의 전통을 이어나가기 위해 둘째 아이와의 배낭여행을 계획했었다. 하지만 마침 코로나19 팬데믹이 심각해지면서 여행을 포기할 수밖에 없었다. 아이는 졸업식도, 입학식도 제대로 하지 못했고, 학교에도 제대로 가보지 못한 채로 새로운 전환기를 맞이했다. 상황이 좀 나아지면 몇 년 내로 가능할지 기약할 수 없게 되었다. 꼭 비행기를 타고 넓은 세상을 보아야만 새로운 걸 알게 되는 것은 아닐 것이다. 삶의 전환기에서 새로운 시작을 하는 아이가 여행자의 태도를 배울 수 있는 일상의 방법들을 고민하며 이 시간을 묵묵히 함께 지나고 있다. 그리고 언젠가 상황이 나아지면, 다시 함께 떠나리라.

엄마의 완벽한 동행자가 되어주었던 첫째 아이는 초등학교 5학년이 되었다. 초등학교를 졸업하고 중학생이 되는 해에, 이번에는 아빠와 단둘이서, 아빠가 이미 앞서 걸었던 스페인 산티아고 순례길을 걷기로 하고 마음의 준비를 하고 있다. 서로가 서로에게 선물이 되어주고, 각자 인생의 예방주사가 되어주는 여행의 경험이 우리 가족에게 어떤 선물이 되어줄지, 그리고 그러한 여행의 태도를 각자의 삶에 어떤 방식으로 가져올지 기대된다.

나는 아이를 키우면서
늘 이 말을 잊지 않으려고 노력한다.

우리가 살아가는 데 필요한 것은
어쩌면 거창한 기술이 아니라,
나만이 간직한 아름다운 시간일 지도 모른다.

이러한 시간이 인생의 모진 순간에도
우리를 다시 일으켜 세우는 힘일 것이다.

2장

삶의 결을
정돈하는 시간

여행을 시작할 때는 늘 초심자의 마음을 갖게 된다. 하지만 때로는 차마 일상에 두고 올 수 없는 것들 때문에 새로운 여행을 망설이게 된다. 새로운 삶의 여행을 시작할 때, 우리에게 필요한 초심자의 마음은 무엇일까. 우리는 때로 차마 내려놓지 못했던 짐을 과감하게 잠시 벗어놓고 새로운 마음가짐으로 떠날 수 있는 용기도 필요하다. 익숙했던 것이 어색해졌을 때, 삶의 결을 정돈하는 시간이 필요할 때일지도 모른다.

이번엔 당신 차례군!

"나 이번엔 정말로 사표 낼래."

남편 입에서 결국 터져 나오고 말았다.

"응, 이제 마음 정한 거야? 잘 생각했어."

드디어 올 것이 오고야 말았다. 예상을 못한 것은 아니기에 애써 태연한 척할 수 있었지만, 머릿속이 복잡해졌다. 겉으로는 마음 넓은 아내의 얼굴을 하고 있었지만, 속으로는 지난달 할부로 사버린 건조기를 떠올렸다.

'나 사표 낼래.'

이 말을 입 밖으로 내뱉기까지, 목구멍까지 차오르는 말을 차마 하지 못하고 몇 번을 삼켰을지 생각하니 측은하기도 했다. 직장생활 10년. 본인에게 맞지 않는 옷을 입고 버티는 삶을 살아내느라 참 많이도 애썼다고 생각했다.

"그래, 할 만큼 했지. 그까짓 것, 때려 쳐! 당분간 내가 벌면 돼! 사표는 언제 낼 거야?"
"내일."
"??!!"

나 역시도 한 직장에 몸담은 지 10년 즈음, 그 고비를 넘기지 못하고 사표를 던졌다. 이제는 일에 압도되지 않는 삶을 살리라, 내가 원하는 삶의 모습을 구현해 내며 살리라 다짐하며 호기롭게 박차고 나왔다. 불안했지만, 월급을 벌어다 주는 남편이 있었기에 그나마 용기를 낼 수 있었다. 그래서 사표를 쓰며 다짐했었다. 내가 원하는 삶을 살기 위해 용기를 낼 수 있도록 이해와 지지를 받은 것처럼 언젠가 남편의 입 밖으로 '사표 쓸래'라는 말이 터져 나왔을 때, 그도 역시 용기를 낼 수 있도록 담담히 대답할 수 있는 준비를 해야겠다고. 그것이 경제적이든 마음가짐이든 무엇이든 말이다. 이 얼마나 기특한 아내란 말인가! 그런데 그런 다짐을 실천할 때가 드디어 온 것이다. 문제는, 내 예상보다 빨리 왔다는 것이다. 그보다 더 문제는, 내가 그만둘 때는 따박따박 들어오는 남편의 월급이 있었지만 지금 바통터치 당하는(?) 나는 프리랜서로 매월 통장에 찍히는 숫자가 널을 뛴다는 것이다. 내가 마음을 먹고 내 인생을 바꾸는 것과, 가족이 결단을 내리고 인생을 바꾸는 것을 지켜보는 것, 그로 인해 나의 인생까지 변화가 생기는 것은 전혀 다른 마음가짐이 필요하다는 것을 그때 알았다. 맞벌이하다가 내가 일을 그만둠으로써 우리 집의 수입이 반 토막 나고, 혼자서 오롯이 밥벌이의 부담을 짊어져야 했던 그때 남편은 어떤 기분이었을까, 이제야 비로소 궁금해졌다.

당장 내일, 이라고 외친 남편은 정말 '당장 내일' 회사에 사표를 제출했다. 이렇게 결단력 있는 모습은 지금껏 본 적이 없다. 물론 회사에서는 중요 인력이 빠져나가려 하니 난감해하며 면담에 면담을 거쳐 남편을 설득하려 했지만 이번만큼은 남편도 확고했다. 그렇게 남편은 회사를 나와 백수를 자처했고, 나는 가장이 되었다. 아니, 이제야 비로소 가장의 무게를 함께 나눠지게 되었다.

그렇게 시작된 백수(?)생활 한달 즈음, 다시 한번 남편은 폭탄선언을 했다.

"나, 여행 좀 다녀와도 될까?"

그래도 이번엔 선언이 아니라, 허락을 구하기에 가까웠다. 다시 한번 나는 담담한 척 대답했다.

"그래, 여행 좋지. 이런 시기에 여행을 다녀오는 건 좋은 생각인 거같아. 근데 어디로?"
"스페인 산티아고."

산티아고 순례길. 『연금술사』를 쓴 파울로 코엘료 Paulo Coelho가 작가로서의 삶을 시작한 그 길. 파울로 코엘료처럼 많은 사람들의 삶의 변곡점이 되고 있는 그 길로 남편은 여행을 선언했다.

사실, 남편의 꿈은 작가가 되는 것이었다. 가장의 역할을 다 하기위해 작가의 꿈을 잠시 뒤로 미루고 직장생활을 택했지만 완전히포기한 것은 아니었다. 직장인으로서의 삶에서도 충분히 글을 쓸 수있을 것이라고 생각했다. 하지만 새벽 5시 30분에 일어나 저녁 8시에 들어오는 삶은 그렇게 호락호락하지 않았다. 게다가 어린 아이들이 기다리고 있는 집으로의 퇴근은 제2의 출근과도 같았을 것이다. 도돌이표 같은 생활에서 그는 글을 쓰는 일보다 쓰러져 자는 생존의 일이 더욱 급했으리라. 물론 남편은 조직생활에도 제법 잘 적응하는 듯했다. 작가가 될 거라고 말하던 청바지 차림의 20대 청년은 점점 지워지고 느슨하게 감겨 있는 넥타이에 소매를 걷어 올린정장 차림이 잘 어울리는 아저씨로 나이를 먹어 갔다. 어느 순간부터 남편은 꿈을 접은 것인지 잃은 것인지, 혹은 아예 잊은 것인지 알수 없는 얼굴로 살고 있었다. 하지만 그는 꿈을 잃지도, 잊지도, 접지도 않았다. 맞지 않는 옷을 입고 산다는 것은 생각보다 버거운 일이었을 것이다. 나 역시도, 남들이 보기엔 화려하지만 내가 입기엔 불편했던 유니폼을 입고 10년간 버텨본 경험이 있기에, 그 누구보다도 어울리지 않는 옷을 입고 사는 그 기분을 이해할 수 있었다. 그래서 처음 스페인의 산티아고로 33일간 여행을 다녀오겠다고 했을 때, 직장인의 때를 벗기고 삶의 결을 정돈하기에 꽤 괜찮은 방법이라고 생각했다. 나도 삶의 중요한 굽이굽이마다 여행으로 디딤돌을 놓았었으니까 말이다. 더구나 작가를 꿈꾸는 사람이 아니던가. 파울로 코엘료가 그랬던 것처럼, 산티아고에 다녀오면 세계적인 베스트셀러가 될만한 글이 나올지도 모르는 일이었다.

시계의 무게

남편이 스페인으로 떠나는 날, 공항으로 가는 차 안에서 나에게 말했다.

"시계를 좀 바꿔야겠어. 시계가 너무 무거워."

그러고 보니, 33일 동안 단출하게 배낭 하나 메고 걷기만 하러 가는 사람에게는 어울리지 않는 묵직한 스틸 소재의 시계가 그의 손목에서 반짝이고 있었다.

"그러게. 안 어울리네. 공항에 도착하면 시계부터 바꾸자."

오랜만에 인천국제공항에 도착했다. 한 때 이곳은 나의 일터였고, 남편은 일하러 가는 아내를 배웅하거나 녹초가 되어 일을 마치고 돌아온 아내를 마중하는 곳이었다. 하지만 오늘은 그 반대 입장에 서게 됐다. 그가 떠나고 내가 남아야 했다.

우리는 우선 항공사 카운터에 들러 체크인을 했다. 33일간 여행을 가는 사람의 짐이라고는 믿기지 않을 만큼 단출한 배낭 하나만 들고 있었기에, 남편은 장거리 비행임에도 불구하고 수하물로 부칠 짐이 없었다. 그렇게 일찌감치 체크인하고 발길을 돌려 시계를 살 수 있을 만한 곳을 찾아 돌아다녔다. 면세점에는 원하는 시계가 없을 것 같았다. 남편이 원하는 시계의 조건은 딱 2가지였기 때문이다. 가벼울 것, 그리고 어두운 곳에서도 시간을 확인할 수 있는 야광일 것.

우리는 출국장에 들어가기 전, 공항 내의 상점 몇 군데를 돌아다닌 끝에 드디어 남편의 조건에 맞는 시계를 찾았다. 밤에도 시간을 확인할 수 있는 야광 바늘을 가진 시계였다. 게다가 땀에 젖어도 문제없는 재질이었고, 가벼운 무게만큼 가격도 가벼웠다. 남편은 조건에 맞는 시계를 찾자 별다른 고민 없이 10년간 회사생활을 함께 했던 시계를 풀어 손목을 해방시켜 주었다. 시계는 곧 나에게 건네졌고 그는 새로 산 시계로 바꿔 찼다.

"딱 좋네. 가볍다."

이제야 비로소 산티아고 순례길에 오르는 여행자로서의 준비가 완벽해진 것 같았다. 그리고 남편은 손을 흔들며 출국장 안으로 유유히 사라졌다. 그는 그렇게 삶의 결을 바꾸는 여행길에 올랐다.

나는 남편을 보내고 주차장으로 돌아왔다. 공항은 내게 익숙한 장소이지만, 누군가를 보내는 일은 익숙하지 않았다. 운전석에 앉으니 오른쪽 주머니에서 불룩한 것이 느껴졌다. 남편에게 받아 주머니에 넣어두었던 시계였다. 나는 남편이 10년간 차고 다녔을 시계를 꺼내 보았다. 검정색 스틸 소재의 시계가 내 손 안에서 반짝였다. 가장으로서의 피, 땀, 눈물이 서려 있을 시계였다. 그런 시계를 들여다보고 있자니 문득 손바닥 깊숙이 시계의 묵직한 무게감이 전해져 왔다. 기분이 묘했다. 100g이 채 되지 않을 그 무게가 그 순간에는 이 세상 모든 가장의 무게를 다 담고 있는 듯 무겁게 다가왔다.

'아, 이 사람은 이 무게를 견디며 10년을 버텨 왔구나.'

시계의 무게가 그가 10년간 짊어지고 있었을 삶의 무게로 다가오는 순간이었다. 맞지 않는 옷을 입고도 자신의 책임을 다하기 위해 '버티는 삶'을 선택한 가장으로서의 10년의 무게가 온전히 느껴지는 순간이었다. 그랬던 그가, 이제 정말 필요한 기능만 갖춘 가벼운 시계로 바꿔 차고 자신의 길을 걷기 위해 여행길에 올랐다. 원하는 삶으로 방향을 바꾸고, 삶의 결을 다듬기 위해서 말이다. 거기까지 생각이 미치자, 왈칵 눈물이 쏟아졌다. 나도 모르게 그렇게 한참을 울었다. 묵직한 시계를 손에 움켜쥐고 10년의 무게를 온몸으로 느끼며 말이다.

나는 남편이 10년간 차고 다녔을
시계를 꺼내 보았다.

검정색 스틸 소재의 시계가 내 손 안에서 반짝였다.
가장으로서의 피, 땀, 눈물이 서려 있을 시계였다.

그런 시계를 들여다보고 있자니
문득 손바닥 깊숙이
시계의 묵직한 무게감이 전해져 왔다.

기분이 묘했다.
100g이 채 되지 않을 그 무게가
그 순간에는 이 세상 모든 가장의 무게를
다 담고 있는 듯 무겁게 다가왔다.

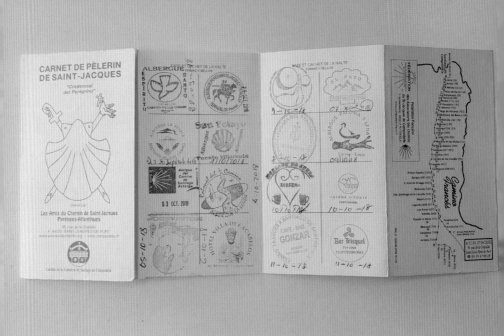

여행을 시작하는 초심자의 마음

◆

　의도했던 것은 아니지만, 어쩌다 보니 나는 삶의 큰 전환기마다
여행을 갔었다. 그 길 위에서 언제나 혼자서 나의 길을 묵묵히 걸었
고, 나의 배낭을 오롯이 내가 책임지며 여행을 이어나갔다. 전환기
는 새로운 삶의 또 다른 시작이기도 했기에 늘 여행을 시작할 때마
다 초심자의 마음으로 돌아갔던 것 같다. 차마 내려놓지 못하고 짊
어지고 있던 이전의 삶으로부터 들러붙어 있던 것들을 과감히 내려
놓고 새로운 삶을 받아들일 준비. 후회하지 않을 마음과 일단 부딪
혀볼 용기를 배낭에 넣고 삶의 결을 정돈하는 시간을 갖곤 했다. 그

럴 때마다 익숙했던 것들이 제자리를 잃고 낯설어지곤 했다. 그리고 여행을 마치고 돌아올 즈음엔 낯선 것들이 다시 익숙해져 있곤 했다.

여행이 항상 삶의 어려운 숙제들에 대한 답을 주는 것은 아니었다. 하지만 인생의 어느 시점에는 자신만의 여행길에 '홀로' 오르는 것이 좋은 해답이 될 수도 있다고 믿게 되었다. 특히 인생의 방향을 바꾸고 삶의 결을 정돈하고 싶은 시기라면 혼자 배낭을 메고 묵묵히 걷는 그 길에서의 과정이 전환의 과정이 될 수도 있다고 나는 생각한다. 여행에서는 그 누구도 나의 배낭을 대신 들어주지 않는다. 오롯이 내가 그 무게를 견디고 책임져야만 자유롭게 나만의 여행을 만들어 갈 수 있다. 내가 원하는 선택, 내가 옳다고 생각하는 선택을 해나가는 경험, 나에게 집중하는 시간을 갖는다는 것. 수많은 규칙과 관계가 얽혀 있는 일상에서는 쉽지 않다. 그러므로 복잡하게 얽혀 있는 것들로부터 잠시 벗어나 낯선 환경에서 혼자 여행하는 경험은 나에 대해 조금 더 이해하고 나다움의 결을 정돈할 수 있는 시간이 되기도 한다. 여행 중 맞닥뜨리는 예상치 못한 상황들에 혼자 대처해 나가며 그동안에는 미처 몰랐던 또 다른 나의 모습을 발견할 수도 있다. 어떤 이유로 길들여졌던 삶의 방식에서 벗어나 나만의 방식을 찾을지도 모른다. 이런 시간을 통해 질문하기도 하고, 내 마음속 이야기에 귀 기울이기도 하면서 나 자신과 대화하며 내가 원하는 인생의 방향을 다시 조정하고 삶의 결을 정돈하는 것이다. 하지만 어쩌면 삶의 변화는 여행 그 자체가 아니라, 새로운 여행을 시작할 때 가진 초심자의 마음이 있었기에 가능했을지도 모른다. 그동안 익숙했던 것들을 과감하게 벗어던지고 낯선 것들을 선택할 수 있었던 용기. 그 초심자의 마음이 있었기에 나다운 여행도, 삶도 가능했을 것이다.

그렇다 하더라도 가족 중 누군가 나와 마찬가지로 삶의 중요한 전환기를 마주하게 된다면, 나다운 삶을 위한 혼자만의 시간을 보내도록 이해해주는 아량도 중요하다고 믿는다. 우리 모두는 부부나 가족이기 이전에 '나다움'을 가지고 있는 고유한 존재이고 자신만의 삶의 무게를 짊어지고 살아가는 개개인이기 때문이다. 부부나 가족은 평생 함께 길을 걷지만, 자신의 짐을 누군가 대신 들어줄 수는 없다. 하지만 그 무게를 이해하고 공감해 줄 수는 있다. 그러므로 우리는 사랑하는 누군가가 진정한 나를 찾아 떠나는 여행을 시작하려할 때, 차마 내려놓지 못하고 짊어지고 있었을 짐들을 내려놓을 수 있도록, 초심자의 마음으로 새로운 여행길에 가볍게 오를 수 있도록 그것을 잠시 나눠 갖는 용기와 배려가 필요하다. 삶은 내가 혼자 하는 여행인 동시에, 가족이 함께하는 여행이기도 하기 때문이다. 그러한 가치를 믿기에 남편이 사표를 쓴다고 했을 때, 나는 기꺼이 지금껏 그가 홀로 지고 있던 가장의 무게를 나눠지기로 했다. 회사를 그만두고 스페인으로 여행을 다녀오겠다고 했을 때, 역시 철없이 그게 무슨 말이냐고 화내는 대신 내심 기뻤다.

사실 남편은 여행을 그다지 좋아하지 않는 사람이었다. 그래서 나는 슬쩍 퇴사 후에 여행을 제안했지만 역시나 그는 내켜 하지 않았던 터라 더는 강요하지 않았다. 그런 그가 스스로 혼자만의 여행을 결정한 것이다. 그러고 보면 어쩌면 사람들은, 자신만의 배낭을 짊어지고 여행길에 홀로 올라야 할 때를 본능적으로 아는지도 모르겠다. 우리는 그럴 때 그저 자신의 직관을 믿고 선택하면 될 뿐이다. 그것이 나다운 삶의 시작일 것이다. 그리고 그때가 초심자의 마음으로 돌아올 때이다. 내 옆의 누군가가 초심자의 마음으로 돌아오려 한다면 우리에게는 그의 새로운 여행을 위해 배낭을 잠시 나눠질 수 있는 마음가짐이 필요할 것이다.

많은 분들이 사표를 쓰고 산티아고 순례에 오른 남편의 뒷이야기를 궁금해할 것이다. 33일 후, 남편은 반쪽이 된 모습으로 인천공항에 나타났다. 10년간 잦은 회식과 운동 부족으로 볼록하게 나왔던 뱃살이 온데간데없이 쏙 들어갔다. 나는 그것만으로도 직장인의 때를 벗었다고 생각했고 만족스러웠다. 배낭과 시계는 그대로였지만, 그는 여행을 떠나기 전의 그가 아니었다. 꼬질꼬질해진 배낭에는 순례자를 상징한다는 조개껍데기가 매달려 있었다. 남편은 한동안 여행에서 겪었던 일들을 마치 군대에 다녀온 사람이 무용담을 늘어놓듯 이야기하고 또 이야기했다. 하지만 다시는 못 하겠다는 말도 빼놓지 않았다. 동시에 그동안 부족했던 아빠의 시간을 나머지 공부하며 채우기라도 하듯 아이들과 함께 시간을 보내는 일에 전념했다. 늘 아빠가 집에 있다는 사실이 아이들에게는 마냥 신나는 일이었다. 나보다 살림에 더 소질이 있을지도 모른다는 새로운 사실도 발견했다. 이제야 비로소 동등한 가사분담이 가능해진 것 같았다.

주변에서는 회사를 그만두고 작가가 되고 싶어 한다는 남편의 이야기를 들으면 남편이 아니라 나를 걱정해 주곤 했다. 내가 그에게 받은 것만큼 그에게도 3년의 시간을 주었다고 하면 '참으로 속이 넓은 아내'라는 애매한 말도 잊지 않았다. 내가 남편 덕분에 얻은 삶의 방향을 바꾸는 전환의 기회를 그에게도 똑같이 준 것뿐이라고 나는 생각했지만, 사람들에게는 말하지 않았다. 우리는 서로 진정한 나를 찾기 위한 새로운 여행을 시작할 때, 잠시 서로의 짐을 나누어 들고 초심자의 마음으로 돌아갈 수 있도록 도왔을 뿐이다. 남편은 알람 소리에 억지로 몸을 일으키지 않아도 되는 출퇴근 없는 생활에 익숙해지면서 쏙 들어갔던 뱃살이 스멀스멀 다시 나오기 시작했다. 다시는 못갈 것 같다고 말했던 산티아고 길을 다시 그리워하기 시작할 그 무렵, 그는 마침내 작가의 삶을 시작하게 됐다. 무료로 연재하던 글이 좋은 호응을 얻어 출판사로부터 출간제의를 받게 된 것이다.

산티아고의 그 길은 파울로 코엘료의 삶 뿐만 아니라, 남편의 삶, 그리고 우리의 삶도 바꾸어 놓았다. 내가 그랬듯, 두 아이의 아빠이자 한 가정의 가장이기 이전에 '나'로 살기 위해 나다움을 선택한 그의 용기가 나는 자랑스럽다. 마음의 빚을 조금이나마 갚은 것 같아 홀가분하기도 했다. 그리고 남편이 홀로 견뎌왔을 무게를 이해하고 남편의 결정을 존중하고 응원해 줄 수 있는 나여서 나 스스로가 기특했다.

그러고 보면 나답게 그러면서도 함께 하는 가족의 모습이, 각자의 배낭을 메고 따로, 또 함께 자신만의 길을 묵묵히 걸어가는 여행자들의 모습과 닮아있다는 생각이 든다. 무엇보다 나 자신에게 묻고, 선택한 길을 따라가는 모습이 순례자처럼 느껴졌다. 혼자 걷는 그 길 위에, 내 배낭의 무게를 이해하고 공감하고, 가끔은 잠시 나누어 주며 함께 걷는 사람이 있다는 것은 참으로 행복한 일이다.

3장

Never too late

잘 알려져 있다시피 하와이는 서퍼suffer들의 천국이다. 1년 내내 따뜻한 날씨와 아름다운 바다, 끊임없이 질 좋은 파도가 이어지는 서핑의 본고장. 와이키키 해변에 앉아서 파도를 타고 있는 서퍼들을 보고 있으면 그렇게 자유로워 보일 수가 없다. 하지만 여러 번 하와이를 방문했어도 서핑을 배워봐야겠다는 생각을 해 본 적은 없었다. 수영을 잘 못하다보니 물에 들어가는 것을 별로 좋아하지 않기 때문이다. 자유롭게 사는 것을 추구하지만, 물에서만큼은 결코 자유롭지 못했다. 수영을 배워보려고 시도해 보지 않은 것은 아니다. 하지만 나이를 먹어서 하려니 쉽지 않았다. 운동 신경이 부족한 탓도 있었고 흥미를 느끼지 못한 때문이기도 했다. 그렇다보니 서핑도 나와는 상관없는 이야기 같았다.

하와이에서는 서핑을!

이번 여행은 여러 가지로 나에게 특별한 의미로 다가왔다. 많은 장애물(?)을 극복하고 오랜만에 혼자 떠나는 여행이었다. 퇴사를 자축하며 지난 10년간의 회사생활을 정리하고 앞으로의 내 커리어를 생각하기 위한 선물이기도 했다. 불확실한 프리랜서의 삶이라는 큰 도전을 앞두고 이번 여행에서는 무엇인가 새로운 것들에 너그러워져 보기로 했다.

그래서였을까. 하와이 여행을 준비하다 자연스럽게 자주 서핑 사진을 마주치게 됐던 나는, 웬일인지 '한 번 배워볼까?'하는 생각이 들었다. 그리고 보면 여행을 다니면서 가장 부러웠던 사람들은 깊은 물에서도 수영을 자유자재로 하는 사람들이었다. 수영을 잘한다는 건 여행지에서 그만큼 할 수 있는 것이 더 많다는 의미였다. 바다에서 자유자재로 떠다니는 사람들을 보면 그렇게 자유롭고 평온해 보일 수가 없었다. 하와이의 해변에서 서핑하는 사람들도 왠지 그래 보였다. 밑도 끝도 없이 '수영은 못해도 서핑은 가능하지 않을까?'라는 생각을 했다. 서프 보드와 함께 파도를 타는 모습이 수영보다 역동적이고 신나 보이기도 했다. 이번 여행은 많은 장애물(?)을 극복하고 오랜만에 혼자 떠나온 여행이었다. 퇴사를 자축하며 지난 10년간의 회사생활을 정리하고 앞으로 내 커리어를 생각하기 위한 선물이기도 했다. 진짜 파도타기를 배워보면 어쩌면 앞으로 무수히 마주칠 불확실한 삶의 파도를 타는 방법을 배울 수 있지 않을까하는 생각이 들자, 나는 그대로 마음을 정해버렸다. 더구나 이곳은 서핑의 본고장이 아니던가! 이런 곳에서 서핑에 도전해 보는 것은 당연한 일일지도 모른다. 그래서 이번 하와이 여행에서 사실 나에게 가장 중요한 계획이자, 도전은 '서핑 surfing'이었다.

출발하기 직전, 나는 인터넷을 통해 서핑 강습을 예약했다. 와이키키 해변 주변에도 서프 보드를 빌려서 강습받을 수 있는 곳들이 많았지만, 현지인보다는 커뮤니케이션이 잘 되는 한국인 강사를 만나고 싶었다. 수영을 못하지만 서핑에 도전해 보고 싶어하는 나를 잘 이해해 주는 강사였으면 좋겠다고 생각했다. 하지만 막상 강습을 예약하려고 하니 마우스를 쥐고 있는 손가락이 움직이질 않았다. 살아가는 데 꼭 필요한 기술도 아닌데, 굳이 이제 와서 배운다고 뭐가 달라질까 싶었다. 내가 할 수 있을까 싶기도 했다. 수영을 못하니 더 위험하지는 않을까, 혼자 가는 여행에서 그런 모험은 하지 않는 게 상책이라는 생각도 들었다. 여행에서는 대체로 용감했던(?) 나이지만 목숨이 걸려 있는(!) 문제에선 무모하게 용감해선 안 되는 법이었다. 막상 결정의 순간이 오자, 하지 말아야 할 수만 가지 이유들이 떠올랐다. 출발 마지막 날까지도 고민만 했다. 그러다 더는 미룰 수 없어 도전하는 것에 너그러워지기로 한 다짐 쪽으로 마음을 다시 굳혔다. '에라, 모르겠다'는 심정으로 예약을 완료했다.

번화한 와이키키 해변에서 조금 벗어난 해변, 약속된 시간에 약속된 장소로 나가니 키는 작지만 탄탄한 몸매를 자랑하는 강사가 인사를 건네왔다. 까맣게 그을린 그의 몸은 하와이에 최적화된 서핑 강사라는 것을 말해주는 듯했다. 게다가 한국말이 유창하다는 사실이 나를 안심시켰다. 수영을 못하지만 서핑을 할 수 있느냐고 몇 번이나 물어보는 나를 그는 걱정하지 말라며 안심시켰다. 이날 서핑을 배우려고 강습을 신청한 사람은 나 말고도 신혼부부 한 쌍이 더 있었다. 우리는 서로 인사를 나누고 안내에 따라 해변가로 걸어나갔다. 그곳에는 알록달록한 색깔의 서프 보드들이 예술작품 마냥 줄지어 세워져 있었다. 마치 하와이 홍보 동영상에 나올 법한 그림 같은 장면이었다. 그 장면을 보니 그제야 묘하게 설레기 시작했다.

강사는 우리에게 적당한 서프 보드를 하나씩 나눠 줬고 해변가에서 간단하게 서핑의 기본자세와 안전수칙을 알려줬다. 그러고는 얼마 지나지 않아 우리 모두를 바닷물 속으로 이끌었다. 정말로 이대로 서핑을 한다고? 배운 것도 없는 것 같은데? 그냥 배운 대로 하면 정말 된다고? 흔들리는 눈동자에서 그런 나의 마음을 읽었는지 강사가 말했다.

"서핑은 백번 육지에서 배우고 연습해도 소용없어요. 직접 파도에 부딪혀 봐야 배울 수 있어요. 일단 하면서 몸으로 익히는 겁니다. 제가 있으니 걱정 마세요!"

그의 말에 동의는 했지만, 긴장되는 것은 어쩔 수 없었다. 바다와 가까워질수록 긴장의 강도가 점점 높아져서 심장이 밖으로 튀어나올 것 같았다. 하와이의 파도는 지금껏 보았던 우리나라 바닷가 파도와는 수준이 달랐다. 이 나이 먹어서 무슨 부귀영화를 보겠다고 내가 지금 여기 있는 거지? 라는 생각이 절로 들었다.

'아니야. 이건 나에게 중요한 도전이야. 리쉬_{서프 보드와 발목을 연결해 주는} 스트랩가 연결돼 있으니 빠져 죽진 않을 거야. 강사가 옆에 붙어 있으니 안전할 거야. 무엇보다도 오늘은 서핑하기 좋은 그림 같은 날씨잖아. 그리고 여기는 하와이야. 하와이까지 왔으니 서핑을 하는 것은 어쩌면 당연한 일이지….'

나는 그렇게 자기 최면(?)을 걸며 강사를 따라 바닷물속으로 들어갔다. 바다에 들어가니 비로소 신이 난 듯한 서핑 강사는 남의 속도 모르고 끊임없이 밀려오는 높은 파도를 보며 서핑하기 참 좋은 날이라고 했다. 나는 이미 바다에 내던져졌고 의지할 것은 그와 서프 보드뿐이었다. 그의 말을 믿기로 했다.

나는 배운 대로 서프 보드에 엎드려 두 팔을 휘저어 파도와 마주했다. 두 발이 땅에 닿지 않는다는 사실이 나를 긴장하게 했고, 막상 바다로 나오니 생각보다 높은 파도가 나를 더욱 두렵게 했다. 저 멀리서 파도가 밀려오면 가까워질수록 심장이 두 배로 더 방망이질을 치는 것 같았다.

초보자가 서핑을 배우는 방식은, 저 멀리서 파도가 밀려오면 두 팔을 저어 이걸 패들링 paddling이라고 한다. 서프 보드를 전진시키다가 강사가 'take off!'라고 외치면 육지에서 배운 대로 재빠르게 몸을 일으켜 보드 위에 두 발로 서는 것의 반복이었다. 나는 파도를 뚫고 내 뒤에서 꽂히는 강사의 우렁찬 목소리에 맞춰 두 팔로 보드를 밀어내듯 배를 들어 재빠르게 일어나고, 균형이 잡힐 듯 말 듯 휘청거리다 이내 바닷속으로 고꾸라지기를 수없이 반복했다. 처음에는 물에 빠지지 않으려고 더욱 안간힘을 썼다. 그러다 보니 몸에 더 힘이 들어가서 균형을 잡기 힘들었다. 하지만 몇 번 물에 빠져보니 괜찮다는 것을 경험하면서 조금씩 자신감이 붙었다. 몇 번 더 물에 빠지기를 반복하던 어느 순간! 드디어 올 것이 왔다. 이때다 싶은 나의 감을 믿고 본능적으로 배를 들어 재빨리 서프 보드 위에 섰다. 그리고 이번에는 물에 빠지지 않았다! 마치 보드와 한 몸이 된 듯 균형을 잡고 서서 바람을 가르며 파도를 탔다. 그때까지는 보이지 않던 와이키키 해변의 아름다운 풍경이 그제야 눈에 들어왔다. 황홀했다.

세상 '이렇게 신나는 것이 여기에 있었구나'하는 생각이 들었다.

주변에서 서핑 초보의 성장기를 지켜보던 다른 서퍼들이 이제야 비로소 설 줄 알게 된 나를 보고 기뻐하며 박수를 쳐 주었다. 'Good job!'이 아니라 'Welcome!'이라고 외쳤다. 마치 아기가 아장아장 걸어 처음 부모의 품에 안기게 된 것을 축하하듯, 서핑의 세계에 온 걸 환영해! 라고 반기는 것 같았다. 어느 순간부터는 파도가 밀려오는 것이 두렵기보다는 설레기 시작했다. 바다에 들어가기 전과 나올 무렵의 나는 전혀 다른 표정이었다. 수영을 못한다고 서핑도 못할거라고 지레 겁먹고 있던 나는 이제 없었다. 굳이 배우기에는 너무 늦은 나이가 아닐까 생각하고 포기했더라면 '이 짜릿함을 모르고 살았겠구나' 생각하니 아찔했다.

늦은 때란 없다.

해 질 무렵, 강사는 즐거웠냐는 말과 함께 이제 돌아갈 때가 됐다고 했다. 큰 파도를 보며 무서워하던 내가 맞나 싶을 정도로 아쉬움이 밀려왔다. 우리는 각자 서프 보드를 가지고 해변가로 돌아오는데 문득, 이 신나는 것을 이제야 알게 된 것이 억울해졌다.

'아이를 둘이나 낳고 나이 마흔이 다 될 때까지 나는 이런 것도 안 해보고 지금껏 뭐하며 산 거지? 진작 배울 걸 그랬어.'

억울함이 파도처럼 밀려와 나를 해변으로 떠밀었다. 아쉬움이 넋두리로 섞여 나왔다.

"이렇게 재미있는 걸 이제야 배우게 된 게 너무 억울하네요. 나이 들어서 배우려니까 겁도 많아지고 배우는 속도도 느린 거 같아요. 어릴 때부터 수영을 배워서 물과 좀 더 친했다면 이런 재미있는 것도 좀 더 일찍 알고 두려움 없이 더 잘 즐길 수 있었을 텐데… 제 나이가 아쉽기만 해요. 제 아이들은 일찌감치 수영만큼은 꼭 가르치고 싶어요."

그런데 그때, 내 넋두리를 묵묵히 듣고 있던 강사는 서프 보드를 챙기던 손을 멈추지 않고 덤덤히 뒤돌아보며 나를 향해 한마디를 던졌다.

"Never too late! 늦은 때란 없어요."

늦은 때란 없다. 이 간결하면서도 경쾌한 한 문장이 마음속에 파문을 일으켰다.
'그래, 늦은 건 없지. 지금이라도 해본 게 어디야?!'
오늘 용기를 내어 부딪혀 보지 않았다면 평생 알 수 없었을 즐거움이었다. 얼마나 감사한 일이란 말인가. 『갈매기의 꿈』을 쓴 리차드 바크 Richard Bach 가 말하지 않았던가. 무언가 하고 싶다는 것은 이미 내 안에 그 능력이 있는 것이라고. 서프 보드 위에 나를 서게 한 것은 할 수 없을 거라고 생각하는 수많은 이유들의 목소리 대신, 그저 해보고 싶다는 마음에 귀 기울이고 한 발짝 발을 내디딘 작은 용기였다.

　그러고 보면 나에게는 '늦깎이'라는 수식어가 따라 다녔다. 방황을 하다가 뒤늦게 입사한 나는 어딜가도 '나이 많은 신입사원'이었다. 선배들은 나보다 보통 5살 이상 어렸다. 경력직으로 입사했냐는 질문은 나에게는 익숙한 단골 질문이었다. 나잇값 못한다는 소리를 듣고 싶지 않아서 남들보다 늦은 만큼 더 열심히 해야 한다고 생각했다. 나이가 많은 것이 핑계가 되지 않기 위해 나보다 나이가 어린 선배들에게는 더욱 깍듯하게 대하고 더 적극적으로 배우려고 따라 다녔다.

　뒤늦게 입사했다는 것이 퇴사를 고민하며 경력전환을 준비할 때 발목을 잡기도 했다. 평범하게 입사한 어린 선배들은 일찌감치 회사 안에서 경력을 쌓고 나가서도 젊은 나이로 다양한 것들에 도전할 수 있는 듯 보였다. 그래서 자연스레 나는 이미 많은 나이에 입사를 했으니, 회사를 그만두고 새로운 일을 시작하기에는 너무 늦은 것은 아닐까 고민하기도 했다. 하지만 달리 생각하면 다들 나이가 너무 많아서 항공사 입사는 어려울거라고 했지만 결국 성공했다. 어린 선배들보다 사회경험이 많아 유연하게 대처할 수 있는 일들도 많았다. 일찌감치 아이를 낳고 복직했을 때는, 육아 경험 덕분에 오히려 내가 할 수 있는 것들이 훨씬 많았다. 세상이 정해 놓은 시간표와 다르다는 것을 스스로가 장애물로 만들지만 않으면 사실 크게 문제되지 않았다. 오히려 강점이 되기도 했다.

　중요한 것은 나이다움보다 나다움이었다. 내가 원하는 것이 무엇인지, 어떻게 살고 싶은지, 내가 중요하게 생각하는 가치가 무엇인지, 세상이 정해놓은 속도와 시간표가 아니라 '나다움'에 집중하고 원하는 것을 무엇이든 부딪혀 보는 용기, 그것이 오늘의 나를 만든 것이 아닐까. 막상 부딪혀 보면 아무것도 아닌 일들이 우리 삶에는 의외로 많다는 것을 알게 된다. 사실상 문제는 하기도 전에 우리를 가로막는 '하지 않아야 할 수많은 이유'들 일 것이다. 막연한 두려움과 걱정 자체가 스스로 만든 장애물인 것이다.

나이다움이 아닌, 나다움

몇 년 전, 나는 피트니스 대회에 도전한 적이 있다. 사주팔자에도 천성적으로 운동을 싫어한다고 나오는 내가 말이다. 회사를 그만두고 집에 있는 동안, 활동량이 급격히 줄어들다 보니 그만큼 비례해서 체중이 급격하게 늘었다. 집에만 있다 보니 사회와 단절되고 무언가 자꾸 도태되는 느낌이 나를 불안하고 우울하게 만들었다. 아이들을 학교에 보내고 혼자 집에 있는 동안에는 무기력하게 누워만 있는 시간이 늘어갔다.

그러던 어느 날, 이러면 안되겠다 싶어서 집 앞에 새로 생긴 피트니스 센터를 찾아가 퍼스널 트레이닝을 신청했다. 사실 그전까지 나는 도대체 그 힘든 운동을 굳이 돈까지 줘가면서 왜 하는지 이해하지 못하는 운동 귀차니스트였다. 할 줄 아는 운동이라곤 숨쉬기 운동이 전부였으니까 말이다. 하지만 막상 운동을 시작하고 나니 은

근 재미있는 것이 아닌가. 트레이너의 구령에 따라 하나 더 해냈을 때의 뿌듯함이 컸다. 몸의 변화를 보는 재미도 있었고, 무언가 열심히 하고 있다는 기분이 나를 더욱 움직이게 했다. 운동이 재밌을 수도 있다는 것을 조금만 더 일찍 알았더라면 내 인생이 어떻게 바뀌었을까 하는 생각이 들기도 했다. 그동안 나는 운동을 싫어하기만 했지 '해봐야겠다, 해보고 싶다'는 생각을 해본 적이 없었다. 하지만, Naver too late. 늦은 때란 없는 것이니, 지금이라도 알게 된 것을 큰 행운으로 생각했다. 그리고 그것이 계기가 되어 피트니스 대회 출전까지 이어졌다.

재미있는 것은 주변 사람들의 반응이었다. 대부분 응원해 주었지만, 굳이 왜 그렇게까지 고통스러운 것을 하느냐는 사람들도 있었고, 선수도 아닌데 거기 나가서 뭐 하냐는 사람, 애가 둘인 마흔이 다된 아줌마가 그런 데(?)를 나갈 생각을 다 했냐고 묻는 사람도 있었다. 정작 나는 운동을 하고 몸을 만들고 피트니스 대회에 출전하는 것을 결심할 때, 나의 나이나 아이가 있다는 것, 주변 사람들의 시선이 도전을 결심하는 데 전혀 고려 대상이 되지 않았는데도 말이다. 오히려 주변 반응 때문에 내가 깜짝 놀랐다. 내가 사주팔자에도 없는 새로운 도전을 하는 데 있어서 '나이'를 전혀 생각하지 않았던 것은 어쩌면 이 'Never too late' 정신이 한몫했는지도 모른다.

나는 서프 보드에 처음 섰던 그날 이후로, 적어도 '나이'를 핑계로 혹은 무엇인가를 하기에는 너무 늦었다는 이유로 어떤 일을 포기하거나 망설이지 않게 됐다. 혹시 그런 마음이 올라올 때는 'Never too late'라는 파도와 함께 서프 보드에 처음 섰을 때의 그 짜릿함을 떠올린다. 그러면 적어도 하나의 핑곗거리가 파도에 떠밀려 사라져 버린다. 더 중요한 것은 내가 하고 싶다는 생각이 들었다는 것이다. 하고 싶다는 것은 이미 내 안에 그런 능력이 있다는 뜻일지도 모른다. 해 봐야 아는 일이다. 평소에 실행력이 좋다는 말을 종종 듣는 나는, 파도의 덕을 많이 보고 있는 셈인지도 모른다.

어차피 무언가 하기에 오늘은 가장 젊은 날이지 않은가. 그래서 할 수 있었던 것들이 지금의 나를 만들고 내 삶을 더욱 풍요롭게 만들어 주었다. 나이를 초월해 새로운 것에 도전하는 사람들을 보면 우리는 멋있다고 부러워한다. 자신이 가진 한계를 한계로 생각하지 않고 도전하고 이루어내는 사람들을 우리는 동경한다. 도전하는 사람과 그렇지 않은 사람에게는 어떤 차이가 있는 것일까. 남들이 생각하는 장애 요소를 장애물로 인식하지 않는 관점의 차이가 아닐까. 그러니 하고 싶다는 생각이 들었다면 지금 시작해도 늦지 않다. 어차피 무언가 하기에 오늘은 가장 젊은 날이자 가장 이른 시기이지 않은가. Never too late. 늦은 것이란 없다. 정말 중요한 것은 세상이 정해 놓은 시간표와 속도, 나이다움이 아니라 바로 나다움일 것이다. 나이다움이 아니라 나다움으로, 남들은 늦었다고 말해도 당신만의 여행을 지금 시작한다면, 당신은 누구보다 나다운 모습으로 삶이라는 여행을 이어나갈 수 있을 것이다.

중요한 것은 나이다움보다 나다움이었다.

내가 원하는 것이 무엇인지,
어떻게 살고 싶은지,
내가 중요하게 생각하는 가치가 무엇인지,
세상이 정해놓은 속도와 나이가 아니라
'나다움'에 집중하고
원하는 것을 무엇이든 부딪혀 보는 용기,

그것이 오늘의 나를 만든 것이 아닐까.

4장

공백을 메우는
공백

삶에서 공백이 생긴다는 건 매우 불안한 일이었다. 대학교 졸업을 앞두고 한창 취업 준비를 하던 때, 나는 처음으로 낙오자가 되는 것은 아닐까 불안했다. 원하는 곳에 취업 원서를 내고 면접을 보러 다녔지만, 번번이 불합격 통보를 받았다. 이러다 백수로 영영 쉬게 되는 것은 아닐까 두려웠다. 12년의 초중고 교육을 마치면 반드시 대학에 가야 하고, 대학을 졸업하면 번듯한 직장을 구해 취직하는 것만이 인생의 성공인 것처럼 믿어지던 그때, 그 공식 안에 껴 맞춰져 있지 않았던 내 상황은 매우 불안했고 우울했다. 내 인생의 공백이 생기는 것을 두고 볼 수 없었던 나는 결국 '묻지마 취업'을 감행했다. 내가 원하는 일 따위 상관없이 지원할 수 있는 모든 곳에 원서를 넣었고 가까스로 한 기업으로부터 합격 통보를 받았다.

인생의 공백은 생기면 안 돼.

인생의 공백이 생기는 것이 두려워 묻지도 따지지도 않고 들어간 첫 직장은 6개월 이상 인연으로 이어지지 않았다. 적성에 맞지 않는 일을 새벽부터 밤늦은 시간까지 하고 있는 것은 곤욕이었고 성과도 잘 나지 않았으며 의욕도 생기지 않았다. 그러다 보니 실수 투성이었다. 그런 후배를 선배들이 곱게 봐줄 리도 만무했다. 그런 상황이 자꾸 반복되니 나 역시 자괴감이 들고 자신감도 떨어졌다. 정말로 하고 싶은 일은 따로 있던 터라 적응하는 것도 쉽지 않았다. 매일 밤 낮으로 남몰래 눈물을 훔치며 다닌 첫 직장생활은 그렇게 호된 신고식을 치르고 6개월 만에 막을 내렸다. 그제서야 입사하기 직전에 아빠가 나에게 했던 말씀이 떠올랐다.

채용 시장에서 번번이 거절을 당하던 그 시절, 이러다가는 백수가 되겠구나, 하는 불안감에 휩싸여 아빠에게 전화했던 기억이 난다. 나는 최대한 이 불안한 마음을 티 내지 않으려 꾹꾹 눌러 담으며 말했다.

"미안하지만 아빠, 어쩌면 아빠 딸이 백수가 될지도 모르겠어…."

23년을 한 직장에서 성실하게 일하며 비가 오나 눈이 오나 출퇴근을 빠지지 않았던 아빠에게 딸이 하릴없이 집에서 놀고 있는 모습은 분명 충격일 게 틀림없었다. 그것은 부모에게도 역시 불안한 일일 게다. 하지만 수화기 건너편에서 들려오는 아빠의 목소리는 의외로 담담했다.

"딸, 걱정하지마. 취업 바로 못하면 어때? 노력해 보고 안 되면 잠깐 쉬어도 괜찮아. 인생 어떻게 되지 않는다. 오히려 급하게 먹는 밥이 체하는 법이잖니."

한결같이 성실하게 일하는 아빠의 모습만 지켜보며 자랐던 나인데 쉬어도 된다고? 아빠가 진심일까? 나는 아빠가 쉬는 모습을 한 번도 본 적이 없는데 나는 쉬어도 인생 어떻게 되지 않는다니! 딸의 불안한 마음을 잠재우기 위함인지, 아빠 자신에게 해 주고 싶은 말인지 구분할 수 없었다. 하지만 속마음이야 어찌 됐건, 아빠의 '쉬어도 괜찮다'는 그 한 마디는 나에게 큰 위로가 되었다. 그리고 깨달았다. 그때까지 나는, 그리고 우리는 아빠도 나도 제대로 쉬어본 적이 없다는 것을. 아니, 쉬는 것을 두려워했다는 것을 말이다. 고등학생 다음엔 대학생, 대학생 다음엔 직장인, 직장인 다음엔 결혼과 육아. 멈추면 인생의 낙오자가 되는 줄 알았다. 인생의 공백을 이해할 수 없었던 당시의 나는 쉬어도 괜찮다는 아빠의 진심 어린 조언을 뒤로 하고, 못 먹어도 고!를 외쳤고 호된 사회생활 신고식을 치른 후, 다시 자발적 백수의 길로 접어들었다.

나다운 선택을 위한 여행

인생의 공백을 맞이하게 된 나는 라오스로 떠났다. 라오스 여행은 휴학 시절, 취업 준비 대신 택했던 유럽 배낭여행 이후 두 번째 여행이었다. 다시 한 번, 인생의 큰 전환기를 지나고 있다는 생각이 들었다. 굳게 믿었던 나의 방향을 수정해야 했다. 쉽지 않은 일이었지만, 아무도 나를 알지 못하는 곳으로 가 오로지 나다운 선택 가운데 여행해 보면 다음 방향도 스스로 정할 수 있지 않을까 생각했다. 뒤돌아보면 그때까지 초중고를 성실히 졸업하고 대학에 입학해서 역시 성실히 공부해 취업했지만, 정말로 내가 원하는 선택을 나답게 해 본 적이 얼마나 있었던가 하는 생각이 들었다. 사표를 쓰면서는 왠지 처음으로 인생에서 정해진 선로 밖으로 튀어 나가는 기분이었다. 기왕 이렇게 된 것, 내가 정말 원하는 것을 선택해 보기로 했다. 그러려면 연습이 필요했다.

지금이야, 어느 TV 프로그램에 나온 이후로 우리나라 사람들도 많이 가는 인기 여행지로 손꼽히는 곳이지만, 당시 라오스는 마치 오지와 같은 곳이었다. 왜 하필 라오스로 가냐고 묻는 사람들이 많았다. 사실 특별한 이유가 있었던 것은 아니다. 모아놓은 돈이 없는 백수가 예산에 맞춰 선택할 수 있는 곳은 별로 없었다. 비행기 값과 물가가 너무 비싸지 않은 적당한 곳을 택해야 했다. 더구나 아무도 모르는 곳으로 가 나다운 선택을 연습해 보고 싶어서 떠나는 여행이지 않은가. 그런 면에서 라오스는 내가 생각할 수 있는 가장 오지의 나라였다. 대학 시절, 1년간 세계 일주를 하고 돌아온 동아리 선배가 더 오염되기 전에 꼭 가봐야 할 나라 중 하나로 손꼽았던 곳이 라오스이기도 했다. 어쨌든 자발적 백수가 되었던 나는 그렇게 라오스에 가게 되었다.

라오스까지는 한 번에 갈 수 있는 비행기 노선도 없던 시절이다. 그래서 여행자들은 라오스로 가려면 태국 방콕으로 들어가 야간버스를 타고 국경을 넘어야만 했다. 나는 인터넷을 뒤져 최저가 비행기 표를 예매하고 방콕에서 라오스로 넘어가는 방법을 공부했다. 여러 루트가 있었지만, 그중에서도 여행자들이 가장 많이 이용하고 비교적 안전하다는 농카이 국경을 통해 넘어가는 방법을 선택했다.

7시간 남짓 날아 밤늦은 시간 방콕에 도착했다. 공항 밖으로 습기를 머금은 더운 공기가 폐의 깊숙한 곳까지 훅 밀려들어오는 것이 동남아에 왔음을 실감케 했다. 택시 승강장에는 같은 비행기로 함께 도착한 여행자들이 택시를 잡기 위해 서 있었다. 우버uber도, 스마트폰도 없던 시절이다. 그렇게 각자 택시를 기다리고 있던 여행자들은 목적지가 카오산 로드로 모두 같다는 것을 알게 됐고 셋이 뭉쳐 함께 택시를 타고 이동하기로 했다. 혼자 보다 안전하다고 느껴졌다. 물론 택시비를 셋이 나눠 내며 배낭여행 경비를 조금이라도 줄여보고자 즉석에서 의기투합한 결과이기도 하다. 낮에는 한가롭고, 밤에는 흥겨운 카오산 로드의 분위기가 역시 배낭여행자들의 성지라고 불릴만했다. 하지만 나는 분위기를 제대로 느낄 새도 없이 대충 짐을 풀고 쓰러져 잤다가 다음 날 아침 눈을 뜨자마자, 곧바로 현지 여행사로 가서 라오스행 야간버스를 예약했다. 숙소 앞에서 기다리면 버스가 있는 곳까지 픽업해 줄 사람이 올 거라고 했다. 방콕 자체가 목적이 아니었던 나는 여행자들 중에서도 이방인처럼 매력적인 곳을 드문드문 즐기며 밤까지 버스 시간을 기다렸다. 약속한 시간이 되자, 챙겨 숙소 앞에 나가니 오토바이를 탄 젊은 청년이 숙소 앞에 나타났다. 내 이름을 확인하고 목적지를 물어왔다.

"Laos?"
"Yes."

짧은 대화로 목적지가 확인되자, 청년은 오토바이 뒤에 타라고 손짓했다. 나는 오토바이 자체가 처음이었기 때문에 덜컥 겁이 났다. 이 청년을 믿어도 될까. 오토바이가 위험하지는 않을까. 하지만 어쩔 도리가 없다는 것을 곧 깨닫고 주섬주섬 짐을 챙겨 오토바이 뒤에 올라탔다. 내가 그 순간 할 수 있는 일은 부디 그가 안전운전을 해 주길 바라는 것뿐이었다. 뒤에 탄 나를 의식해서인지 청년은 '오토바이로도 이렇게 안전하고 매너 있게 운전할 수 있구나'를 몸소 보여주며 나를 어느 카페 앞에 내려주었다. 여기서 기다리면 출발 시간에 맞춰 다른 직원이 와서 버스로 안내해 줄 거라고 했다. 카페에는 나처럼 여행 중으로 보이는 외국인들이 배낭을 옆에 내려두고 잠시 긴장을 푼 채 커피나 맥주를 마시고 있었다. 나는 정중히 양해를 구하고 어느 노부부의 테이블에 합석했다. 백발이 멋진 노신사가 호기심 어린 표정으로 말을 걸어왔다. 서로 라오스가 처음임을 알게 되었고 여기서 기다리면 정말 직원이 오는 것인지 함께 의심을 품으며 시간을 보냈다. 하지만 의심한 게 미안할 정도로, 버스 출발 시간 10분 전에 현지인으로 보이는 직원이 카페 안으로 들어섰고, 서로 딴짓을 하고 있던 여행자들이 일제히 배낭을 챙겨 그를 따라 나섰다. 버스는 거의 만석이었다. 내가 받은 티켓의 좌석번호를 확인하고 찾아 앉았다. 다행히 나의 옆자리에는 아무도 앉지 않아 조금은 편하게 라오스로 갈 수 있을 것 같았다. 그때 나와 함께 버스에 탑승했던 한 한국인처럼 보이는 남자가 인사를 건네왔다.

"안녕하세요. 저는 한국인이 아닙니다."

"네? 뭐라고요?"

한국인이 '아니다'라고 한국어로 인사하는 그에게 내가 당황한 표정을 지어 보이자 그가 곧 영어로 말했다.

"저는 유키입니다. 일본인입니다. 여행 다니는데 하도 한국사람이냐고 물어봐서요. 하하. 저는 친구들과 여행 중입니다. 반갑습니다."

그의 말을 듣고 뒤돌아보니 비슷한 또래의 남자 넷이 버스의 맨 뒷좌석을 차지하고 나란히 앉아 있었다. 뒤의 일행들과도 간단히 눈 인사를 나눴고, 유키는 라오스에 도착해서 보자며 자리로 돌아갔다. 지금까지 받아본 첫인사 중 가장 강렬한 인상을 남긴 유키의 친화력 덕분에 나는 혼자 야간 버스를 타고 무려 '국경을 넘어' 라오스라는 그때까지만 해도 내 마음속의 가장 오지였던 미지의 세계로 떠난다는 현실에 매우 긴장하고 있던 마음이 조금은 진정되는 것 같았다. 나는 야간버스를 타고 10시간 넘게 어떤 길인지도 모르는 곳을 달리고 달려, 농카이에 도착했고, 간단한 입국 심사를 거쳐 라오스에 도착했다. 유럽보다는 까다로웠지만(?) 그래도 아주 간단했다. 5분 전까지 나는 태국에 있었고, 5분 후에는 라오스 땅을 밟고 있었다. 국경을 넘은 버스는 라오스의 수도 비엔티엔에 도착해 우리를 어떤 분수대 앞에 내려줬다. 때마침 크리스마스 즈음이었지만, 크리스마스 분위기는 나지 않았다. 한여름의 크리스마스는 이런 것일까 생각했다.

내 마음의 고향, 방비엥

내 원래 계획은 라오스의 수도 비엔티엔을 거쳐 방비엥이라는 작은 마을로 올라가 라오스 제2의 도시 루앙푸라방까지 가는 것이었다. 별 흥미를 느끼지 못한 비엔티엔을 계획보다 하루 먼저 떠나 방비엥으로 가는 로컬버스를 탔다. 보통은 여행사를 통해 밴으로 이동하지만 나는 그때 무슨 배짱이었는지 현지인들이 타는 로컬버스를 선택했다. 승객과 함께 닭과 강아지까지 만원을 이룬 버스 안에서 나는 유일한 외국인이었다. 버스는 구불구불한 산길을 4시간이나 달려 방비엥에 도착했다.

방비엥은 비엔티엔보다도 훨씬 더 작은 마을이었다. 비엔티엔이 수도답게 도시의 웅장함을 가졌다면 방비엥은 그야말로 시골스러움의 아기자기함을 지닌 곳이었다. 마을 옆으로는 한가롭게 쏭강이 흐르고 있었다. 나는 몇 군데 숙소를 돌아다니며 가격을 흥정하고 방비엥에 있는 동안 묵을만한 곳을 물색했다. 그리고 이중 잠금장치가 있어서 가장 안전해 보이면서도 조용한 곳에 위치한 숙소로 정했다. 가격도 적당했다. 무엇보다도 게스트하우스를 운영하는 젊은 청년이 약간의 한국어도 할 줄 알고 매우 친절했다. 한국어를 할 줄 아는 직원 덕분에 나중에 알게 된 사실이지만, 옆방에는 한국인 노부부가 묵고 있었고, 이 사실도 나를 안심하게 했다. 혼자 여행을 한다는 것은 무한의 자유를 얻는 일이지만 나의 안전을 책임지는 것은 오로지 나의 몫이었다. 호기심과 경계심을 적절히 유지하는 것이 안전하면서도 자유로운 여행을 하는 방법이라고 나는 생각했다.

2부 여행을 시작하는 당신에게

방비엥은 작지만 매력적인 곳이었다. 조용하고 한가롭게 흐르는 쏭강만큼 방비엥에서의 시간도 조용하고 한가롭게 흘러가는 듯했다. 딱히 할 것이 많지 않았지만 심심하지 않았다. 사람들은 친절했고 음식도 입맛에 잘 맞았다. 아침에 일어나면 동네 한 바퀴를 산책하고 여행자 거리에 있는 빵집에 들러 아침을 먹는 것으로 시작했다. 빵집의 이름은 '루앙프라방 베이커리'였다. 방비엥에 있는데 왜 '루앙프라방'일까 생각했다. 루앙프라방은 방비엥 다음의 내 목적지이기도 했던, 라오스 북부의 도시였다. 중국인인 듯한 베이커리 사장은 일주일 가까이 매일 보는 얼굴이었지만 인사와 주문 이외에 대화하는 일은 없었다.

그렇게 하루를 시작하면 오늘은 뭘 해 볼까 잠시 고민하고 마음 내키는 대로 걷곤 했다. 어떤 날은 커다란 튜브를 타고 병맥주를 마시며 쏭강을 유유히 타고 내려오는 튜빙을 했다. 어떤 날은 재래시장까지 걸어가서 구경하고 왔고, 또 하루는 자전거를 빌려 조금 먼 곳까지 다녀오기도 했다. 여행 책자에 나오지 않은 방비엥의 구석구석이 훨씬 더 많다는 당연한 사실을 발견해 가며, 보석을 찾은 듯 혼자 뿌듯해하곤 했다. 방비엥은 그냥 특별히 무엇을 하지 않아도 좋은 곳이었다. 천천히 머무르면 차분히 품어주는 곳이었다. 하루종일 강가에 앉아 먼 산을 바라보고, 책을 읽고, 산책하고, 밤이 되면 숙소로 돌아와 해먹에 누워 밤하늘의 별을 올려다보는 하루하루가 계속됐다. 다른 사람들도 딱히 다르지 않았다. 특별히 할 것 없는 작디작은 이 마을에서는, 며칠만 묵으면 익숙한 얼굴들이 생긴다.

오지라고 생각했던 것이 민망할 정도로 라오스, 게다가 이 작은 시골 마을 방비엥에는 생각보다 많은 여행자들이 오고 갔다. 게다가 한국인들도 많았다. 나는 비엔티엔에서 헤어진 유키 일행을 거리에서 다시 만나 반갑게 인사하고 헤어졌다. 사원을 구경하러 갔다가 한국에서 혼자 여행 온 K군을 만나 강 옆의 분위기 좋은 게스트하우스를 소개받았다. 캐나다 남편과 결혼해 신혼여행으로 3개월째 동남아 배낭여행을 하고 있다는 Y를 알게 됐고, 오토바이를 타다가 넘어져 다리를 다치고 방비엥 병원에서 깁스를 했다며 웃는 M언니를 알게 됐다. 얼굴이 익숙해진 방비엥의 여행자들은 가끔은 밤마다 함께 모여 심심한 시간을 대화로 함께 보내곤 했다.

인생의 공백을 이해하는 시간

시끌벅적했던 크리스마스가 지나고, 사람들도 각자의 계획에 따라 하나둘씩 방비엥을 떠나기 시작했다. 더 조용해진 방비엥에서 나 역시 계획했던 마지막 날을 맞이했다. 그런데 나는 고민에 빠졌다. 원래 계획은 북쪽으로 더 올라가 루앙프라방까지 둘러보고 오는 것이었다. 원래대로 루앙프라방까지 갈지, 루앙프라방을 포기하고 방비엥에 그냥 눌러앉을지 마음속에서 갈등이 일기 시작했다. 루앙프라방까지 가는 여정이 만만치 않게 느껴지기도 했고, 일정이 빠듯하기도 했다. 무엇보다 방비엥에서의 시간이 좋았다. 내 인생에서 이렇게 마음이 여유롭고 한가로웠던 때가 있었나 싶었다. 한편으로는 여기까지 왔는데 계획대로 왠지 다 보고 가야만 할 것 같았다. 대표적인 도시를 보지 않고 돌아가는 것이 아쉬울 것 같기도 했다. 약간의 의무감 같은 게 느껴지기도 했다. 다시 움직여야 할지, 이곳에 계속 머물다 한국으로 돌아가는 게 좋을지 망설여 졌다.

목적지가 정해져 있는데 갈지 말지를 고민하는 일은 나에게는 낯선 일이었다. 이전까지의 나는 계획과 목표가 정해져 있다면 그대로 따르고 해내는 편이었기 때문이다. 하지만 고민 끝에 이번에는 움직이는 대신 멈추는 것을 선택하기로 했다. 나는 루앙프라방을 포기하는 대신 남은 모든 일정을 방비엥에 머무르기로 결정했다. 그동안 지쳐 있었던 걸까. 잠시 쉬어도 괜찮다는 아빠의 말이 떠올랐다. 그렇게 마음을 정하니 또다시 짐을 싸고 움직여야 한다고 생각할 때와는 다르게 마음이 아주 편해졌다. 이게 내가 원했던 선택이었나

보다 생각했다. 물론 계속 앞으로 전진하는 것을 선택했더라도 나는 어떻게든 해냈을 것이고, 거기에서 또한 배우고 만족했을 것이다. 하지만 나는 이제까지의 선택과 행동을 당연시하지 않기로 결심했다. 잠시 멈춰서 내가 원하는 것이 무엇인지 한 번 더 생각했다. 여기서 공백이 생기더라도 그것이 중요했다.

나는 떠나려고 싸 놓았던 배낭을 메고 K군에게 소개받은 게스트하우스로 숙소를 옮겼다. 넓은 잔디가 있고 방갈로 형태로 지어진 운치 있는 곳이었다. 짐을 풀고 숙소 근처의 강가로 나와 물에 발을 담그고 먼 산을 바라봤다. 방비엥의 산들은 높지 않다. 마치 무릎을 세우고 누워있는 듯한 모습의 동글동글한 봉우리들이 참 귀엽게 생겼다. 나는 문득 내 인생에서 이렇게 여유로웠던 때가 또 있었나 싶어졌다. 여행하면서까지 하나라도 더 보기 위해서 부지런히 찾아다니며 여행도 '열심히' 하기 바빴던 나였지만, 지금 이 순간에는 아무것도 하지 않아도 불안하지 않았다. 자발적 백수가 되면서 뭔가 생각을 정리하고 해답을 얻어가야겠다고 선택한 여행은 아니었다. 여전히 내 미래를 알 수 없었고 해결되거나 정해진 것은 없었다.

하지만 나는 이전까지와는 사뭇 달랐던 몇 번의 선택들이 나에게 일으키는 미묘한 파장을 느낄 수 있었다. 잠시 멈추었던 그때의 시간이, 숨 가쁘게 달려왔던 나에게 비로소 정말 필요했던 시간이었다는 것을 그제야 비로소 깨달았다. 그리고 지금까지도 방비엥에서 보낸 며칠의 시간은 내 인생에서 가장 느리고 여유로웠던 그리운 시간으로 기억된다. 이때의 경험은 앞으로 내가 어떻게 살아갈 것인가에 영향을 미쳤다고 나는 믿는다. 앞으로 나아가는 것만이 방향은 아니라는 것. 우리에게는 다양한 속도와 방향이 존재한다는 것. 그리고 잠시 멈추는 것도 우리가 선택할 수 있는 속도와 방향이라는 걸 나는 깨닫게 되었다.

여백이 되어준 공백

여행하면서 정처 없이 다니다 보면 인생마저 공백이 생기는 게 아닐까 생각했지만, 되려 그 시간은 나의 인생을 돌아보는 전환점이 되었다. 내가 방비엥에서 더 머무르기로 결심한 이후, 유키 일행은 루앙프라방으로 올라갔다. 숙소를 소개해 준 K군은 루앙프라방을 거쳐 방비엥에 온 것이었기 때문에 여행사 버스를 타고 비엔티엔으로 갔다. 다리를 다친 M언니는 라오스의 더욱 남쪽 지역으로 내려갈 거라며 깁스한 다리를 이끌고 절뚝거리며 떠났다. 익숙한 얼굴들이 하나둘 떠나자 금세 방비엥은 조용해졌다. 나는 새로 방비엥에 도착한 낯선 얼굴들을 길에서 몇 번 마주치며 익숙해질 무렵, 방비엥을 떠날 채비를 했다.

방비엥에서의 마지막 날, 짐을 싸고 게스트하우스를 나와 방비엥에 도착해 처음 묵었던 숙소로 갔다. 한국어를 할 줄 알던 친절한 청년에게 작별인사를 하기 위해서다. 그는 내가 여행 중에 만난 라오스 청년들의 본보기 같은 인물이었다. 여행사 직원이었지만 주인처럼 일했던 그는 내가 머무는 동안, 매일 아침 일찍 게스트하우스의 마당을 쓸고 여행자들을 위해 커피를 내렸다. 비엔티엔보다도 작은 방비엥이라는 시골 마을의 여행사 직원이었지만 자신의 일에 자부심을 가지고 있는 것 같았다. 청년을 다시 찾아갔을 때, 마침 마당에서 가족들끼리 아침식사를 하고 있었다. 나는 그저 떠난다고 인사를 하려고 들른 것뿐인데, 그는 기어코 의자 하나를 더 가져와 나를 앉히고 아침식사를 권했다. 라오스 특유의 찰진 쌀밥과 수저가 내 앞에 가지런히 놓여졌다. 식탁의 바로 옆에서 장작에 불을 지펴 직접 구운 커다란 생선이 올라왔다. 아마도 바로 옆의 쏭강에서 잡아올린 것이라고 생각했다. 상을 차리던 청년의 누나는 어디론가 사라지더니 양손에 한가득 무엇인가를 들고 나타났다. 한국어와 영어를 할 줄 모르는 그녀가 아무 말 없이 방금 가지고 온 것들을 상 위에 올리는 동안 여행사 청년이 한국어와 영어를 섞어 지금의 상황을 나에게 설명해 주었다. 라오스의 전통 양념장들인데 나에게 맛보여주기 위해 누나가 옆집에서 급하게 빌려 왔단다. 이보다 더 극진한 이별 식사가 있을까. 나는 여러 번 '컵 짜이 라이라이'_{라오스 어로 매우 고맙다는 뜻이다}라고 말하며 맛있게 먹는 모습으로 보답했다. 왠지 뭉클했다. 눈물이 나는 것만 같았지만 생선을 굽기 위해 지핀 장작의 연기 때문이라고 애써 설명했다. 아침식사를 다 마치고 일어나려는 나에게 청년이 말했다. 자신도 언젠가 한국에 가고 싶다고. 한국어를 더 많이 배워서 방비엥에 자신의 여행사를 차리고 싶다고 했다. 나는 방비엥에서 만난 그 누구보다도 성실하고 친절했던 그의 첫인상을 떠올리며 곧 그렇게 될 거라고 응원했다. 그리고는 'Good bye_{안녕}'가 아니라 'See you again_{또 보자}'이라고 인사했다.

매일 같이 들르던 '루앙프라방 베이커리'도 그냥 지나칠 수가 없었다. 주문을 주고받는 것 외에는 말을 걸지 않는 무뚝뚝한 인상의 주인이었기에 요란한 작별인사보다는 늘 그랬듯 아침에 커피 한 잔을 마시는 것으로 방비엥의 마지막을 기념하고 싶었다. 물론 계산을 하고 나오면서는 이제 한국으로 돌아간다고 짧은 인사를 건넬 작정이었다. 하지만 오늘은 배낭을 메고 온 나의 모습이 영락없이 떠나는 사람의 모습이었는지, 웬일로 그가 먼저 말을 걸었다.

"이제 방비엥을 떠나나요?"
"네, 이제 비엔티엔으로 가서 방콕을 거쳐서 집으로 돌아갈 거예요."
"한국? 일본?"
"저는 한국인이에요."
"그렇군요. 조심히 돌아가세요."

무뚝뚝했던 그는 가게의 문밖까지 나와 나를 배웅했다. 늘 무표정했던 그의 입꼬리에서 엷은 미소를 처음 본 날이었다. 그와 가장 많은 대화를 나눈 날이기도 했다. 문을 나서는 나에게 'Good Luck'이라고 행운을 빌어 주는 그의 인사에 다시 한번 울컥했다. 하지만 역시나 담담하게 나는 'See you again'이라고 대답했다. 오래 한곳에 머무르는 여행이란 이런 것일까 생각했다. 나는 정말로 언젠가 다시 이곳에 올 것만 같은 느낌이 들었다.

여행사 청년이 그때쯤엔 어엿한 사장님이 되어 있을 것이고, 루앙프라방 베이커리도 그대로 이곳에 있을 거라고 생각했다. 루앙프라방을 포기하고 방비엥에 눌러앉을 때, 누군가 나에게 말했었다. 아쉬움을 남겨 두고 와야 다시 올 기회가 생긴다고. 정말 그렇다고 나는 믿게 되었다.

계속 움직이며 앞으로 나아가기보다 잠시 멈추는 것을 선택하며 느린 시간을 함께 보낸 방비엥을 떠나며, 나는 처음으로, 가끔 멈추며 느리게 사는 것도 나쁘지 않겠다고 생각했다. 인생의 공백으로 인해 비로소 나는 내가 원하는 것이 무엇인지 멈춰 서서 들여다 볼 수 있게 되었다. 나다운 선택을 할 수 있는 힘을 배웠고 인생에는 다양한 속도가 존재할 수 있음을 깨닫게 되었다. 나는 지금도 여전히

가끔 내 인생에서 가장 여유롭고 한가로웠던 방비엥에서의 며칠을 생각하곤 한다. 인생의 공백을 두려워했던 나는 공백의 의미를 이해하게 됨으로써 비로소 스스로 선택할 수 있는 사람이 되었다. 그리고 그것은 공백이 아닌 삶의 여백이 되어주었다. 여백은 빈 공간이 아니라 모두를 품고 있는 꽉 찬 공간이다. 여백이 있는 곳은 보다 여유로워진다. 인생의 공백이 곧 삶의 여백일 수 있음을 이해했을 때 나는 비로소 자유로워질 수 있었고 나다운 선택을 할 수 있게 됐다. 마치 방비엥에서의 내 모습처럼 말이다.

하지만 나는 지금,
이제까지의 선택과 행동을
당연시하지 않기로 결심했다.

잠시 멈춰서 내가 원하는 것이 무엇인지
한 번 더 생각했다.

여기서 공백이 생기더라도 그것이 중요했다.

5장

실수를 대하는
우리의 자세

방비엥에 있을 때는 크리스마스 즈음이었다. 따뜻한 나라에서 맞이하는 크리스마스는 색달랐지만, 혼자 크리스마스이브를 보내는 것이 그리 유쾌한 일은 아니었다. 다행히(?) 밤이 되면 아무것도 할 게 없는 라오스의 작은 마을 방비엥에는 같은 처지의 사람들이 나 혼자만은 아닌 모양이었다. 누구로부터 시작됐는지 알 수 없지만, 크리스마스이브를 혼자 보내기 싫은 사람은 A식당에서 만나자는 약속이 여행자들 사이에 소문처럼 떠돌았다. 그리고 신기하게도 그날 저녁, A식당에는 열댓 명이나 되는 사람들이 모여들었다. 그때 나는 알게 됐다. 여행을 하는 사람들끼리 모이게 되면 빠질 수 없는 단골 에피소드가 정해져 있다는 것을 말이다.

여행에서의 실수는 무용담을 낳는다

우리는 크리스마스이브를 방비엥에서 혼자 보내게 되었다는 공통점 하나만으로도 친해지기에 충분했다. 라오 비어_{Lao beer, 라오스의 대표} 맥주 브랜드를 사이에 두고 자연스럽게 이런저런 이야기를 주고 받았고 시간 가는 줄 몰랐다. 당시 라오스는 직항이 없었던데다 지금만큼 잘 알려진 곳도 아니었기에, 라오스로 여행을 온 사람들 중에는 다른 나라들을 거쳐 오랫동안 여행하고 있는 사람들이 많았다. 그러다 보니 자연스럽게 여행 이야기로 이어졌고, 여행하다 겪은 예상치 못했던 상황들, 실수해서 곤란을 겪었던 이야기들이 무용담처럼 오고 갔다. 그곳에서는 모두, 마치 오지를 탐험하는 인디애나 존스 같았다.

그리고 10년이 훌쩍 흐른 어느 날. 우연히 그때 방비엥에서 크리스마스이브 밤을 함께 보낸 사람들 몇몇이 다시 뭉치게 된 적이 있었다. 여행을 공통점으로 만난 사람들이다 보니 자연스럽게 여행 이야기가 빠지질 않았고, 10년 전 크리스마스이브에 모여앉아 나눴던 그때의 여행들이 모락모락 피어올랐다. 똑같은 이야기지만 시간이 지나 다시 들어도 흥미진진했다.

라오스 이야기에 이어 누군가 인도를 여행하다가 실수로 소의 꼬리에 스쳐 부상 당한 이야기를 꺼냈다. 누군가는 오토바이를 타고 터키를 여행하다가 실수로 다른 사람의 자동차를 긁는 바람에 경찰서까지 간 이야기를 이어나갔다. 또 다른 누군가는 중국에서 기차표를 샀는데, 말이 통하지 않아 엉뚱한 목적지의 표를 받아서 영 생각지도 못한 곳에 다녀왔다는 이야기를 하며 깔깔거렸다. 역시나 여행을 하면서 저지른 실수담은 빠질 수 없는 추억거리다. 내가 여행에서 저지른 수많은 실수는 명함도 내밀 수 없는 훈장같은 이야기들이 끊임없이 이어졌다.

여행 중에 실수를 안 했으면 어쩔 뻔했나, 참 재미없는 영화가 됐겠다 싶을 정도다. 그러고 보면 아이러니한 일이다. 일상에서의 실수에 우리는 참 인색한 편인데, 여행에서의 실수에는 이토록 너그러워지니 말이다.

나는 실수에 인색한 사람이었다. 학창시절 내내 시험을 볼 때마다 몰라서 틀린 것은 괜찮았지만, 실수로 틀리면 그렇게 분하고 속상할 수가 없었다. 시험 기간만 되면 실수하지 않기 위해 스트레스를 무척 받았고 위염을 달고 살았다. 그랬던 내가 정작 가장 중요했던 수능시험 날에 그야말로 큰 실수를 하고 말았다. 1교시 언어영역 시간에 시험지의 마지막 뒷면에 5문제가 있는 줄 모르고 총 65문제 중 60문제만 풀고 여유 있게 재검토까지 하고 있었던 것이다. 시험 종료 5분 전에야 뒤늦게 이 사실을 깨닫고 나의 얼굴은 사색이 되었다. 내 인생을 결정짓는 절체절명의 순간에 그때의 나에게 수능시험이란 그런 것이었다. 말도 안 되게 어이없는 실수를 한 것이다. 벌벌 떨리는 손으로 문제도 읽지 않고 부랴부랴 다섯문제의 답을 적어 냈다. 지켜보던 시험감독 선생님도 안타까우셨는지 괜찮으니까 잊어버리고 2교시 시험에 집중하라며 위로의 말을 건네고 시험지와 답안지를 안고 나가셨다. 하지만 그런 조언이 귀에 들어올 리 만무했다. 1교시 때 큰 실수를 한 나는 결국 속상한 마음을 컨트롤하지 못하고 다음 시간 시험까지 몽땅 망쳐 버렸고 점심시간 내내 울고불고했던 기억이 난다. 그러고 보면 나의 학창시절은 무엇인가 배운다는 즐거움보다는 실수를 하지 않기 위해 전전긍긍하며 보낸 시간이 대부분인 것 같다.

사회생활도 마찬가지였다. 물론 사회는 학교와 달랐다. 정해진 범위 안에서 출제된 시험문제를 푸는 것이 아니었다. 사회생활을 하며 매 순간 나에게 닥치는 문제들은 답도 정해져 있지 않았고 출제 범위를 예상할 수도 없었다. 생각하지 못한 상황들로 어쩔 수 없이 실수하거나, 나도 모르게 실수하는 경우들이 많았다. 그러다 보니 늘 긴장했고 실수하지 않기 위해 아등바등했다. 어쩌다 실수라도 하게 되면 나는 스스로를 자책했다. 그 실수에 매달려 다음 일의 진도를 나가지 못하거나, 스스로를 더 몰아세우기도 했다. 사소한 실수들에도 너그럽지 못했던 나는, 일을 즐기기보다는 실수하지 않기 위해 애쓰고 긴장하다 보니 몸도 마음도 경직돼 있었던 것 같다. 이렇듯 실수에 너그럽지 못한 나는 상대방의 실수에도 너그럽지 못했다. 실수로 물을 쏟은 아이에게 불같이 화를 내기도 했고, 일하면서 만나는 후배들에게도 실수하지 않도록 긴장하게 만들었다. 식당에 가면 직원들의 사소한 실수에도 예민해지는 까다로운 손님이 되기도 했다. 나는 사소한 실수에 걸려 넘어져 정말 중요한 것들을 결국 놓치고 있다는 것을 그때는 알지 못했다.

실수도 반전이 되는 곳

그렇게 실수에 인색하기만 했던 나는 뜻밖의 장소에서 실수를 대하는 또 다른 삶의 자세가 있다는 것을 배웠다.

암스테르담. 꽃과 풍차의 나라라고 불리는 네덜란드의 수도. 하지만 암스테르담 스키폴 국제공항에 도착했을 때는 현대적이면서도 약간은 어두침침한 분위기의 첫인상이 실망감을 안겼다. 여기가 꽃과 풍차의 나라가 정말 맞나 싶었다. 공항을 나서면 반전 풍경이 있을 거라는 기대도 잠시, 하필 날씨까지 좋지 않아서였을까. 암스테르담은 여전히 꽃과 풍차와는 거리가 멀어 보였다. 더구나 밤이 되자, 홍등가에 하나둘씩 빨간 불이 켜지고 암스테르담에서만 볼 수 있는 자유분방한 성문화를 맞닥뜨리게 되면서 나는 문화충격을 받기도 했다.

하지만 암스테르담은 천천히 시간을 두고 지내다보면 도시 곳곳의 발칙한 상상과 자유로움으로 뜻밖의 즐거움을 선사하는 반전매력의 도시이기도 했다. 홍등가가 관광 상품이 되고 동성애를 상징하는 무지개 깃발이 거리의 곳곳에 펄럭이고 있는 것이 자연스러울 정도로 다양성에 개방적인 나라인 만큼, 다른 유럽 도시에서는 느낄 수 없는 암스테르담 특유의 분위기를 느낄 수 있었다. 특히 네덜란드 하면 떠오르는 튤립을 가득 품고 있는 싱겔 꽃 시장은 내가 상상하던 꽃과 풍차의 나라 네덜란드를 만나게 해 줬다. 도시 한가운데를 가로지르는 운하와 조화를 이루는 야경도 보면 볼수록 아기자기하면서도 마음에 들었다. 무엇보다도 빛의 화가 렘브란트와 〈진주 귀걸이를 한 소녀〉로 유명한 요하네스 페이메이르 Johannes Jan Vermeer 등 거장들을 품고 있는 예술의 도시이기도 했다. 특히 전 세계적으로 가장 사랑받는 화가, 내가 가장 좋아하는 빈센트 반 고흐 Vincent van Gogh의 도시라는 이유 하나만으로도 암스테르담의 매력은 충분했다.

나는 다른 곳은 다 포기해도 반 고흐만큼은 꼭 만나고 가겠노라고 다짐하고, 아침 일찍 미술관으로 향했다. 암스테르담의 반 고흐 미술관은 네덜란드 출신인 빈센트 반 고흐의 생애를 기념해 건립한 미술관인 만큼 세계 최대의 고흐 컬렉션을 자랑하는 곳이란 사실이 나를 설레게 했다. 부슬비를 맞으며 도착한 곳에는 넓은 잔디밭과 함께 'I AMSTERDAM'이라고 쓰여진 거대한 알파벳 조형물이 먼저 나를 반겼다. 건너편에 원형으로 눈에 띄게 생긴 반 고흐 미술관은 그 명성답게 이른 시간부터 사람이 많았다. 줄을 서서 입장하자마자 지나는 곳마다 시선을 빼앗기며 설레는 마음을 애써 진정시켰다. 나는 계단을 따라 차례로 올라가며 각 층마다 전시돼 있는 고흐 그림에 흠뻑 빠졌다. 사진으로만 보던 그림을 실제로 보는 즐거움은 말로 표현할 수가 없었다. 시간 가는 줄 모르고 미술관 곳곳을 누비며 마지막 층까지 샅샅이 다 감상하다 보니 시간이 꽤 흘러 있었다. 시차 때문에 살짝 피곤하기도 해서 이제 충분히 봤으니 돌아가야겠다 싶어 엘리베이터를 찾았다. 올라왔던 계단을 다시 내려가기에는 사람이 너무 붐벼서 자신이 없었다. 나는 엘리베이터를 타고 기념품점이 있었던 1층의 버튼을 누른 후, 벽에 몸을 기댔다.

'띠리링~~~ 띠리링~~~'

어디선가 통화 연결음이 들려왔다.

'이게 무슨 소리지?' 궁금해하던 순간, 나는 빠르게 상황 파악이 됐다. 내가 메고 있던 커다란 카메라 가방으로 나도 모르게 비상벨을 누른 것이다. 우리나라 엘리베이터에서도 비슷한 실수를 종종 했다. 그럴 때면 여지없이 건너편에서 누군가 퉁명스러운 목소리로 무슨 일이냐고 물어오곤 했다. 실수였다고 대답하면 아무 대꾸도 없이 '툭' 끊어버리던 그 찰나의 짜증스러움이 섞인 순간들이 떠올랐다. 실수로 스피커폰 건너편 누군가에게 불편을 끼친 것은 나의 잘못이지만, 왠지 혼나는 것 같은 기분에 썩 유쾌한 경험은 아니었다.

게다가 여기는 우리나라가 아니다. 더구나 세계적으로 유명한 미술관이지 않은가. 내가 비상벨을 누른 실수 때문에 뭔가 큰 소동이 일어나는 건 아니겠지? 설마 정말로 그러면 어쩌지? 스피커폰으로 누군가 말을 걸어오면 뭐라고 말해야 하지? 영어로 말하면 알아들으려나? 통화 연결음이 두세 번 정도 울린 아주 짧은 시간이었지만, 그사이 나는 오만가지 생각을 하며 취소 버튼은 없는지 찾기 위해 허둥댔다. 물론 그런 것은 없었다. 다음 작전은 스피커폰에서 누군가 대답하기 전에 엘리베이터 문이 먼저 열리고 이 공간을 재빠르게 벗어남으로써 상황을 강제종료시키는 것이었다. 나는 '열림' 버튼을 광클릭했다. 하지만 그런 일은 일어나지 않았다. 나는 모른다는 듯 도망이라도 치고 싶었지만, 엘리베이터는 내 편이 아니었다. 아주 느리게 나를 1층으로 데려다주고 있었다. 물론 그사이, 스피커폰 저편에서 누군가 대답하는 불상사가 일어나고 말았다. 상대방의 반응이 두려웠고, 나의 짧은 영어가 걱정됐고, 혹여나 비상벨 하나 잘못 누른 것 때문에 경찰이라도 출동하는 건 아닐까 무서웠다. 여기는 우리나라가 아니고, 전 세계적으로 유명한 미술관이니까.

"Hello?"

무뚝뚝한 남자의 목소리가 들려왔다. 긴장됐다. 나는 침을 한번 꼴깍 삼키고 대답했다.

"어.... 저.... 정말 죄송해요, 실수로 비상벨을 잘못 눌렀어요."

짧은 영어로 나의 실수를 전했다. 그리고 기다렸다. 짜증스러움이 담긴 침묵의 '툭' 소리, 혹은 불평의 소리를. 하지만 웬걸! 저 멀리 스피커폰을 통해 전해온 그의 대답은 뜻밖이었다.

"It's my pleasure! 별말씀을! 오히려 당신의 목소리를 듣게 돼 기쁜 걸요!"

맙소사! 기쁘다고? 그렇게 말하는 그의 목소리는 굵은 저음이었지만 경쾌하기까지 했다. 정말 반가운 마음이 전해지는 것만 같은 착각까지 들 정도였다. '괜찮다'는 정도를 넘어 목소리를 듣게 되어 오히려 기쁘다니! 지금까지 살아오면서 한 번도 경험해 보지 못한 의외의 반응이었다. 나는 뭐라고 대답해야 할지 적당한 단어가 떠오르지 않아 한동안 말을 하지 못하고 버벅댔다. 이내 한결 편해진 마음으로 덩달아 깔깔 웃으며 다시 한번 미안하고 고맙다고 전했다. 그랬더니 이번에는 스피커폰의 그 남자가 '결코 미안할 게 없다, 즐거운 시간 보내라'는 덕담까지 건네왔다.

놀라웠다. 전 세계 관광객들이 하루에도 몇천 명씩 찾아오는 미술관에서 나처럼 실수로 엘리베이터의 비상벨을 누르는 사람이 수도 없이 많았을 텐데 그는 어쩜 이렇게 여유를 잃지 않고 실수에 당황하며 허둥대고 있는 사람을 따뜻하게 품어줄 수 있는 것일까. 그는 실수한 사람들에게 항상 이렇게 인사를 건네는 것일까. 마치, 엘리베이터의 비상벨을 실수로 누른 것 따위는 중요하지 않다, 당신은 지금 세계에서 가장 유명한 반 고흐 미술관에 와 있다, 당신에게는 바로 이 사실이 더 중요하다, 그러니 이런 실수 따위 마음에 두지 말고 지금의 시간을 누려라 말하며 온 마음으로 환영하는 것 같았다. 'It's my pleasure!'그건 나의 기쁨이에요! 괜찮아요!라는 그의 경쾌하고 따뜻했던 한 마디야말로 반 고흐 그림만큼이나 나에게 감동을 주었던 반전의 기쁨pleasure이었다. 오히려 실수로 비상벨을 누르길 잘했다는 생각이 들 정도였다. 만약 그가 나의 예상대로 아무 말 없이하지만 어딘지 짜증이 느껴지게 툭 끊어버렸다면, 반 고흐 미술관에서의 마지막 순간이 유쾌하지 않은 기분으로 얼룩졌을 것이다. 별 것 아니었을 실수가, 고흐의 그림을 보며 하루종일 설렜던 그 감동의 마지막 순간을 망쳐버린 경험으로 오래오래 찝찝하게 남았을지도 모른다. 하지만 그는 나의 실수를 반가운 기쁨으로 둔갑시켜 주었다. 실수에 늘 인색했던 내가 실수를 대하는 또다른 삶의 자세가 있다는 것을 처음 경험한 순간이었다.

지나고 보면 엘리베이터 비상벨 한 번 잘못 누른 게 뭐 그리 큰일이라고 그때는 왜 그렇게 당황하고 호들갑을 떨었을까 싶다. 실수에 인색한 성격 탓도 있었을 것이다. 더구나 말도 잘 통하지 않는 낯선 곳에서의 실수는 사람을 더욱 긴장시키기 마련이다. 하지만 나는 미술관 엘리베이터의 '그' 덕분에 실수를 대하는 자세에 대해서 생각해 보게 되었다. 나의 실수를 따뜻하게 받아주었던 'It's my pleasure!'라는 그의 경쾌한 인사말은 그가 타인을, 삶을, 그리고 자기 자신을 얼마나 존중하고 배려하는지 보여주었다. 실수에 인색했던 나는 그동안 존중하고 배려하는 대신에, 사소한 실수에 걸려 넘어져 정작 중요한 것들은 놓쳐버리는 경우가 많았다. 그가 보여준 타인의 실수를 대하는 자세는 사소한 실수에 걸려 넘어지지 않고 정말로 중요한 본질에 집중할 수 있는 자세가 무엇인지 보여준 것이다.

그날 이후로 나는 나의 실수에, 혹은 다른 사람들의 실수에 'It's my pleasure'의 경쾌한 목소리를 떠올리며 사소한 실수에 걸려 넘어지지 않으려 노력했다.

실수는 실패가 아니야.

◆

우리는 여행을 하면서 크고 작은 실수들을 한다. 순탄하기만 한 여행은 없다. 나 역시도 여행하면서 저지른 실수담을 풀어놓으라고 하면 밤을 새야 할지도 모른다. 한번은 열차 시간을 착각해 다음 도시로 넘어가는 기차를 놓쳐서 여행 전체 스케줄이 꼬인 적이 있었다. 프라하에서는 입실 정보를 제대로 읽지 않고 숙소를 예약하는 바람에 숙박비를 날리고 노숙의 위기에 처한 적도 있다. 부모님과 함께 일본 교토에 갔을 때는, 터무니 없이 먼 거리를 걸어갈 수 있는 정도의 거리로 착각해 한없이 걷다가 비행기를 놓칠 뻔한 적도 있다. 소지품을 잃어버린 것은 셀 수도 없고, 가방을 잠시 옆에 내려놓고는 깜빡 잊고 숙소로 돌아오는 바람에 가방을 찾겠다고 온 동네를 돌아다니기도 했다. 길을 잃고 한참을 헤맨 일은 너무 흔해서 여행 중 실수의 역사에는 명함도 못 내민다. 메뉴를 잘못시켜서 상상과는 다른 음식이 나와 당황했던 경험은 말해 무엇 하겠는가.

하지만 뒤돌아보면 여행 중 실수는 어떻게든 해결이 되었고, 여행은 계속 됐다. 실수로 시험 문제 한 개를 틀렸을 때처럼 분하거나 자책하지 않고 빠르게 상황을 파악하고 해결책을 찾아나갔다. 때로는 적극적으로 주변 사람들에게 도움을 요청하기도 했고, 스스로를 다독이고 있으면 누군가 나타나 도움의 손길을 내미는 마법같은 순간들을 경험하기도 했다. 나는 일상에서의 실수에 인색한 편이지만, 여행에서의 실수에는 비교적 너그러웠다.

그러고 보면 우리는 여행에서의 실수에 대해서는 빠르게 상황을 받아들이고 어떻게든 해결방법을 찾아내고 실행한다. 때로는 상상하지 못한 창의적인 방법을 생각해 내기도 한다. 설사 일이 꼬이더라도 지나치게 후회하지 않고 남은 여행에 집중한다. 실수들은 어떻게든 해결이 되고 여행은 무사히 끝이 난다. 오히려 잊지 못할 추억이 되기도 한다. 실수의 원인에 집착하느라 스스로를 자책하거나 상대방을 비난하면서 크고 작은 실수들에 걸려 넘어졌더라면 여행의 소중한 추억들을 놓쳤을지도 모르고 여행 전체를 망쳤을지 모른다. 하지만 여행에서 우리는 그런 태도를 선택하지 않는다. 우리는 이미 사소한 실수에 걸려 넘어지지 않고 본질에 집중하는 자세를 알고 있다.

여행에서는 이런데, 정작 삶에서 우리는 실수를 어떻게 대하고 있을까. 여행에서와 마찬가지로 살면서 우리는 크고 작은 실수를 한다. 내가 실수하는 경우도 있고, 타인의 실수를 마주하는 경우도 있다. 그럴 때마다 나는 어떠한 모습이었을까. 스스로의 실수에는 가혹하기도 했고, 타인의 실수에는 날이 서 있기도 했다. 때로는 작은 실수 하나에 연연하느라 정작 중요한 것을 놓치는 경우도 많았다. 지나고 보면 별일 아닌데, 그 순간에는 왜 그랬을까 후회하기도 한

2부 여행을 시작하는 당신에게

다. 혹은 실수하지 않기 위해 전전긍긍하거나 실수하면 곧 낙오자가
돼 버릴 것 같아 한 발짝도 내딛지 못하고 경직돼 있기도 했다. 하지
만 우리는 안다. 여행에서 우리가 실수를 대하는 자세를 우리의 삶
에 옮겨온다면, 우리는 생각보다 많은 것을 할 수 있다는 것을 말이
다. 크고 작은 실수에도 여행이 잘 이어진 것처럼, 우리의 삶도 그러
하리라는 것을. 실수는 실패가 아니다. 중요한 것은 실수하지 않는
것이 아니라, 그 실수를 어떻게 대하는지이다.

  우리는 실수를 어떻게 대하고 있을까. 실수를 지혜롭게 대할 줄
아는 자세는 우리를 성장시키고, 여유 있고 경쾌한 삶으로, 그래서
좀 더 괜찮은 삶으로 데려다주는지도 모른다. 그래서 나는 매번 실
수에 걸려 넘어지려 할 때마다, 경직되고 앞으로 나아갈 수 없을 때
마다 반전 매력의 도시 암스테르담에서 만난 그의 경쾌한 'It's my
pleasure!'를 떠올린다.

그러고 보면 우리는 여행에서의 실수에 대해서는
빠르게 상황을 받아들이고
어떻게든 해결방법을 찾아내고 실행한다.

때로는 상상하지 못한
창의적인 방법을 생각해 내기도 한다.
설사 일이 꼬이더라도 지나치게 후회하지 않고
남은 여행에 집중한다.
실수들은 어떻게든 해결이 되고
여행은 무사히 끝이 난다.
오히려 잊지 못할 추억이 되기도 한다.

크고 작은 실수들에 걸려 넘어졌더라면
여행의 소중한 추억들을 놓쳤을지도 모르고
여행 전체를 망쳤을지 모르지만,
여행에서 우리는 그런 태도를 선택하지 않는다.

우리는 이미 사소한 실수에 걸려 넘어지지 않고
본질에 집중하는 자세를 알고 있다.

더 나다운
여행을 꿈꾸는

당신에게

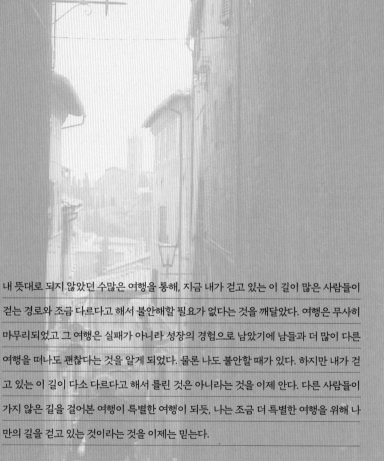

내 뜻대로 되지 않았던 수많은 여행을 통해, 지금 내가 걷고 있는 이 길이 많은 사람들이 걷는 경로와 조금 다르다고 해서 불안해할 필요가 없다는 것을 깨달았다. 여행은 무사히 마무리되었고 그 여행은 실패가 아니라 성장의 경험으로 남았기에 남들과 더 많이 다른 여행을 떠나도 괜찮다는 것을 알게 되었다. 물론 나도 불안할 때가 있다. 하지만 내가 걷고 있는 이 길이 다소 다르다고 해서 틀린 것은 아니라는 것을 이제 안다. 다른 사람들이 가지 않은 길을 걸어본 여행이 특별한 여행이 되듯, 나는 조금 더 특별한 여행을 위해 나만의 길을 걷고 있는 것이라는 것을 이제는 믿는다.

1장

일상의 용기가
나를 만든다

많은 사람들이 묻는다. 그게 가능하냐고. 7살 아이와 함께 단둘이 배낭여행을 다녀왔다고 하면 익숙한 반응이다. 지금 생각해보면 일곱 살 어린 아들과 단둘이 배낭여행을 갔다는 것 자체가 정말 모험이었다. 이전까지 아이와의 여행은, 어쩌면 여행이 아니라 고행이었기 때문이다. 하지만 용기를 냈고, 결국 여행은 가능했다. 충분히. 넘치도록.

바퀴벌레를 잡는 일

드디어 빠이Pai에 도착했다. 들뜬 엄마를 따라 아이도 신이 난 모양이다.

"엄마, 여기가 빠이야?"
"응, 그렇대. 여기가 빠이야. "
"근데 왜 이름이 빠이야? 빠이빠이~ 작별인사를 하는 곳인가?"

아이의 상상력에 한바탕 웃음을 터트리고는 나도 생각했다. 왜 이름이 빠이일까. 유래까지야 알 수는 없지만, 왜 이곳이 배낭여행자들의 안식처이자 성지라고 말하는지는 빠이의 첫인상만으로도 알 수 있을 것 같았다. 빠이에 도착해 버스에서 내리자마자 여행자 거리의 자유분방한 풍경이 나를 흥분시켰다. 정말 오랫동안 내가 그리워했던 배낭여행의 그 공기임을 직감했다. 내가 꼭 바랐던 그 모습이었다.

우리는 우선 예약 없이 빠이에 왔기 때문에 숙소를 구하는 것이 첫 미션이 되었다. 구경도 할겸 아이의 손을 잡고 발길이 닿는 대로 빠이 곳곳을 돌아다니며 짐을 풀고 싶은 숙소를 물색했다. 아이도 나도 너무 붐비는 곳을 원하지 않았기 때문에 여행자 거리에서 조금 떨어진 곳까지 가보기로 했다. 라오스를 여행했던 경험에 비추어 보면, 마을 옆에 강이 흐르면 그 강을 따라 조용하고 풍경 좋은 숙소들이 많이 있었다. 빠이에도 강이 흐르고 있었다. 나는 아이에게 강가로 가보자고 제안했다. 나름대로 그 이유에 대해서도 설명했다. 아이도 흔쾌히 동의했다. 가는 동안 곳곳에 고양이가 보이자 아이는, 잔디밭이 있는 숙소면 좋겠다고 했다. 그러면 그곳에 고양이가 살고 있을지도 모른다는 이유에서다.

빠이의 중심가를 지나 한적해 보이는 강가에 이르렀다. 역시나 강을 따라 숙소들과 레스토랑이 줄지어 있었다. 강 건너편으로 아기자기해 보이는 방갈로들이 눈에 들어왔다. 한 채씩 지어진 방갈로형 숙소 앞에는 한가롭게 강이 흐르고 잔디밭이 넓게 펼쳐져 있었다. 마음에 들었다. 강을 건너 숙소로 가기 위해 당장이라도 무너질 것 같은 엉성한 나무다리를 건넜다. 'reception'이라고 써 있는 곳으로 들어가자 한 남자 직원이 반갑게 우리를 맞아 주었다.

"아이와 제가 둘이 묵을 건데, 방이 있나요?"

"물론이죠! 며칠이나 묵을 건가요?"

　나는 우선 이틀만 묵어보고 더 묵을지 결정하겠다고 했고 직원은 열쇠를 들고 따라오라고 했다. 직원은 특별히 어린 손님을 위해 자신의 리조트에서 가장 경치가 좋은 방을 내주었다고 했다. 아닌 게 아니라, 평화롭고 조용한 분위기가 정말 마음에 드는 곳이었다. 양옆의 숙소에 묵고 있는 손님들은 잔디밭에 누워서 요가를 하거나 책을 읽고 있었다. 방갈로 방문 앞에는 해먹도 설치돼 있었다. 무엇보다 마음에 든 점은 북적이는 중심가에서 떨어져 있어 조용하다는 것이었다.

　아이가 기대했던 고양이도 살고 있었다. 배낭여행의 낭만을 오롯이 느낄 수 있을 것만 같은 이 평화로운 풍경에 나는 단숨에 마음을 빼앗겼다. 아이도 숙소에서 키우는 고양이가 마음에 드는지 우리는 만장일치(?)로 이곳에 묵기로 결정했다. 직원과 간단한 흥정 끝에 2일이 아니라, 5일을 이곳에서 묵기로 결정하고 바트 Baht, 태국 화폐를 지불했다. 배낭여행자에게 어울리는 만족스러운 가격이었다.

　우리는 신이 나서 짐을 풀기 시작했다. 3시간을 넘게 차를 타고 와서인지 피곤이 몰려오는 것 같았다. 얼른 짐을 풀고 해먹에 누워 맥주를 마시고 싶었다. 아이는 배낭을 던져두고 고양이를 찾아 잔디밭을 기웃거리기 시작했다. 하지만 만족스러운 숙소의 선택 뒤에는 예상치 못한 복병이 숨어있었다. 덥고 습한 지역이라 그런지, 저렴한 대신 숙소의 시설과 청결 상태가 좋지는 않았다. 동남아의 작은 시골 마을에서 이 정도 가격에 이 정도 수준의 숙소라면 꽤 좋은 조건이라고 생각했다. 소싯적에 배낭여행 좀 해봤다 하는 나이기에 잠자리는 가리지 않아서 문제가 되지 않았지만, 벌레가 싫은 건 어쩔수 없었다. 그래도 나름대로 숙소 주인이 신경을 써서 여기저기 약을 뿌려 놓은 탓인지 침구 상태는 나쁘지 않은 편이었다. 모든 것을 다 만족할 수 없으니 이 정도면 아주 괜찮은 곳이라고 자기 최면(?)을 걸며 짐을 풀었다. 그럼에도 도무지 어쩔 수 없는 것이 딱 하나 있었다.

그것은 바.퀴.벌.레!!

본격적으로 짐을 풀고 있는데, 좋지 않은 기운이 스멀스멀 느껴졌다. 예감이 적중했는지, 저 구석에서 바퀴벌레 한 마리가 쓰윽 기어 나오는 것이 아닌가! 상상도 하지 못한 곳에서 바퀴벌레와 마주한 나는 기겁을 하며 소리를 질렀다.

"꺅~~~!"

일곱 살짜리 아이도 엄마의 비명 소리가 심상치 않게 느껴졌는지 숙소 마당에서 고양이와 놀다 말고 달려왔다.

"엄마, 무슨 일이야?!"
"바퀴벌레! 저기 바퀴벌레가 나왔어!!"

짐을 풀다 말고 얼어붙은 자세로 바퀴벌레가 더듬이를 살랑거리고 있는 곳을 가리켰다. 여기 바퀴벌레는 뭘 먹고 자란 걸까? 우리나라에서 보던 것과는 스케일 자체가 달랐다. 거짓말 조금 보태서 정말 손바닥만한 바퀴벌레가 어딘가로 지나가는 것 같았다. 하지만 아이는 무안할 만큼 너무나 태연하게 대답했다.

"그럼 잡으면 되지~!"

헐!! 그냥 잡으면 된다고? 그게 쉬우면 내가 지금 이러고 있겠니?! 라는 마음이 절로 들었다.

너무나도 당연하다는 듯 잡으면 되지 않냐고 되묻는 아이에게 엄마는 소위 '모양 빠지게' 징징대는 꼴이 되었다. '대체로' 씩씩한 엄마이지만, 바퀴벌레 앞에서만큼은 씩씩할 수가 없다.

"바퀴벌레를 어떻게 잡아~?!"
"괜찮아, 그냥 잡으면 돼, 엄마! 무서워하지 마!"
"도대체 바퀴벌레를 어떻게 잡냐고!!"

나는 징그러워서 도저히 잡을 수 없다는 뜻으로 말했지만, 아이는 바퀴벌레를 잡는 방법을 묻는 것으로 그 말을 곧이곧대로 들은 모양이다. 바퀴벌레 하나에 기겁하며 온갖 유난을 떨고 있는 엄마를 보며 사뭇 진지한 표정으로 말하는 아이의 대답이 걸작이었다.

"바퀴벌레를 잡을 때 가장 중요한 건 용기를 내는 거야. 일단 용기를

3부 더 나다운 여행을 꿈꾸는 당신에게

내서 물티슈나 휴지를 꺼내서 바퀴벌레를 잡아. 쉽지?"

나는 짐을 풀다 만 그 자세로 바퀴벌레를 온몸으로 의식하며 바짝 얼어 있었지만, 그럴듯한 아이의 대답이 재미있어서 굳은 표정을 풀고 아이에게 다시 물었다.

"용기를 내는 게 뭔데?"

그러자 아이가 다시 한번, 당연하다는 듯 툭 내뱉은 그 한마디가 나의 마음을 풀어놓았다.

"마음을 힘껏 부여잡는 거."

용기를 내는 일

용기를 내는 일, 마음을 힘껏 부여잡는 일. 그렇다. 용기를 낸다는 것은 아이의 말처럼, 어떤 상황에서도 흔들리지 않도록 마음을 힘껏 부여잡고 단단히 다지는 일이다. 생각해 보면 아이와 여기까지 오는 데 나름대로 용기가 필요했다. 우선은 소중한 아이와 불확실한 환경으로, 의지할 사람 한 명 없는 곳으로 단둘이 여행을 떠난다는 것 자체가 모험이었다.

아무리 여행 경험이 많다고 해도 아이와 함께 하는 여행은 또 다른 이야기였다. 생각해 보면 아이가 태어나고부터는 아이와 함께, 안전한 곳으로 아이 위주의 여행을 다녔다. 불확실성을 최소화하고 모든 것이 대체로 갖춰져 예상 가능한 환경에서 쉬다 오는 것이 전부였던 것 같다.

하지만 이렇게 비행기 티켓과 첫 번째 숙소 외에는 정해진 것 없는 날 것의 배낭여행 자체가 오랜만이다 보니 나 역시도 결정하기까지 용기가 필요했다. 여행이 시작되고 나서도 두려움 지수가 설렘 지수를 앞서 있었다. 아직 천방지축인 아이를 나 혼자 데리고 무사히 여행을 마칠 수 있을지, 시작부터가 불안한 이 여행이 나에게는 용기가 필요한 일이었다. 밤늦게 도착한 공항에서 택시를 타고 숙소로 이동하는 일 조차도 나에게는 용기가 필요했던 일이다. 3시간을 구불구불한 산길을 달려 빠이로 가는 일을 결정하는 것 역시 나에게는 용기가 필요했던 일이다. 아이와 현지에서 무엇인지 알 수 없는 음식을 주문하는 것도 약간의 용기가 필요한 일이다.

하지만 역시 '용기를 낸다는 것은 마음을 힘껏 부여잡고 단단히 다지는 일'이니 그렇게 하고 나면 그다음은 의외로 쉽게 해결되는 경우가 많다는 것 역시 나는 알고 있었다. 조지 캠벨은 『신화와 인생』에서 아메리카 인디언 소년의 이야기를 통해 이렇게 말했다.

"삶의 길을 가다 보면 커다란 구멍을 보게 될 것이다. 뛰어넘으라, 네가 생각하는 것만큼 넓진 않으리라."

설레임보다 두려움이 더 컸던 아이와의 여행 역시 용기를 내어 일단 시작하고 나니 어떻게든 됐다.

내가 아이와 여행을 하며 가장 큰 용기를 냈던 순간은 스쿠터를 빌려 타기로 결심했을 때였다. 빠이에서는 주로 스쿠터를 이용해 근교로 이동하기 때문에 대부분의 여행자들이 스쿠터를 대여한다. 나는 스쿠터를 타 본 적은 없지만, 아이와 근교로 나가기 위해서는 다른 방법이 없었기 때문에 스쿠터 배우기에 도전해 보기로 했다. 결정을 내리기 전에 아이에게 상황을 설명했다.

"여기서 좀 더 멀리 가기 위해서는 스쿠터를 타고 가는 방법밖에 없는데, 엄마가 스쿠터를 타 본 적이 없어. 스쿠터를 빌려주는 곳에서 타는 방법을 가르쳐 준다고 하긴 하는데, 어떻게 하면 좋을까?"

"해봐야 알지, 엄마. 용기를 내!"

여행을 위해 필요한 일이었기에 아이의 응원에 힘입어 나는 용기를 내 스쿠터 배우기에 도전해 보기로 했다. 우리는 스쿠터를 빌려주는 업체를 찾아가 여권을 맡기고 아이와 함께 타기에 가장 안전해 보이는 스쿠터를 추천받아 대여했다. 스쿠터를 탈 줄 모르는데 배울 수 있냐고 물으니 직원은 고객을 끄덕였다. 약간은 긴장된 표정으로 기다리고 있는데 푸근해 보이는 아주머니 한 분이 나를 불렀고 우리는 그녀를 따라 공터로 갔다. 그녀는 그곳에서 스쿠터에 앉는 방법부터 시동을 거는 방법, 출발하는 방법, 속도를 내는 방법과 방향을 바꾸는 방법 등등 스쿠터를 운전할 수 있는 기본적인 것들을 가르쳐 주었다. 그녀가 스쿠터에서 내리더니 나보고 타 보라는 시늉을 했다. 공터 한켠에 아이를 세워두고 나는 스쿠터에 올라탔다. 자전거를 탈 줄 아니까 스쿠터도 비슷하지 않을까 기대했다. 직원들이 가르쳐 주고 바로 빌려준다고 하니 배우는 것이 그리 어렵지 않은가 보다 짐작했다.

하지만 처음이니 긴장이 되는 건 어쩔 수 없었다. 나는 아이가 알려준 대로 '마음을 힘껏 부여잡고', 직원이 알려준 대로 스쿠터의 중심을 잘 잡고 시동을 건 후 천천히 출발했다. 스쿠터가 움직였고, 신이 났다. 그렇게 넓지 않은 공터를 몇 바퀴 돌고 나면 충분히 탈 수 있을 것 같았다.

"어...어... 어~"

방향을 바꾸다가 그만 중심을 잃고 넘어졌다. 다행히 다친 곳은 없었다. 직원도 다쳤을 것 같지는 않아 보였는지 느긋하게 다가와 괜찮냐고 물었다. 다시 일어나 자세를 가다듬고 스쿠터의 시동을 걸고 출발했다. 하지만 이번에도 방향을 틀다가 넘어지고 말았다. 몇 번을 넘어지길 반복하다가 끝내는 넘어지지 않고 몇 바퀴를 도는데 성공했다. 직원은 여전히 못 미더워했지만, 나는 탈 수 있다고 괜찮다고 그녀를 안심시켰다. 가까스로 합격점을 받고 멀찌감치 엄마의 도전을 지켜보고 있던 아이를 불러 헬멧을 씌우고 뒤에 태웠다. 아이와 함께 스쿠터로 신나게 달려 근교로 나갈 생각을 하니 신이 났다. 아이를 뒤에 태우고 시동을 걸었는데 이번에는 출발도 제대로 하지 못하고 고꾸라져버렸다. 아이가 다쳤을까봐 깜짝 놀라 뒤돌아

보았지만 무사했다.

"괜찮아?"
"응, 나는 괜찮아, 엄마는?"
"엄마도 괜찮아. 다행이다."

불안하게 지켜보던 직원이 달려와 아이 먼저 일으켜 세웠다. 직원은 아무래도 안되겠다고 말했다. 아이와 타는 것은 위험해서 안 되겠다고 대여를 거절했다. 나는 할 수 있다고 한 번만 더 타 보겠다고 고집을 부렸지만, 그녀는 단호한 표정으로 여권과 지불한 돈을 돌려주었다. 아이가 다칠 뻔한 상황을 겪으니 더 이상 고집을 부릴 수가 없었다. 아쉽지만 안전한 여행을 위해 물러서는 것이 좋겠다는 결론을 내렸다. 나는 아이에게 미안하다고 말했다.
"괜찮아, 엄마! 해 봤으니까 알지!"
아이의 말에 위로를 받았다. 대신 우리는 자전거를 빌려서 빠이의 구석구석을 돌아다녔다. 멀리 나갈 수는 없었지만, 기대하지 않았던 빠이의 또다른 모습들을 볼 수 있었다. 뒤에 탄 아이는 나의 허리를 꼭 붙잡았고, 스쿠터도 좋지만 자전거도 좋다고 말해주었다.
비록 용기를 냈던 일이 성공적이진 못했지만, 해보지 않았다면 여행을 마치고 한국에 돌아가서 내내 시도조차 하지 않은 것을 후회했을 것이다. 되든 안 되든 아이의 말처럼 해봐야 아는 것들 투성이인 곳 역시 여행이었기에 나는 '마음을 힘껏 부여잡는' 크고 작은 용기들을 내며 아이와 함께 여행을 이어나갔다. 그러고 보면 여행도 우리의 일상도 어쩌면 크고 작은 용기의 합이라는 생각이 들었다. 그것이 오늘의 나를 만들었다.

나를 선택하는 용기

바퀴벌레를 잡으며 마음을 힘껏 부여잡으라고 말했던 아이가 여행하면서 가장 많이 한 말이 있다.

"해 봐야 알지! 용기를 내, 엄마!"

바퀴벌레 하나에 벌벌 떨고 있는 엄마에게, 빠이 캐니언 Pai Canyon 앞에서 건널까 말까 망설이고 있는 엄마에게, 한 입 먹기를 두려워하고 있는 엄마에게 아이는 늘 그렇게 말했다. 마치 아이가 놀이터에서 놀 때, 엄마가 멀리서 지켜보고 있다는 것만으로도 어깨에 힘이 들어가 신나게 놀 듯, 아이는 둘만의 여행에서 엄마를 믿고 호기심 가득한 채 세상을 탐험하듯 용기를 내고 있었다. 한편으로는 아이 역시 나를 지지해 주는 든든한 존재가 되어 여행의 순간순간 내가 마음을 힘껏 부여잡고 용감해질 수 있도록 응원해 주었다. 우리는 여행에서 서로에게 크고 작은 용기를 낼 수 있는 안전기지가 되어주면서 우리만의 여행을 멋지고 풍성하게 만들어 갈 수 있었다.

아이와의 소중한 시간과 경험을 위해 용기를 내었던 나의 선택, 아이와 함께 여행하며 용기를 냈던 소소한 경험들은 삶이라는 불확실한 여행을 헤쳐나갈 수 있는 또 다른 용기가 되어주고 있다. 여행 중 두려움을 뒤로 미루고 소소한 용기를 냈던 경험은 우리가 스스로 생각했던 것보다 더 용기 있는 사람이라는 것을 깨닫게 해 주었다. 나는 아이와의 배낭여행에서 두려움과 설렘이라는 두 가지 양가감정을 다른 때보다 더 크게 느꼈다. 아마도 소중한 사람과 함께 위험을 감수하고 불확실함으로 걸어 들어가야 하는 두려움이 더 컸던 것 같다. 나는 여행을 통해 우리 아이가 용기를 내는 경험을 얻길 기대했지만, 오히려 내가 나의 삶에서 용기를 내는 방법을 배운 것 같다.

이것은 성공하는 것과는 별개의 문제다. 혹여나 결과가 좋지 않더라도 내가 원하는 것을 알고 그것을 위해 마음을 힘껏 부여잡고 시도했다는 노력 자체가 중요하다. 그런 용기와 시도를 겹겹이 쌓으며 내가 원하는 삶을 향해 뚜벅뚜벅 걸어 나아가는 것. 용기를 낸다는 것은 그 과정에서 맞닥뜨릴 여러 가지 장애물과 예상치 못한 시행착오를 마주할 각오가 됐다는 의미일 것이다. 문득 프랑스의 수필가 폴 발레리의 말이 떠올랐다.

"용기를 내어 그대가 생각하는 대로 살지 않으면, 머지않아 그대는 사는 대로 생각하게 된다."

어쩌면 용기를 낸다는 것은, 내가 원하는 삶을 살기 위한 여정에서 가장 먼저 끼워야 할 첫 번째 단추일지도 모르겠다. 어떤 상황을 마주하더라도 어떤 시행착오를 겪더라도 받아들일 수 있는 순전한 마음. 거창하진 않더라도 일상의 순간순간 나를 선택하는 용기. 그

것이면 충분할 것이다. 이러한 일상의 용기들이 결국 나를 만들고, 내가 원하는 삶을 완성하게 해 줄 것이다. 해봐야 알지. 그렇다. 망설여지는 순간, 힘껏 마음을 부여잡고 나를 선택하는 용기. 그것이 결국 오늘의 나를 만들었을 것이고, 앞으로 내가 원하는 나다움을 채워줄 것이다.

"용기를 내는 게 뭔데?"

그러자 아이가 다시 한번,
당연하다는 듯 툭 내뱉은 그 한마디가
나의 마음을 풀어놓았다.

"마음을 힘껏 부여잡는 거."

2장

여행의 씨앗을
심는 일

언제부터일까. 나는 삶의 중요한 순간에 자연스럽게 여행을 떠올렸다. 누가 시킨 것도 아니었고, 남들이 그렇게 한다고 해서 그랬던 것은 더더욱 아니었다. 하지만 나는 인생의 전환기마다 여행으로 디딤돌을 놓았고 여행자의 마음가짐과 태도를 삶으로 옮겨왔다. 가끔 궁금해 진다. 이런 나는 어디로부터 온 것일까. 우연히 빛바랜 앨범을 펼쳐 보고 나서야 나는 깨달았다. 내 여행의 씨앗이 어디로부터 왔는지를.

아빠의 앨범

"이제 네 건 정리해서 전부 네 집으로 가져 가!"

결혼을 한 지 얼마 안 돼, 친정엄마가 호출을 했다. 사실 이때까지도 '친정'이라는 단어가 어색했다. 부모님과 함께 살다 결혼과 동시에 분가한 나는, 친정에서 미처 가져오지 못한 짐들을 늘 생각하면서도 왠지 서운한 마음에 정리를 미루고 있던 참이었다. 결국 엄마가 최후통첩(?)을 해 온 것이다. '우리 집'에서 '새 우리집'으로 옮길 짐들을 정리하려고 버릴 것과 가지고 갈 것들을 골라내기 시작했다. 신혼집이 지금의 우리 집에서 멀지 않았기 때문에 급한 것만 먼저 정리하고 나머지는 차차 야금야금 가져가면 되겠지 싶었다. 그래도 이참에 필요 없는 짐들은 버리고 정리를 좀 하자 싶어서 오래된 책들이 켜켜이 꽂혀 있는 책장을 뒤지기 시작했다. 내 어릴 적 그림일기가 아직도 그대로 남아 있는 것이 신기했다. 고등학생 때부터 대학생 때까지 매년 꼼꼼하게 작성했던 다이어리들도 그대로였다. 그때는 뭐가 그리 추억할 것이 많았는지, 기차표며 영화표까지 무엇하나 버리지 않고 다이어리에 날짜와 함께 간 사람, 장소까지 자세히 적어서 소중하게 껴 두었더랬다. 새삼, 나에게도 이런 소녀 감성이 있던 적이 있었구나 싶은 것이, 벌써 아줌마(?)가 된 기분이었다.

그러다 익숙하지만 한 번도 펴 본 적이 없는 듯한 앨범들에 손이 갔다. 한눈에 봐도 아주 오래된 것처럼 보이는 가죽 앨범이었다. 내 어릴 적 사진들이 꽂혀 있는 앨범인가 싶어 기억을 더듬으며 펼쳐보았다. 그런데 낯익은 글씨체로 꾹꾹 눌러쓴 글들, 종이로 액자를 만들어 꾸민 사진들, 꽤나 정성을 들인 흔적들이 점점 내 코끝을 시리게 했다. 그리고 이어 다음 장에 나타난 20대의 젊은 남자. 장난기 어린 표정으로 해맑게 웃고 있는 그는 다름아닌 젊은 시절의 아빠였다. 아빠가 지금 내 나이였을 무렵, 산으로 바다로 여행을 다니며 찍은 사진들 속에는 낯설면서도 낯익은 친정 아빠, 아니 우리 아빠가 장난기 어린 표정으로 포즈를 취하고 있었다. 언제 어디에서 찍은 사진들인지 특유의 아빠 글씨로 하나하나 기록해 둔 것에서도 젊은 시절 아빠의 정성을 느낄 수 있었다. 설악산에 친구들과 놀러 갔을 때 따온 단풍잎도 앨범 한 컨에 바삭하게 붙어 있었다. 앨범의 마지막으로 갈수록 젊은 시절 엄마와 함께 찍은 사진들도 등장하기 시작했다. 어느 것 하나 소홀히 하지 않고 정성스레 하나하나 사진을 꾸며 붙여 놓은 앨범이었다.

'아, 우리 엄마, 아빠도 이렇게 젊은 시절이 있었구나.'

너무나 당연한 사실을 왜 이제껏 생각하지 못했던 걸까. 사진 속 긴 생머리를 휘날리며 주름 한 점 없는 얼굴로 수줍게 웃고 있는 젊은 시절의 엄마와, 그런 엄마 옆에서 역시 수줍은 듯 정면을 응시하고 있는 아빠의 모습을 보니, 어릴 적 한동안 우리 집 거실 어딘가에 장식돼 있던 엄마 아빠의 신혼여행 사진도 불현듯 떠올랐다. 그랬던 엄마 아빠의 젊은 시절은 다 어디로 간 것일까. 굳이 말하지 않아도 짐작할 수 있었다. 그렇게 열정적이고 장난기 많던 젊은 남자는 가장으로서의 책임을 다하기 위해 묵묵히 일했고, 곱디곱던 생머리 그녀는 손에 물 마를 날 없이 주름이 늘어갔다. 여행은 사치라며 뽀얗게 먼지가 쌓이도록 그런 추억쯤은 책장 한 켠으로 물려 놓았을 것이다. 사진 속에서처럼 해맑게 웃는 엄마 아빠의 모습을 봤던 게 언제일까. 아아, 그들의 봄날은 그렇게 앨범 속에서 나올 줄 몰랐구나. 갑자기 울컥하며 눈물이 쏟아졌다.

그러고 보니 아빠는 여행을 참 좋아하는 분이셨다. 나의 어린 시절 추억은 틈만 나면 산으로 바다로 가족과 함께 여행을 다녔던 기억들이 대부분이다. 해수욕장에 놀러 갔다가 갑자기 폭우가 쏟아져서 온 식구가 커다란 비닐을 함께 뒤집어쓰고 함께 뛰었던 기억이 아직도 생생하다. 계곡으로 온 가족이 놀러 가서 송사리를 잡느라 정신없이 놀다가 물에 빠질 뻔했던 기억도 난다. 가족 모두가 산 정산에 올라 만세를 부르며 사진을 찍기도 했다.

여행을 좋아하는 낭만 청년의 모습은 이렇게 '아빠'가 되고 나서도 가족과 함께 이어졌는데, 그러고 보니 언제부터인가 그런 모습을 찾아볼 수 없었다는 것을, 앨범을 보다 문득 깨닫게 됐다. 단풍잎을 따다 붙이고, 사진의 모서리 하나도 바래지 않도록 소중히 여기던 여행가 낭만 청년의 아빠는 어디로 간 것일까?

다시 만난 낭만 청년

어쩌면 가장 나다운 순간을 만날 수 있을 때가 바로 여행이다. 그 것이 나에게만 해당되는 것은 아니라는 것을 왜 미처 생각하지 못 했을까. 아빠도, 엄마도 마찬가지일텐데 말이다.

여행자로서 순수하고 낭만적이었던 아빠의 모습을 다시 볼 수 있었던 것은 내가 성인이 된 후 부모님과 함께 떠난 해외여행에서였다. 함께 간 첫 여행지는 일본이었다. 성인이 되기 전까지는 부모님이 나를 여행에 데리고 다니는 것이었다면 이번에는 역할이 역전됐다. 여행경비부터 여행 계획까지 전부 내가 맡았고, 부모님은 몸만 따라오시도록 했다. 내가 엄마, 아빠를 모시고 여행을 가는 것이니 보호자가 뒤바뀐 셈이다.

나와의 일본 여행이 첫 해외여행이었던 부모님은 공항에서부터 왠지 잔뜩 긴장한 얼굴이었다. 아기 오리가 어미 오리를 졸졸 쫓아 다니듯 엄마, 아빠가 나를 놓칠세라 졸졸 쫓아다녔다. 보안 검색부터 입국 심사를 거쳐 항공기에 탑승하기까지 실수라도 하면 큰일

날 것처럼 부모님은 내가 하는 것을 하나하나 놓치지 않고 눈으로 따라하고 있었다. 기내에서 엄마는 마냥 신난 표정으로 창밖을 내다보셨고, 아빠는 모니터에서 운항지도를 켜고 지금 우리가 어디쯤을 지나고 있는지 실시간으로 엄마에게 설명해 주셨다.

아기 오리와 어미 오리 놀이(?)는 낯선 일본 땅에서 더욱 심해졌다. 혹시라도 나를 놓칠까봐 한 발짝도 멀리 떨어지지 않으려고 부지런히 따라붙으셨다. 일본에서부터는 나 역시도 혹시나 부모님을 잃어버릴까 바짝 긴장해서 신경이 예민해졌다. 물가가 비싼 일본에선 무엇을 하나를 먹거나 사려고 할 때마다 '뭐가 이렇게 비싸니?', '다른 거 먹어도 된다'하면서 가격을 신경 쓰는 모습에 불쑥불쑥 짜증을 내기도 했다. 모든 여행 경비를 대고 있는 딸의 주머니 사정을 배려한 말씀이라는 것을 알면서도, 여기까지 와서도 마음껏 즐기지 못하는 모습이 속상해 나도 모르게 마음과는 다르게 표현하곤 했다. 하지만 대체로 우리의 여행은 평화로웠다. 사소한 것에도 호기심을 발휘하고 일단 시도해 보는 아빠는 역시 여행을 즐기던 낭만 청년의 DNA를 잃지 않고 계셨다. 일본어를 몰라서 전부 내가 대신 주문하고 의사소통을 했지만, 어느 순간 일본어로 '난데스까?'라고 상점 주인들에게 질문하기 시작했다. 물론 이후에 대답은 역시나 알아들을 수 없는 일본어로 돌아왔지만, 아빠는 마치 알아듣는 것 마냥 신나는 얼굴로 보디랭귀지로 의사소통을 했다. 급기야는 짧은 일본어 단어를 속성으로 외워 가시더니 몇 가지 단어를 나열해 음식을 직접 주문하고 계산을 하는 미션을 자청했다.

부모님과 함께 앙코르와트가 있는 캄보디아의 시엠립으로 여행을 갔을 때도 나는 호기심 많은 여행가로서의 아빠를 만났다. 특유의 향이 강해 혹시 부모님께서 먹기 부담스러워하시진 않을까 배려하는 마음에 한식당이나 무난한 음식들을 추천했지만, 아빠는 다른 나라까지 와서 왜 한식을 먹느냐고, 이 나라 전통음식을 시도해 보는 것이 최소한의 예의라고 하셨다. 나는 정말 괜찮을지 조금은 걱정스런 마음으로 캄보디아의 전통음식을 맛볼 수 있는 식당으로 두 분을 모시고 갔고 아목Amok, 고기와 각종 야채 및 코코넛 밀크를 가미한 크메르 음식, 캄보디아 대표 음식과 록락Lok Lak, 캄보디아 식 불고기요리 등을 주문했다. 역시 엄마에게는 무리였나보다. 비위에 맞지 않아 거의 드시지 않았다. 하지만 아빠는 캄보디아에 와서 현지 음식을 맛볼 수 있다는 것만으로도 매우 만족해하시며 씩씩하게 식사를 이어가셨다. 반 정도 드시다 도무지 안 되시겠는지 미리 챙겨온 튜브형 고추장을 슬쩍 뿌려 한국식 퓨전으로 만들어 드신 것은 공공연한 비밀이다. 그래도 코코넛 주스는 드실만하셨나 보다. 야생 코코넛 모양 그대로 깎아 빨대를 꽂은 모습이 '나 동남아에 왔어요'라고 인증하기 딱 좋은 모양새였다. 두 분은 두 개의 빨대를 꽂아 함께 입을 가져다 대며, 어릴 적 부모님의 신혼부부 사진에서 본 듯한 포즈를 취하셨다. 그렇게 모험(?) 가득한 점심 식사를 마치고 난 후, 아빠는 현지 시장을 보고 싶어 하셨다. 현지인들이 어떻게 사는지 가장 잘 볼 수 있는 곳이 시장이라고 하셨다. 이럴 때마다 나는 내가 여행을 대하는 태도가 아빠로부터 왔음을 깨닫곤 한다. 그 나라의 과거가 궁금하면 박물관에, 현재가 궁금하면 시장에, 미래가 궁금하면 도서관에 가보라는 말이 있는데, 나는 늘 현재를 선택하는 편이었기 때문이다. 시장에 가면 그 도시의 심장 소리가 들리는 것 같은 생동감을 느낄 수 있다.

여행을 거듭할수록 아빠는 점점 젊은 시절 여행을 좋아하던 낭만 청년의 표정을 되찾아가기 시작했다. 사실 그것은 오랫동안 본 적이 없는 표정이었다. 하지만 나는 단번에 알아차릴 수 있었다. 20대 푸릇한 시절, 앨범 안에 있던 낭만 청년 아빠의 모습이라는 것을 말이다.

그가 심어 놓은 여행의 씨앗

딸과 엄마는 같은 여성의 일대기를 밟아 나가면서 어느 시점이 되면 그 나이 엄마를 이해하고 공감할 수 있는 지점들이 생긴다. 나는 많은 사람들이 그렇듯 첫 아이를 낳고 엄마가 되고 나서야 엄마의 마음을 이해할 수 있었다. 진통을 겪으며 엄마도 이렇게 배 아파서 나를 낳으셨겠지? 라는 생각이 들어서 아이가 나오는 순간, 아파서가 아니라 그 고통을 진심으로 이해할 수 있었기에 눈물이 났다. 밤새 수유하느라 며칠간 새우잠을 자며 아이에게 젖을 물릴 때마다, 제대로 앉아서 밥 먹을 여유조차 없어서 물에 대충 밥을 말아 입안으로 허겁지겁 밀어 넣을 때마다, 엄마도 이렇게 제대로 못 자고 못 먹으면서 나를 키우셨겠지 하고 생각했다.

반면 아빠의 모습은 첫 직장을 경험하고 나서야 조금이나마 가늠해 볼 수 있었다. 왜 아빠가 퇴근 후에 집에 오면 평소보다 말수가 적어지는지, 왜 주말에는 바닥과 한 몸이 되어 늦잠을 주무시는지 이해하게 됐다. 무엇보다도 첫 직장에 사표를 던지고 나오면서 가장 많이 떠올랐던 사람이 아빠였다. 나는 6개월 출퇴근하는 것도 이렇게 지겹고 힘이 들었는데, 아빠는 한 직장에서 한결같이 어떻게 23년을 버텨내셨을까. 억지로 알람 소리에 이른 아침마다 몸을 일으켜 출근하던 모습, 원하지 않는 잦은 회식으로 힘겹게 속을 게워 내던 지난 시간의 아빠 모습을 떠올려 보았다. 그 치열함이 아빠의 역사를 관통해 나에게 전해지는 것 같았다. 가장의 책임을 위해 세월을 인내한 그 시간이 새삼 대단해 보이고 존경스러웠다.

그렇게 자신의 역할에 충실하느라 점점 지워졌을 젊은 시절의 모습들. 앨범을 통해 아빠의 젊은 시절을 마주하고 나니, 새삼스럽게 아빠의 '역할'이 아니라 '그 자신'은 어떤 사람일까 궁금해지기 시작했다. 가족을 위해 '나'가 아닌 '아빠'로 살아온 시간들. 그 고단하고 치열했을 삶을 그제서야 조금이나마 이해할 수 있게 되었다.

함께 여행을 다니면서 호기심 많고 즐길 줄 아는 아빠의 모습을 마주할 때마다, 어쩌면 여행가로서의 아빠가 나에게 여행의 씨앗을 심어놓았는지 모른다는 생각을 종종 했다. 그가 내게 물려준 여행의 씨앗은 더 넓은 세상을 받아들이고 수용하는 삶의 태도를 알게 해주었다. 욕심부리지 않고 현재에 감사하며 즐길 줄 아는 태도. 아빠가 늘 말씀하던 삶의 태도를 그는 여행을 통해 나에게 알려주고 싶었는지도 모른다. 지금 내가 우리 아이들에게 하는 것처럼 말이다. 어쩌면 여행이 오늘의 나를 만들었다고 생각했지만, 결국 그것은 부모님으로부터 물려받은 유산인지도 모른다. 그래서 더욱 나다운 모습으로 살 수 있는 힘이 되어주고 있는 지도 모르겠다. 그런 여행의 씨앗이 싹을 틔워, 어느새 딸이 이만큼 성장해 부모님을 모시고 다시 여행을 함께 하게 되었을 때 부모님은 어떤 마음이었을까? 새삼 궁금해진다. 내가 아이를 낳아 길러보니 이해할 수 있게 된 내 씨앗의 근원. 그 여행의 씨앗이 다시 싹을 틔워 우리 아이들이 커서 언젠가 다시 나와 함께 여행을 간다고 상상하니 기분이 뭉클하다.

이후로 나는 여행을 다녀올 때마다 부모님께 앨범을 만들어 선물했다. 낭만 청년이 '아빠'로 사는 동안 세상은 일일이 손으로 꾸미고 오려 붙여야 했던 아날로그에서, 인터넷으로 사진을 고르고 클릭 몇 번만 하면 간편하게 제작할 수 있는 시대로 바뀌었다. 부모님과 함께 여행을 다녀올 때마다 나는 아빠의 그 앨범을 떠올리며 요즘 방식의 앨범으로 아빠와 엄마의 표정을 담아 드리고 있다. 앞으로 몇 권의 앨범이 더 만들어질지 모르겠다. 하지만 그가 심어놓은 여행의 씨앗이 나의 삶에서 싹을 틔우고 있듯 부모님 역시 여행의 씨앗이 꽃을 피운 가장 자기다운 순간의 모습들을 많이 담아 두어야겠다. 굳이 그것이 여행이 아니더라도, 여행 같은 우리의 일상에서 말이다.

언젠가 아빠가 말씀하신 적이 있다. 스위스가 그렇게 좋더라며 죽기 전에 꼭 한번 가보고 싶은 곳이라고. 이 말이 생각나 몇 해 전, 좋은 상품을 골라 스위스로 효도 여행을 보내드리려 했다가 갑작스러운 할머니의 병환으로 여행 2주 전에 취소한 적이 있다. 나 역시 엄마, 아내, 사회인 등 역할이 많아지면서 늘 바쁘다는 핑계로 부모님과 함께 여행을 가기보다는 언제부터인가 여행상품에 의존하며 그저 딸의 역할을 만족하려 했던 것은 아닌가 뒤돌아본다. 이제는 여행상품이 아니라, 부모님을 모시고 직접 스위스로 떠나고 싶다. 함께 스위스의 아름다운 풍광을 눈에 담고, 아이처럼 좋아하는 부모님의 모습을 마음에 담고 싶다. 아빠가 심어놓은 여행의 씨앗을 함께 나누며 역할로서의 엄마 아빠가 아니라 한 사람으로서의 엄마, 아빠의 모습을 더 많이 보고 싶다.

〈아빠의 편지〉

사랑하는 딸에게

편지 잘 받아보았다.
아빠가 바빠서 너에게 신경을 못써 정말 미안하구나.
졸업식, 즐거운 입학식, 그리고 힘든 대학 생활 등,
환경의 변화와 대학입시까지 어려운 일들이 많았던 작년
잘 견디고 대학에 진학해 준 자랑스러운 내 딸.
이 아빠는 그런 너희들이 있기에
무슨 일을 해도 힘이 안 든단다.
다른 집보다 조금 부족할지 모르지만,
우리가 제일 행복하고 즐겁게 산다는 마음으로
항상 웃으며 생활하자.
행복한 가정을 꾸미는 것은
모두가 믿음과 신뢰를 바탕으로 성실히 살아가는 것이란다.
모두가 건강하게 사는 것이 이 세상 제일 행복이겠지.
너에게 처음 쓰는 편지라 너무 딱딱하여 미안하구나.
자주 쓰다 보면 부드러워지겠지.
그럼 다음에 또 보낼게. 잘자.

2000. 6. 9. 아빠가.
딸에게 처음 쓰는 이메일.

3장

삶을 지탱하는
일상의 힘

지금 내 앞에서 춤을 추고 있는 저 사람이 오늘 낮에 내가 만났던 그 사람이 정말 맞을까? 모든 것이 느긋하고 여유로운 '피지 타임'에 익숙해 질 무렵이었다. 드넓은 남태평양이 점처럼 떠 있는 외딴섬에서 하루를 보내다 만난 그는, 낮과는 전혀 다른 얼굴을 하고 춤을 추고 있었다. 빛이 난다는 것은 이런 모습일까. 노인의 모습으로 일을 하고 있던 그는 청년의 모습으로 빛나고 있었다.

낮과 밤의 얼굴

본섬과 작은 여러 개의 섬으로 이루어져 있는 피지에서는 보통 작은 섬으로 일일 투어를 간다. 섬마다 나름대로 콘셉트를 가지고 있어서 여행객들의 선택지가 다양하다.

우리 가족은 리조트에 비치된 팜플렛을 뒤적거리며 가보고 싶은 섬들을 골랐다. 한결같이 매력적인 사진들이 우리를 유혹했지만, 고민 끝에 아이들과 함께 다양한 경험을 할 수 있는 곳으로 선택했다. 하루는 종일 유유자적하며 쉴 수 있는 싸우스 씨 섬South Sea Island을, 또 다른 하루는 피지의 전통문화를 함께 체험할 수 있는 로빈슨 크루소 섬Robinson Crusoe Island을 선택했다. 밤늦게까지 섬에 머무를 수 있으니 밤에는 딱히 할 것이 없는 피지에서 본전(?)을 찾을 수 있을 것도 같았다. 밤에는 불쇼 공연까지 한다고 하니 일석이조였다.

첫날은 싸우스 씨 섬에 들어가기 위해 하루 동안 섬에서 지낼 채비를 했다. 역시나 느긋하게 피지 타임을 외치며 등장한 픽업 버스를 타고 데나라우 항Port Denarau으로 갔다. 데나라우 항은 작은 섬으로 들어가는 여객선들이 드나드는 곳이다. 피지를 여행하는 대부분의 여행객들은 이 항구를 꼭 한 번은 들르게 되는 피지의 중심가이기도 하다. 많은 사람들이 데나라우 항에서 줄을 서고 탑승권을 교환해 배를 기다리고 있었다. 크고 작은 여객선들이 줄지어 있는 모습이 장관이었다. 이 많은 사람들이 뿔뿔이 흩어져 모두 다 들어가고도 남을 만큼의 크고 작은 섬들이 있다는 것이 놀랍기도 했다.

우리 가족은 선착장에서 출몰하는 작은 도마뱀들을 따라다니며 섬으로 데려다줄 여객선을 기다렸다. 승선시간이 되니 생각보다 꽤 큰 여객선으로 탑승하라는 안내를 받았다. 큰 배를 타고 물살을 가르며 바다를 달리는 기분이 상쾌했다. 여객선 데크에는 각양각색의 사람들이 흩어져 있었다. 절반은 우리와 같이 가벼운 짐을 챙겨 섬으로 들어가는 여행객처럼 보였다. 또 다른 절반은 똑같은 반팔 티셔츠를 입고 슬리퍼를 신은 모습이 섬에서 일하는 직원들인 듯했다. 익숙하다는 듯 바닥에 편안한 자세로 엉켜 있었지만, 표정이 하나같이 밝아 보여서 묘한 안심이 되었다. 일하는 직원들의 표정은 곧 그들이 일하는 곳 자체의 표정이기도 했다.

그래서일까. 이내 도착한 싸우스 씨 섬은 한 바퀴를 다 도는데 15분도 채 걸리지 않는 작은 섬이었지만, 그곳에서 일하는 직원들은 남태평양 바다 만큼이나 여유가 있어 보였고, 모두가 친절했고, 열정적이었다. 365일 작은 섬에서 아름다운 바다를 보며 일하는 사람들의 삶은 어떨까 생각했다. 그들도 이 일이 그저 반복적인 일상일 뿐일까.

둘째 날은 데나라우 항으로 가서 큰 여객선을 타는 대신, 버스를 타고 강으로 가서 다시 작은 배를 갈아타고 몇 군데의 섬에서 전통 문화를 체험하고 난 후, 로빈슨 크루소 섬에 도착했다. 이곳 역시 아주 작은 곳이었지만 싸우스 씨 섬보다는 규모가 좀 더 큰 것 같았다. 레스토랑부터 매점, 숙소와 샤워실, 공용 화장실까지 여행객들을 위한 편의시설은 나름대로 다 갖추고 있었다. 마치 모든 것이 갖춰진 완벽한 무인도에 표류한 기분이었다. 아이들은 스노우쿨링 장비부터 챙겨 바닷물 속으로 돌진했다. 나는 어제와 달리 오전 내내 걸어 다닌 것이 피곤해서 나무 그늘 아래 선베드sun bed를 하나 골라 몸을 뉘었다. 섬에서의 하루는 여유롭고 평화로웠다. 날씨도 좋았고 음식도 좋았다. 아무 고민이 없었고, 복잡한 머릿속에서 생각을 잠시 꺼내어 태평양 바다 위에 띄워놓았다. 그동안 바쁜 일상에 치여 눅눅했던 마음들을 꺼내어 피지의 태양 아래 말릴 수 있었다. 날이 더우니 자꾸만 맥주가 먹혔다. 종일 피지의 옥색 바닷물 속에서 물놀이를 하는 아이들은 활동량이 많은 만큼 허기가 지는지 시도 때도 없이 간식거리를 찾았다. 그러니 섬의 중앙에 있는 매점을 수시로 들락거릴 수밖에 없었다.

피지의 작은 섬에서 하루 동안 지내게 되면, 반나절이면 그곳을 방문한 여행객들과 그곳에서 일하는 직원들의 얼굴을 모두 익히게

3부 더 나다운 여행을 꿈꾸는 당신에게

된다. 매점은 아무래도 가장 손이 많이 가는 곳이라 그런지 여러 직원들이 번갈아 가며 일을 하고 있었다. 그런데 나는 유독 한 사람에게 자꾸만 눈이 갔다. 그는 다른 직원들에 비해 나이가 조금 있어 보이고 체구가 작은 편이었지만 또렷한 이목구비가 인상적이었다. 바다 사나이를 상징하는 듯한 푸른색 유니폼과 뒤로 묶은 단발머리가 꽤 잘 어울린다고 생각했다. 햇볕에 그을려 까무잡잡한 피부색에 탄탄한 몸은 그를 더욱 돋보기에 했다. 오후 시간에 교대를 했는지 점심시간부터는 맥주와 간식을 사러 갈 때마다 그가 우리 가족을 응대했다. 하지만 인상적인 외모와는 달리 그닥 친절함을 느낄 수는 없었다. 지금까지 만난 피지 섬의 종업원들과는 대조적이었다. 필요한 말만 했고, 짧게 대답했다. 눈을 마주치지 않고 응대했고, 무표정했다. 더워서일까? 귀찮아서일까? 약간 짜증이 나 있는 같기도 했다. 한편으로는 지루해하는 것 같기도 했다. 가끔은 주문하고 있는 내가 그에게 일거리를 보태고 있는 것 같아 미안한 생각마저 들 지경이었다. 나이는 중년으로 보였지만, 그에게서 세상을 다 산 듯한 노인의 얼굴을 보았다.

스스로 빛나는 시간

느릿한 피지의 외딴 섬에서의 시간이 흐르고 해가 저물었다. 완전히 캄캄해지기 전에 섬에 불이 켜졌고, 곳곳에 횃불이 놓여졌다. 여행객들에게 단체로 저녁 식사가 제공됐고, 같은 메뉴를 사이좋게 나누어 먹으며 섬에서의 밤을 맞이했다. 그리고 식사가 거의 마무리되어갈 무렵, 예상치 못하게 가장 기대했던 불쇼가 시작되었다.

피지의 흥겨운 전통음악이 흘러나왔다. 원주민 복장을 한 댄서들이 단체로 나와 춤을 추며 흥을 돋우었다. 남자 댄서들끼리의 무대가 끝나면 여자 댄서들의 공연이 이어졌다. 여행객들은 호기심 어린 얼굴로 공연을 즐기며 사진으로 담았고, 때로는 무대에 나가 함께 춤을 추기도 했다. 흥겨운 무대가 하나 끝나고, 다시 남자 댄서들의 공연이 이어졌다. 드디어 불쇼를 제대로 하려는 모양이었다. 남자 댄서들이 무시무시해 보이는 횃불을 하나씩 들고 우르르 몰려 나왔다. 그런데 그중 유독 낯익은 사람이 있었다. 낮에 매점에서 눈에 띄었던, 단발머리를 뒤로 질끈 묶고 무표정하게 응대하던 그가 이번에는 댄서로 변신해 있었다.

그런데 이게 어찌된 일일까. 같은 사람이 맞나? 이런 생각이 저절로 들만큼 횃불을 들고 춤을 추고 있는 그는 완전히 다른 사람이었다. 눈에 띄는 또렷한 이목구비도 한몫했지만, 음악과 한 몸이 된 듯 온몸으로 흥을 표현하고 있는 그는, 정말로 신이 나 보였다. 나이는 제일 많아 보였지만, 제일 신나 보이는 것 역시 그였다. 음악에 맞춰 춤을 추고 있는 그는 누구보다도 반짝반짝 빛이 나고 있었다. 그는 다른 어린 댄서들보다도 더 청년 같아 보였다. 낮에 보았던 노인의 무드는 온데간데 없었다. 나는 많은 댄서들 중에서도 유독 그에게서 눈을 뗄 수가 없었다. 다음 공연에 혹시 또 그가 나오지는 않을까 기다려지기까지 했다. 이어진 공연에서도 그는 지친 기색 없이 춤을 추었다. 가장 신나 보였고 제일 행복해 보였다. 다른 어린 댄서들은 뭔가 춤을 추는 것도 일하는 것처럼 느껴졌지만, 그는 일하는 것이 아니라 정말로 즐기고 있는 것 같았다. 그의 에너지가 다른 사람들에게도 전해졌는지 다른 댄서들에 비해 유독 인기도 많았다. 그를 중심으로 무대가 만들어졌고, 그가 움직이면 더 힘찬 환호성이 들려왔다. 공연이 끝나자 함께 사진을 찍자고 사람들이 몰려들었고, 익살스러운 표정으로 여행객들과 장난을 치며 흥겨운 분위기를 만들었다. 모든 공연이 끝나고 관광객들이 배를 타고 돌아갈 때도 그는 단연 돋보였다. 돌아갈 채비를 하고 배에 타는 한 사람 한 사람과 악수를 나누며 아쉬운 듯 인사를 했다. 여행객들 역시 잊을 수 없는 밤이라고 그에게 화답하며 마지막까지 손을 흔들어 주었다. 다른 직원들도 있었지만, 그의 배웅은 남달랐다. 이 섬의 호스트가 정성껏 초대하고 대접한 손님들을 아쉽게 떠나보내는 듯한 모습이었다.

밤에 다시 만난 그는 낮에 매점에서 만났던 그가 맞나 싶었다. 세상 모든 것이 귀찮고 지루하다는 표정으로 나를 응대하던 사람이, 춤을 출 때는 세상 모든 것이 행복하다는 표정이었다.

'좋아하는 일을 할 때, 사람에게서 빛이 난다는 것이 이런 모습이구나!'

어떤 일을 하느냐에 따라 사람의 얼굴도 낮과 밤처럼 180도 다르게 보일 수 있다는 것을 그를 보면서 처음 깨달았다. 낮과 밤의 두 얼굴을 한 피지에서의 그는, 하고 싶은 일을 위해 하기 싫은 일을 버티는 시간을 기꺼이 내어주고 있는 것이었을지도 모른다. 그에게는 낮의 시간이 삶을 지탱하는 일상이었을 것이다. 낮에 본 노인의 모습은 밤에 만난 행복한 청년의 모습만으로도 충분히 보상을 받고도

남았다. 그렇기에 노익장을 과시하며 밤마다 최선을 다해 어쩌면 애쓰지 않아도 충분히 최고의 모습으로 춤을 출 수 있는 것인지 모른다.

그를 보며 나는 내가 일할 때의 표정과 모습을 생각하게 되었다. 나는 노인의 모습일까, 청년의 모습일까. 그 표정과 모습은 내가 일을 대하는 태도와 삶에 임하는 자세를 고스란히 닮은 무드mood일 것이다. 한때 나도 노인의 모습으로 일을 하던 때가 있었다. 겉으로는 웃고 있었지만, 전혀 즐겁지 않았다. 내 삶에 끌려다니는 듯한 기분으로 도살장에 끌려나가는 소처럼 출근했다. 아마도 그때의 나를 만났던 사람들은 웃고 있는 표정 너머로 노인의 모습을 보지 않았을까. 하지만 내가 하고 싶은 일, 나에게 의미 있는 일을 찾아 라이프 코치로 살고 있는 지금, 원하는 삶의 모습을 한 걸음, 한 걸음 실천해 나가고 있는 지금의 모습은 그때와는 사뭇 다른 얼굴이지 않을까 짐작해 본다. 청년의 모습으로 춤을 추던 그처럼, 우리 모두에게는 무언가를 할 때, 자신이 빛나는 순간들이 있다. 그리고 그러한 모습은 그렇지 않은 또다른 일상을 버틴 후에 만날 수 있다.

그렇다면 버티는 낮의 표정도 기꺼이 즐거운 청년의 모습으로 할 수는 없는 것일까. 그 시간까지도 끌어안고 사랑하며 낮과 밤 모두 청년의 얼굴로 빛나게 일할 수 있는 비결은 무엇일까 생각했다. 그러다 문득 나는 안식월 동안 시간을 보낸 제주도에서의 여행을 떠올렸다.

청년의 모습으로 춤을 추던 그처럼,
우리 모두에게 는 무언가를 할 때,
자신이 빛나는 순간들이 있다.

그리고 그러한 모습은
그렇지 않은 또다른 일상을 버틴 후에
만날 수 있다.

안식월, 제주에서의 시간은 느리게 흘러갔다. 속도를 늦춘 여행에는 일상의 모습이 더 많이 비집고 들어올 수밖에 없다. 여러 날을 한곳에서 머물며 집처럼 지내는 여행의 시간은 의식주와 관련한 활동만 유지해도 그 자체로 여행이 된다. 이것이 머무는 여행의 매력인 것 같다.

나는 제주에서의 일상 같은 여행을 틈틈이 찍어 SNS에 올리곤 했다. 그런데 그중 의외로 뜨거운 반응을 얻었던 사진 한 장이 있다. 나는 의식하지 못하고 그저 날씨가 좋아 잔디가 푸른 마당의 모습을 찍어 올렸을 뿐인데, 사진 한구석 빼꼼히 비집고 들어온 빨래가 오히려 사람들의 눈길을 끌었던 모양이다.

'그곳에 가서도 현실이 사라지진 않네요!', '아, 빨래! 현실 여행...!' 등등 다양한 반응들이 이어졌다. 사실이 그랬다. 그곳에서도 빨래는 해야 했고, 밥은 먹어야 했고, 음식물 쓰레기를 치우고, 청소하고, 분리수거를 해야 했다. 호텔에서 며칠 묵는 여행이라면 신경 쓰지 않아도 되는 일이었겠지만, 그렇더라도 여행에는 늘 다른 형태로 일상은 존재한다. 3개월간 배낭여행을 다니면서도 내가 가장 많이 했던 고민은 먹고 자는 것을 걱정(?)하는 일이었다. 당장 내일은 또 어디서 자야 할지 숙소를 찾는 일이 늘 최대 고민이었다. 때가 되면 무엇을 먹어야 할까 선택해야 했다. 라오스를 여행할 때도 안전하게 잠잘 수 있는 곳을 찾는 일, 배꼽시계에 맞춰 음식물을 넣어주는 일을 게을리할 수 없었다. 이러한 기본적인 것이 무너지면 여행을 지속할 수 없었기 때문이다. 배낭여행이 아니더라도 우리가 여행을 생각할 때 가장 중요하게 고민하는 두 가지가 역시 숙소와 맛집일 것이다. 그러고 보면, 오히려 여행에서는 고민이 매우 단순해진다. 하루하루의 여행을 이어나갈 수 있도록 해 준 것은 어쩌면 이런 가장 기본적인 것들의 고민이었는지도 모른다.

여행에서뿐 아니라, 우리의 삶을 지탱해주는 것은 어쩌면 이런 기본적인 일상들일 것이다.

우리는 원하는 일을 하면서 살 수 없는지 늘 고민한다. 하지만 원하는 일을 하기 위해서는 그것을 위해 묵묵히 견디는 시간도 필요함을 이미 알고 있다. 이것이 누군가에게는 손님을 응대하며 지루한 시간을 버티는 일일 수도 있고, 누군가에게는 빨래하고 청소를 하는 일상의 시간일 수도 있다. 하루하루의 일상이 쌓여 삶을 지탱할 수 있는 진짜 힘이 된다. 그리고 그 힘이 우리를 원하는 삶으로 데려다줄 것이다. 이러한 삶의 필요충분조건을 생각한다면, 지금 일상의 일들이 하찮기보다는 의미 있게 다가오지 않을까. 그렇다면 기꺼이 즐기는 마음으로 그 시간까지도 끌어안을 수 있지 않을까. 빛나는 순간을 보여준 로빈슨 크루소 섬의 그에게, 버티는 낮의 시간도 빛날 수 있길, 응원의 마음을 남태평양 바다에 띄워 보내 본다.

4장

실패한 여행이란
없다

오랫동안 꿈이라고 생각했던 일을 이루지 못하고 진로 변경을 고민해야 했을 때, 이러다가 인생이 실패하는 건 아닐까 생각했다. 길을 잃은 것처럼 막막하고 깜깜했다. 정해진 길, 남들이 주로 걷는 길에서 벗어나는 일은 낙오자가 될 것 같아 두려운 일이었다. 하고 싶은 것을 찾고 이루어 가는 과정에는 단 하나의 루트가 아니라, 다양한 자신만의 경로가 있다는 것을 알지 못했다. 멀리 보면 그 시기는 나만의 경로로 내가 정말 원하는 것을 찾아가는 길의 어느 한 지점이었다는 것을, 그때는 알지 못했다.

경로를 안내합니다.

지금 생각해 보면 고작(?) 라오스였나 싶다. 아무도 나를 알지 못하는 곳에서 오롯이 나만의 선택을 하며 걷고자 했던 나에게 그 당시의 라오스는 심리적으로 가장 먼 오지였다. 오랫동안 '꿈'이라 믿고 도전해 오던 일에서 마음을 접고 나니 길을 잃은 것 같은 기분이었다.

나는 밤늦게 출발하는 라오스 행 국경버스를 타기 전까지 시간을 때우기 위해 방콕의 카오산 로드를 돌아다녔다. 강가 옆, 앉아서 쉬기 좋은 장소를 발견하고 그늘에 앉아 가방을 내려놓았다. 그런데 내 앞에 앉아 무언가 열심히 읽고 있는 외국인 여행자 옆에서 낯익은 상자를 발견했다. 우리나라의 우체국 마크가 그려져 있는 상자였다. 나는 호기심에 차올라 그 외국인에게 다가가 인사를 건넸다.

"안녕하세요. 여행 중이신가 봐요. 이 상자를 보고 반가워서 말을 걸어봐요. 사실 저는 한국에서 왔거든요."
"아! 그렇군요! 정말 반가워요! 저도 한국에서 왔어요. 대구에서 영어를 가르치고 있는데, 방학이라서 여행 왔어요. 비자 문제도 있고요. 한국에 있는 친구가 이 상자에 필요한 것들을 담아서 보내줘서 오늘 받았거든요."

그의 이름은 마이크였다. 이런저런 이야기를 나누다 보니 그도 곧 라오스로 갈 거라는 사실을 알게 됐다. 오늘 밤 라오스로 출발한다고 말하니 그는 아마도 오다가다 또 만나겠다며 반가워했다. 나 역시도 그 말에 동의하며 라오스에서 다시 보자는 인사를 전하고 헤어졌다. 아니나 다를까 마이크와 나는 라오스의 첫 관문이라고 할 수 있는 수도 비엔티엔에서 우연히 다시 만나 저녁식사를 함께 했다. 여행을 함께 하지는 않았지만, 며칠 후 방비엥에서 또다시 그와 마주쳤다. 일정은 달랐지만 루트가 비슷해서 돌고 돌다 마주쳤던 것이다. 마이크 외에도 나는 라오스에서 오가며 얼굴을 익힌 여행자들이 많았다.
라오스는 워낙 작은 나라이고 여행자들이 주로 여행하는 도시가 대체로 정해져 있어서 여행 중간중간 다시 마주치는 경우가 종종 있다. 하지만 라오스뿐만이 아니다. 다른 나라로 여행을 가도 여행 커뮤니티나 앱들을 통해 서로 정보를 주고받다 보니 정해진 루트가 있는 것처럼 대부분 비슷한 동선으로 이동하게 된다. 중간중간 마주치게 되고 얼굴을 익히게 되는 경우도 많았다. 그러다 보니 혼자 여행할 때는 일행이 되는 경우도 있고 마치 얼굴은 알지만 아는 사이는 아닌 것처럼 애매해지는 경우도 있다. 유럽 여행을 갔을 때도 크게 다르지 않았다. 런던에서 만난 적이 있는 사람을 피렌체에서 다시 마주치고 파리에서 만난 적도 있다. 잠시 일행이 되었다가도 헤어질 때는, 어차피 여행하다가 어디선가 또 만나게 될 거라는 농담 아닌 농담을 주고받으며 인사를 나누기도 했다.

정해진 길에서 벗어났을 때

그러고 보면 우리의 여행 루트와 일정에도 암묵적으로 약속된 정답 같은 것이 존재하는 것 같다. 대부분 여행 가이드북에서 추천하는 동선과 여행자들의 후기를 참고해 나름의 계획을 짜고 꼭 가봐야 할 곳들을 방문할 수 있는 최적의 코스를 고민한다. 그러다 한국인들 사이에서 유명해진 그 나라의 음식점이나 관광 명소에 가면 한국인들로 가득 차 있는 경우가 많다. 유명한 곳에 가면 사람들이 줄서서 같은 배경을 뒤로 하고 비슷한 포즈의 인증샷을 찍고 있다. 여행에서조차 우리는 정답이 있는 것처럼 모두가 비슷한 경로로 길

3부 더 나다운 여행을 꿈꾸는 당신에게

을 걷고 있는 듯하다.

하지만 나에게 특별한 기억으로 남아 있는 여행은 많은 사람들이 가는 길을 살짝 옆으로 비껴났던 경험들이다. 첫 유럽 배낭여행에서 나는 다른 사람들이 잘 가지 않는 도시를 꼭 한 번씩 방문하려고 노력했다. 런던에서 스코틀랜드로 올라가는 길에 잠시 들러 하룻밤 묵었던 '요크York'라는 도시에서는 밤에 유령 이야기를 하는 투어에 참여해 색다른 경험을 했다. 네덜란드 암스테르담에 머무는 동안에는 2002년 월드컵이 끝난 직후여서 당시 우리나라 최고의 영웅이었던 히딩크 감독의 고향 '파르세 펠츠Varsseveld'를 찾아갔다. 그곳에서 나는 한국인이라는 이유만으로 유럽 어떤 곳에서도 받아볼 수 없었던 열렬한 환영을 경험했다. 이탈리아에서는 피노키오 마을 '콜로디Collodi'를 찾아가 비를 맞으며 혼자 둘러보고 돌아오기도 했다.

부슬부슬 비가 내리는 날이었다. 동양인, 더구나 한국인이 그 마을의 버스를 타고 있는 것이 신기했는지 함께 탄 할머니가 호기심 어린 눈으로 한참을 지켜보다가 어디서 왔냐고 물었던 기억이 난다. 피노키오 마을을 다 돌고 기차역으로 돌아가는 버스를 기다려도 버스는 오지 않자, 주변에서 나를 지켜보고 있던 할아버지가 집으로 가시는 길에 역까지 태워다 주시는 친절을 베풀기도 했다. 당시 축구 강국이었던 이탈리아가 한국에 패해 8강 진출이 좌절돼서 한국에 대한 감정이 좋지 않다는 이야기가 여행자들 사이에서 오고 가던 때였다. 마침 축구 이야기를 꺼내셨고 어느 나라에서 왔냐고 물으셔서 한국에서 왔다고 말해야 하나 말아야 하나 웃지 못할 고민했던 기억이 난다.

그렇게 유명한 주요 루트에서 조금씩 비켜나 현지에서 얻은 정보나 지도에서 보고 호기심이 생기는 작은 도시들을 방문하며 나만의 루트를 조금씩 바꾸어 가다 보니, 나는 유럽의 동쪽 그리스부터 유럽대륙의 최서단 '호카곶Cabo Da Roca'까지 횡단하는 나만의 루트를 완성하게 됐다. 애초에 계획했던 것은 아니었다.

이후로도 구체적인 루트를 계획하기보다는 인터넷이나 SNS에서 유명한 곳과 현지에서 접하는 정보들을 적절히 조합해 나만의 방식(?)으로 여행을 한다. 비록 정해진 시간 안에 꼭 가봐야 한다고 알려진 유명한 곳들을 들를 수 없을 수도 있다. 기준에 따라서는 효율적인 동선이 아닐 수 있다. 하지만 여행이 효율만으로 완성되진 않는다. 다소 비효율(?)적일지 모르지만 남들이 하지 못하는 나만의 특별한 경험을 할 수 있어서 충분히 즐겁다.

구체적인 루트와 계획에 집착하지 않기 때문에 계획대로 되지 않아도 크게 영향을 받지 않는다. 길을 잃으면 길을 잃은대로 그 자체가 또다른 여행이 됐다. 실제로도 나의 모든 여행은 계획대로 되지 않았다. 하지만 계획대로 되지 않았다고 해서 여행을 실패했다고 생각한 적은 한 번도 없다. 오히려 예상하지 못한 의외의 즐거운 경험을 할 수 있었던 것이 특별한 추억으로 남았다. 정해진 루트에서 벗어나 남들과 조금 다른 길을 걷는 자유를 주면서, 길을 잃는 즐거움을 알게 되면서부터 나만의 길이 완성됐고 나다운 여행이 시작되었다.

어디 여행만 그럴까. 계획대로 되지 않는 것은 우리 인생도 마찬가지이지 않던가. 하지만 여행에서는 이런 일들이 특별한 경험이 되지만, 우리의 현실에서는 계획대로 되지 않으면 패배자가 되고, 주류에서 조금만 벗어나면 낙오자라고 생각하게 된다.

되고 싶은 것과 하고 싶은 일

어릴 적 나의 꿈은 아나운서가 되는 것이었다. 고등학교 때부터 키워오던 이 꿈을 이루기 위해 내가 대학생이 되어서 가장 먼저 한 일은 교내 방송국에 지원한 일이었다. 대학생활은 온통 대학 방송국 아나운서로 활동하며 다양한 경험을 하는 것이었고, 공식적인 교내 방송국 활동을 마치는 2학년 이후에는 소위 언론고시를 준비하면서 오로지 아나운서가 되는 길만 생각했다. 하지만 이상하리만치 나는 아나운서라는 직업과는 인연이 닿지 않았다. 지상파 3사의 공개채용 시험에서도 번번이 탈락했고, 케이블 방송국이나 라디오 방송국의 오디션에 지원해 봐도 결과가 좋지 않았다. 함께 방송사 입사를 준비하던 친구들은 곧잘 여러 방송사의 다양한 직군으로 합격 소식을 전해 왔지만 어쩐 일인지 나는 매번 탈락의 아픔을 맛봐야 했다.

거의 10년 가까이 한 번도 나의 길을 의심하지 않고 방송을 하고 싶다는 꿈을 안고 노력해 오던 나는 어느 순간 헛된 꿈을 꾸고 있는 것은 아닐까 생각하게 되었다. 아무리 두드려도 마음의 문을 열지 않는 짝사랑을 단념하듯 내 길이 아님을 받아들이게 됐다. 어떤 특별한 계기가 있었던 것은 아니다. 이제 할 만큼 했으니 그만할 때가 됐다는 것을 스스로 인정하게 됐던 것 같다. 그러면서 나는 딱

1년만 더 노력해 보고 안 되면 플랜B를 가져가야겠다고 결심하고 마지막 1년간 최선을 다했고, 동시에 플랜B를 계획했다. 드라마에서처럼 열심히 노력한 결과, 주인공은 극적으로 꿈을 이루어 방송사에 입사했다는 해피엔딩이었으면 좋았겠지만, 1년 후에도 결과는 달라지지 않았고 나는 제자리였다. 그러면서 문득 나에게 다시 질문하게 됐다.

'나는 왜 아나운서가 되고 싶었던 걸까?'

방송사 시험을 준비하는 동안 주변으로부터 수백 번도 더 들어본 질문이지만, 이때 나 스스로에게 던진 이 질문은 그간의 질문과는 그 무게와 깊이가 다르게 다가왔다. 그리고 처음, 아나운서가 되어야겠다고 생각했던 고등학교 그 시간을 떠올렸다.

고등학교 시절, 국어 시간. 그날이 마침 4일이라는 이유로 뒷번호가 4로 끝나는 학생들이 차례로 일어나 돌아가면서 교과서를 읽게 되었고, 나도 그 중 한 명이었다. 내 차례가 됐을 때 자리에서 일어나 차분히 읽어내려갔는데, 다 읽고 자리에 앉자 선생님께서 목소리가 좋으니 아나운서를 하면 좋겠다고 하셨다. 나는 이전까지 한 번도 내가 목소리가 좋다고 생각해 본 적도, 아나운서라는 직업을 꿈꿔 본 적도 없는데 그날 선생님의 말씀이 나를 사로잡았다. 마침 그즈음 우리 반에서는 공개 수업을 준비하고 있었다. 교과서 내용을 연극적 요소를 활용해 수업을 진행하는 내용이었는데, 나는 전체 흐름을 연결하는 진행자 역할이었다. 많은 선생님들을 비롯해 학부

3부 더 나다운 여행을 꿈꾸는 당신에게

모, 외부에서 오신 분들 앞에서 우리 반 친구들은 준비한 공개 수업을 성공적으로 마쳤다. 그리고 많은 사람들이 물 흐르듯 진행한 나에 대해 특히 칭찬을 많이 했다는 말을 담임선생님께서 전해주셨다. '아나운서를 하면 되겠다'라는 말씀이 다시금 나에게 들어와 박히며 아나운서라는 직업이 그대로 나의 미래로 정해졌다.

목소리가 좋고 진행능력이 있다고 해서 반드시 아나운서라는 직업으로 연결되는 공식이 있었던 것은 아니다. 돌이켜 보면 커서 무엇인가가 되고 싶다고 말했던 '장래희망'은 내가 정말 '하고 싶었던 일'의 본질은 아니었던 것 같다. 사실 내가 아나운서라는 직업에 매력을 느낀 것은 많은 사람들과 소통할 수 있다는 점이었다. 그래서인지 나는 오히려 라디오 방송을 더 좋아했고 DJ라는 직업에도 관심을 갖게 됐다. '명사로 정해져 버린 장래희망'은 어쩌면 진짜 꿈이 아니었을 수도 있다. '왜 아나운서가 되고 싶냐'고 수없이 받아본 그 질문에 나는 늘 명확한 대답을 하기가 어려웠다. 그저 '되고 싶은 것'이지 '하고 싶은 일'이 아닐 수도 있다는 것을 그때는 구분하지 못했다. 그렇게 '명사'로 꿈이 정해지면서 다른 많은 가능성을 제한해 버렸다는 것을 10년이 지난 후에야 깨달았다. 물론 목표를 위해 열심히 노력했던 시간들이 아깝다거나 헛되었던 것은 결코 아니다. 열정적으로 최선을 다해 노력하고 도전했던 그때의 경험은 지금도 소중한 자산으로 남아 있다. 하지만, 하나의 길만 있다고 생각하고 나의 '장래희망'을 이루지 못했을 때, 나는 실패한 것 같은 기분에 남들과 비교하며 좌절감에 잠시 빠졌었다.

딱 1년만 더 노력해 보기로 하고 마지막 기회를 주었지만 결과가 달라지지 않았던 그때, 내가 꿈꾸던 그 직업이 나의 옷이 아닐 수 있다는 것을 받아들이게 됐던 그때, 나는 한 가지 다짐을 했었다.

내가 '하고 싶은 일'이 더 많은 사람들과 소통하고 싶은 것이라면, 언젠가 한 분야의 전문가가 되어서 방송을 통해 나의 성장과 경험을 나누고 소통하겠다고 말이다. 그리고 10년 후 나는 그 꿈을 이루었다. 그 당시에는 지상파 3사와 케이블 방송 외에는 방송의 기회가 없는 시대였지만, 지금은 마음만 먹으면 누구나 방송을 할 수 있는 개인방송의 시대가 왔다. 그때는 전혀 상상할 수 없는 일이었다. 내가 '전문코치'라는 직업을 가지게 될 것이라는 것 역시 한 번도 상상해 본 적이 없는 일이었다. 하지만 나는 지금 코칭 분야의 전문가가 되어 더 많은 사람들이 코칭을 재밌고 쉽게 접할 수 있도록 3년 가까이 팟캐스트 방송을 이어오고 있다. 그리고 나는 더 큰 꿈을 꾸고 있다. 코칭을 더 널리 올바르게 알리며 더 많은 사람들이 코칭을 통해 원하는 삶을 살고 행복해지는 '코칭 대중화'의 꿈 말이다. 이로써 우리 문화 곳곳에 코칭 패러다임과 코칭 철학이 스며들어 우리 사회 전반에서 '의미있는 대화'가 일상적으로 일어나는 사회를 꿈꾼다. 그리고 어릴 적, 나를 꿈꾸게 했던 그 열망은 나의 더 큰 꿈을 이루는 좋은 수단이 되어주고 있다. 게다가 더 많은 사람들과 소통하고 나누는 것이 목적이라면 그 방법이 꼭 '방송'일 이유도 없다. 책이나 강의, SNS 등을 통해서도 충분히 가능한 일이다. 뒤돌아보면 앳된 고등학생이 '되고 싶은 것'으로 정해버렸던 진짜 꿈은 바로 오늘 내가 하고 있는 이 일이라는 생각이 든다. 내가 정말 '하고 싶은 일'을 돌고 돌아 지금에야 비로소 하게 되었다고 나는 생각한다.

또한 내가 가진 재능과 무언가 하고 싶다는 열망을 하나의 직업으로 제한하지 않으니 더 많은 가능성과 기회를 얻어 나의 꿈을 위해 발휘되고 있다. 신뢰감을 주는 차분한 목소리는 코치로서 좋은 자원이다. 전화나 온라인으로 진행되는 경우도 많은 코칭에서 나의 목소리는 코치로서 좋은 자원이 되어 주고 있다. 그럴 때면 내가 마치라디오 DJ가 된 듯한 기분이 들 때도 있다. 자연스럽게 흐름을 연결하고 사람들을 이어주는 재능은 코칭강의나 그룹코칭을 할 때 빛을 발한다. 함께 일하는 코칭펌에서 행사를 진행할 때도 나는 종종 진행자로 나서고 있다. 이렇듯 우리의 재능과 고유함은 숨길래야 숨길 수가 없어서, 언젠가 자연스럽게 드러나기 마련이다. 나의 재능과 고유함이 세상의 필요와 만나는 순간, 나는 어릴 적 장래희망으로 동경하던 모습의 나 자신을 만나곤 한다.

틀린 것이 아니라, 다른 것

개개인학을 연구하는 하버드 대학의 토드 로즈 박사는 『평균의 종말』에서 '경로의 법칙'을 이야기한다. 그는 ADHD주의력결핍 과잉행동 장애로 불행한 학창시절을 보내고 결국 자퇴했으며, 20대에 가장이 되어 생계를 위해 안 해본 일이 없었다. 마침내 사회 시스템에 자신을 끼워 맞추려 하기 보다 시스템이 나를 따를 수 있도록 자신만의 길을 만들어 가며 하버드대 교수 자리까지 올랐다. 그는 자신의 경험을 바탕으로 개개인학Science of individual을 연구하며 사람들은 누구나 자신만의 경로로 원하는 것을 이루어 간다는 '경로의 법칙'을 과학적으로 증명해 보이고 있다. 방송을 하고 싶다는 나의 열망이 현실이 되기까지 일반적으로 생각하는 경로를 거쳐 온 것은 아니지만, 나 역시 나만의 경로로 하고 싶은 일을 이루어 가고 있다.

나는 내 뜻대로 되지 않았던 수많은 여행을 통해, 지금 내가 걷고 있는 이 길이 많은 사람들이 걷는 경로와 조금 다르다고 해서 불안해할 필요가 없다는 것을 깨달았다. 모든 여행은 무사히 마무리되었고 그 여행은 실패가 아니라 성장의 경험으로 남았다. 그렇기 때문에 남들과 같은 길을 걷지 않아도 괜찮다는 것을 알게 되었다. 물론 나도 불안할 때가 있다. 하지만 내가 걷고 있는 이 길이 다소 다르다고 해서 틀린 것은 아니라는 것을 이제 안다. 다른 사람들이 가지 않은 길을 걸어본 여행이 특별한 여행이 되듯, 나는 조금 더 특별한 여행을 위해 나만의 길을 걷고 있는 것이라는 것을 이제는 믿는다.

우리는 계획했던 대로 여행이 되지 않았다고 해서, 남들과 다른 여행이라고 해서 그 여행을 실패했다고 말하지 않는다. 나는 지금껏 단 한 번도 여행에 대해서 '실패했다'고 표현하는 사람을 본 적이 없다. 오히려 계획대로 되진 않았지만 결국 무사히 여행을 마치고 돌아왔고 계획대로 되지 않아서 더욱 멋진 여행이 되었다고 말하기도 한다. 길을 잃었기 때문에 우연히 멋진 카페를 발견하기도 했고, 새로운 인연을 만나기도 했다. 그러고 보면 인생에서 '길을 잃다'는 표현은 아이러니가 아닐까. 길을 잃은 것이 아니라 그저 '다른' 길에 우연히 접어든 것뿐이다. 남들이 가지 않는 곳을 다녀와서 더 많은 것을 보아 특별한 여행이었고, 남들과 다른 여행이어서 더 멋진 여

3부 더 나다운 여행을 꿈꾸는 당신에게

행으로 불리기도 한다. 삶이 여행과 닮은 점이 많다면, 삶에서는 왜 그렇지 못할까? 사회적 시스템의 경로에서 조금만 벗어나면 낙오자로 낙인이 찍히고, 명사로 정해진 '꿈'을 이루지 못하면 실패자가 된다. 하지만 우리에게는 우리만의 경로가 있고, 누군가의 기대로 '되고 싶은 것'이 아니라 진정 내가 '하고 싶은 일'이 꿈이 된다면 가능성은 무궁무진하다. 나만의 길을 나만의 방법대로 가면 된다. 우연히 접어든 길을 그저 기꺼이 받아들이고 즐기면 된다. 남들이 정해놓은 답을 찾으려 하지 않고, 나만의 해답을 만들어 가면 된다. 결국해답은 우리 안에 있다는 것을, 우리는 이미 알고 있다. 실패한 여행이란 없는 것처럼, 실패한 인생이란 없다. 잃어버린 길이란 없다. 그러니 인생의 경로를 찾고 싶다면, 나만의 방식으로 나만의 길을 가면 된다.

그러고 보면 인생에서 '길을 잃다'는 표현은
아이러니가 아닐까.

길을 잃은 것이 아니라
그저 '다른' 길에 우연히 접어든 것뿐이다.
남들이 가지 않는 곳을 다녀와서
더 많은 것을 보아 특별한 여행이었고,
남들과 다른 여행이어서
더 멋진 여행으로 불리기도 한다.

4부

여행을 돌아보는 당신에게

혼자서는 결코 여행을 완성할 수 없다. 우리의 삶 역시 내가 주인이 되어 혼자서 걸어 가지만 혼자만의 힘으로는 온전히 완성할 수 없다는 삶의 진리를 새삼 생각한다. 지금껏 어느 순간에 나에게 건넨 무수히 많은 이들의 응원과 도움이 어쩌면 지금의 나를 있게 했는지도 모르듯, 나의 응원과 도움이 돌고 돌아 수많은 이들의 여행과 삶을 이어나가도록 돕고 있음을 생각하면 묘한 기분이 들기도 한다. 여행의 길 위에서 나에게 선뜻 손을 내밀어 주었던 이들에게, 내가 또 다른 누군가에게 베푼 선의의 마음이 돌고 돌아 가 닿기를, 그로 인해 누군가의 여행이 완성되고, 누군가의 삶이 조금 더 앞으로 나아갈 수 있기를 응원한다.

1장

혼자서는 완성할 수 없다.
삶도, 여행도.

여행의 경험이 쌓이면 쌓일수록 어떤 믿음 같은 것이 생긴다. 어려움의 순간에, 분명 누군가 도움의 손길을 내밀어 나를 도와주리라는 확신같은 것 말이다. 대책 없던 여행을 제대로 끝낼 수 있었던 것은 나 혼자만의 힘이 아니었다. 그럴 때마다 나는 어떤 힘이 있는 것처럼 느껴졌다. 그것을 또다시 누군가에게 내가 돌려줌으로써 우리 모두는 연결돼 있고, 서로의 삶에 영향을 미치고 있음을 생각하곤 한다.

여행을 이어가는 힘

나무르Namur에 도착했다. 원래는 계획에 없었지만, 브뤼셀의 숙소에서 지도를 펴 놓고 다음 목적지를 고민하다가 충동적으로 결정한 도시이다. 룩셈부르크로 내려가는 중간에 잠시 들르기 좋아 보였다. 론리플래닛 이른바 여행의 바이블로 불리며, 배낭여행자들과 저예산 여행자들에게 가장 인기 있는 안내서로 꼽힌다. 당시 Eurpoe편을 구입해 배낭여행 내내 가지고 다녔는데, 그 두께가 상당해 베개로 사용하기에 딱 좋았다. 에서는 나무르를 '브뤼셀 남동쪽으로 50km 밖에 떨어져 있지 않은 곳으로, 15세기 성당이 있는 그림처럼 아름다운 도시'라고 소개하고 있었다. 강가에 호스텔이 있어서 여행자들이 나무르의 더 깊숙한 지역까지 갈 수 있다고 하니, 이곳에 들러 강가가 내려다보이는 호스텔에 묵으면 딱 좋겠다고 생각했다. 어차피 90일간의 배낭여행이 나의 계획대로 되지 않을 것이라는 걸 일찌감치 깨달은 이후부터는 늘 이런 식으로 여행을 이어나갔다. 나는 그저 한국으로 돌아가는 비행기의 예약 날짜 전까지만 파리에 도착해 있으면 됐으니까 말이다.

그렇게 도착한 나무르는 생각보다 큰 도시였다. 큰 강이 도시의 중심부를 지나고 있었다. 이 강가의 어디쯤엔가 내가 오늘 묵을 호스텔이 숨겨져 있겠구나 생각했다. 나는 도시의 안내 표지판을 보며 숙소로 가는 길의 방향을 먼저 가늠해 보았다. 론리플래닛에서 옮겨 적은 주소만 있으면 어렵지 않게 찾아갈 수 있을 것 같았다. 유럽은 도로명 주소가 잘되어 있어서 주소만 정확히 알면 웬만해서는 찾아가는 데 무리가 없었다.

날씨가 좋았다. 유럽 중세 분위기의 건물들과 현대적인 분위기가 적절히 섞인 매력적인 도시였다. 다른 유럽의 도시들에 비해 여행자들이 많이 찾는 도시는 아니었기 때문에 큰 배낭을 메고 다니던 나는 그곳에 사는 사람들의 눈길을 끄는 것 같았다. 나는 반대로 이렇게 아름다운 도시에서 일상을 살고 있는 그들의 모습을 궁금해하며 강을 따라 길을 걸었다. 그런데 내가 짐작한 방향으로 숙소를 찾아 걷고 또 걸어도 도무지 나올 기미가 보이지 않았다. 분명히 내가 가지고 있는 주소의 근처까지 온 것 같은데 찾을 수가 없었다. 한참을 헤매다 허탕을 치고는 도저히 안되겠다 싶어서 도움을 청하기 위해 근처에 있는 식료품 가게로 들어갔다. 간단한 음료와 스낵, 생활용품을 파는 작은 슈퍼마켓 같은 곳이었다. 그곳에는 할아버지 한

분이 혼자서 가게를 지키고 있었다. 동양인 소녀를 처음 보는 듯 신기해하며 호기심 어린 눈으로 나를 맞이해 주셨다. 나는 주소를 적은 쪽지를 내밀며 영어로 물었지만, 할아버지는 프랑스어인지 네덜란드어인지 알아들을 수 없는 언어로 대답했다. 하지만 배낭을 메고 있는 나의 행색과 주소가 적힌 쪽지는 누가 봐도 길을 찾고 있는 여행자라는 걸 알려주고 있었기에 예상외로 쉽게 그는 나의 의도를 알아챘다.

가게 주인 할아버지는 주섬주섬 안경을 찾아 콧잔등 위에 걸치더니 주소를 자세히 보고는 고개를 갸우뚱했다. 그러고는 지도가 필요하다고 생각했는지 내 등 뒤의 진열대에 그날의 신문들과 함께 꽂혀 있는 새 지도를 꺼내어 비닐 포장을 뜯었다. 나는 지도를 살 생각까지는 없었기에 당황스러웠지만, 유료 지도의 포장을 뜯어버렸으니 영락없이 사야겠구나 생각했다. 1유로가 아쉬운 배낭여행자에게 유료 지도는 매우 사치스러운 소비였지만 어쩔 수 없었다. 주인 할아버지는 지도와 주소가 적힌 쪽지를 번갈아 보며 호스텔의 위치를 찾는 듯했다. 하지만 도무지 헷갈리는지 안되겠다는 듯 문을 열고 나가시더니 마침 지나가고 있는 다른 노인 두 분께 도움을 요청하는 것 같았다. 알아들을 수 없었지만, 아마도 친분이 있는 사이인 듯했다. 졸지에 세 분 할아버지가 안경을 쓴 채 지도를 사이에 두고 내가 찾고 있는 호스텔의 위치에 대한 설전을 벌이는 광경이 펼쳐졌다. 어떤 분은 누군가에게 전화를 걸어 물어보는 것 같기도 했다. 론리플래닛의 정보와는 달리 이미 문을 닫아 존재하지 않는 호스텔은 아닐까 불안해지기 시작했다. 해는 저물어가고 있었고, 그렇다면 더

4부 여행을 돌아보는 당신에게

어두워지기 전에 나는 어느 숙소에 묵어야 할지 플랜B를 생각해야 했다.

　가게 앞에서는 세 명의 할아버지들을 시작으로 옆집 과일가게 아주머니와 강아지 산책을 시키던 또 한 명의 아주머니까지 합세해 5명의 나무르 주민들이 옹기종기 모여 나의 숙소 찾기 작전에 동참했다. 나는 소란을 피우고 싶은 생각은 전혀 없었기에 그냥 돌아가려 했지만 나무르의 주민들은 나를 놓아주지 않았다. 생각보다 커진 규모를 보고 이게 이렇게까지 할 일인가 싶어 어찌할 줄 몰라하며 설전을 벌이고 있는 그들 사이에 끼지도 못하고 우두커니 서 있었다. 그러다 뭔가 정리가 되었는지 어느 순간 모두가 나를 쳐다봤다.

　나는 영문을 모른 채 눈을 동그랗게 뜨고 대답을 기다렸다. 가장 젊어 보이는 아주머니가 나를 맡기로 결론이 난 모양이었다. 강아지를 산책시키던 아주머니가 먼 곳에서 찾아온 어린 배낭여행자를 직접 호스텔까지 데려다주겠노라고 선언하기에 이르렀다. 나는 괜찮다고 몇 번을 손사래 쳤지만, 알아듣지 못하는 것인지 괜찮다는 것인지 아주머니는 강아지를 앞세우고 따라오라고 손짓만 할 뿐이었다. 나는 어쩔 수 없이 다시 배낭을 주섬주섬 메고 따라나섰다. 동의 없이 비닐 포장을 뜯은 지도였지만 그래도 값을 지불해야 할 것 같아, 역시 주섬주섬 지갑에서 동전 몇 개를 꺼내어 주인 할아버지께 건네는 것을 잊지 않았다. 하지만 할아버지는 뭐 이런 걸 주냐는 듯한 표정으로 웃어 보이며 거절했다. 심지어 새 지도를 나에게 건네고 손을 흔들어 보이셨다. 그는 그제사 콧등에 걸쳐놓았던 안경을 다시 거두어들였다. 다른 할아버지 두 분도 나에게 뭐라고 말을 건

넸다. 어디서 왔냐고 묻는 것 같기도 했고, 잘 찾아가라고 덕담을 하는 것 같기도 했다. 나는 네덜란드어인지 프랑스어인지 알아들을 수 없었지만, 어쨌든 그들이 건네는 표정과 온도로 무엇을 말하는지 알아들을 수 있었다. 종종 언어는 언어 그 자체를 초월해 더 많은 것을 전하고 연결해 주기도 한다.

나는 강아지와 함께 아주머니를 따라 다시 호스텔 찾기에 돌입했다. 함께 걷는 동안 아주머니 역시 이것저것 질문을 하시는 것 같기도 하고 여기가 어떤 곳인지 손짓으로 마을 곳곳을 안내해 주시는 것 같기도 했지만 정확히 알아들을 수 없었다. 내가 할 수 있는 건 그저 멋쩍게 웃어보이는 것뿐이었고 아주머니는 알아들었다고 생각하는지 연신 고개를 끄덕였다. 10분쯤 걸었을까. 결국 우리는 호스텔을 찾아냈다! 생각보다 작은 규모로 간판도 잘 보이지 않아 지나치기 쉬운 곳이었다. 아주머니는 자신의 언어로 말이 통한다는 강력한 장점을 발휘해 체크인까지 도와주었다. 그리고는 숙소를 찾아서 다행이라는 듯 밝게 웃어보이며 나에게 손을 내밀어 악수를 청했다.

나는 너무나 고마운 마음에 악수를 받고는 포옹을 했다. 등을 토닥여 주는 아주머니의 손길이 왠지 모르게 안도감을 주었다. 오늘 하룻밤을 묵을 안전한 장소를 찾게 됐다는 안도감이기도 했을 것이다. 하지만 오랫동안 혼자 여행하며 하루하루 잘 곳을 걱정하고 짐을 싸고 풀기를 반복했던 여행자의 지친 마음을 위로해 주는 안도감이기도 했던 것 같다. 살짝 코끝이 찡해졌지만, 이 고마운 마음의 크기를 그녀는 짐작하지 못하리란 생각에 애써 밝은 표정으로 작별

인사를 나눴다. 나는 직원의 안내에 따라 배정받은 방에 짐을 풀었다. 역시나 여행객이 많지 않은 곳이라 6명이 함께 쓰는 도미토리 룸을 나 혼자 쓰게 됐다. 침대에 눕자 긴장이 풀리고 잠이 쏟아졌다. 하지만 다시 몸을 일으켜 창문을 열고 나무르의 풍경을 내려다보았다. 론리플래닛은 거짓말을 하지 않았다. 아래로 강이 흐르고 있었다. 나는 반짝이는 나무르의 강을 보며 이곳까지 오던 길에 아무런 대가 없이 자기 일처럼 나를 도와준 나무르의 주민들을 생각했다. 그들의 도움은 단순히 나에게 숙소를 찾게 해 준 것이 아니라, 여행을 이어가고 결국은 무사히 완성할 수 있도록 해 준 힘 그 자체였다.

순환의 마음

여행하면서 나는 우리를 돕는 어떤 힘이 존재하는 것은 아닐까 자주 생각하곤 했다. 이미 여행을 해본 사람들은 공감할 것이다. 의외로 여행을 하면서 이런 도움의 손길은 생각보다 흔한 일이었다는 것을 말이다. 물론 불쾌한 경험을 하는 경우도 없진 않지만, 그보다 여행의 난처한 순간순간마다 어디선가 불쑥 튀어나와 어떠한 대가를 바라지 않고 도움의 손길을 건네주는 이들이 훨씬 더 많았다. 마치 신이 우리를 보호하기 위해 보내준 사람들이 아닐까 착각이 들 만큼, 꼭 필요한 순간에 예상치 못한 곳에서 불쑥 나타나 도움을 주는 사람들이 나타나곤 했다. 그 수많은 이들 덕분에 나는 늘 여행을 이어나갈 수 있었고, 무사히 돌아올 수 있었고, 나의 여행을 완성할 수 있었다.

　어떤 이는 뉴욕 맨하튼의 복잡한 지하철에서 길을 잃고 헤매고 있는 나를 대신해 자신의 교통카드로 요금을 지불하며, 출구를 알려주고 무사히 탈출(?)시켜 주기도 했다. 어떤 이는 스페인 세비야의 버스 안에서 내려야 할 곳을 몰라 어쩔 줄 몰라하는 나를 안심시키며 친절하게 벨을 대신 눌러주고 수많은 사람들을 헤집고 내릴 수 있도록 도와주었다. 또 어떤 이는 아무리 기다려도 오지 않는 버스 대신 자신의 차에 태워 역까지 데려다주고, 또 어떤 이는 낯선 도시의 슈퍼마켓 계산대 앞에서 카드결제가 되지 않아 당황해하고 있는 나 대신 돈을 지불해 주고 사라지기도 했다. 길을 물으면 친절히 방향을 가르쳐 주고, 언어가 부족하면 부탁하지 않아도 어디선가 나타나 부족한 언어를 대신 채워주는 이들도 많았다. 게스트하우스로 가는 방향을 찾지 못해 두리번거리고 있을 때, 근처에서 놀고 있던 꼬마들이 먼저 다가와 '도와줄까요?'라고 물으며 친절히 나를 제대로 된 방향으로 안내해 준 적도 있다.

　내가 여행 중에 어떤 도움들을 받았었는지 찬찬히 떠올려보니, 그동안 잊고 있었던 수많은 이들의 얼굴이 신기하게도 새록새록 떠오른다. 그것이 크든 작든, 그 순간 나에게는 매우 소중하고 값진 손길들이었다. 여행의 경험을 통해 나는 우리의 세상이 그래도 살 만한 곳이고 좋은 사람들이 훨씬 더 많다는 긍정적인 시각을 갖게 되었다. 더 나아가서는 내가 받은 도움을 또 다른 누군가에게 돌려주고 싶다는 '순환의 마음'을 자연스럽게 갖게 됐다. 여행의 기억은 이후의 내 삶으로 이어져 힘들더라도 희망과 긍정적인 시각을 가지고 한발 한발 걸어 나갈 수 있도록 하는 힘으로 작동하기도 한다. 혼자만의 힘으로는 결코 여행을 완성할 수 없었다. 우리의 삶도 마찬가지일 것이다. 누군가의 도움이 있었기에 오늘의 나도 존재하는 것이다. 그러고 보니 맨하튼 지하철역에서 나를 탈출(?)시켜준 그의 말이 떠오른다.

맨하튼 지하철역에서 나 대신 교통카드를 찍어 준 그에게 돈을 갚겠다며 달러를 건네려 하자 그가 웃으며 말했다.

"나도 여행을 다니며 수많은 사람들에게 도움을 받았어요. 나에게 갚을 필요 없어요. 당신도 도움이 필요한 다른 사람에게 갚으면 돼요. 그때 저나 맨하튼을 한 번 떠올려준다면 더 고마운 일이고요."

그의 말처럼 여행 중에 받은 도움의 경험은 꼭 그들에게 보답하지 않더라도 다른 사람에게 도움을 줌으로써 조금은 갚았다는 생각이 든다. 그래서 긴 여행을 경험하고 돌아오면 나는 늘 봉사자의 마음으로 충만해지곤 했다. 지하철역에서 두리번거리고 있는 외국인을 보면 먼저 다가가 인사를 건네고 혹시 도움이 필요한지 묻곤 했다. 길을 지나다가도 무언가 도움이 필요해 보이는 외국인을 만나면 또다시 오지랖이 발동하곤 했다. 물론 외국인 여행자에게만 해당하는 것은 아니다.

긴 여행의 여운이 조금씩 옅어지면 외국인 여행자들에 대한 안테나 감도도 다시 일상 수준으로 되돌아오곤 하지만, 여행 중에 받았던 소소하지만 절실했던 도움의 경험들은 삶의 모든 영역으로 스며들었다. 내가 가진 것 그것이 물질적인 것이든, 재능이든, 그 무엇이든을 주변 사람들과 나눔으로써, 내가 필요로 할 때 누군가로부터 받은 도움을 나 역시도 세상에 환원한다는 기분으로 기꺼이 마음을 보태고 싶어지는 것이다.

　누군가의 여행이 지속될 수 있도록 하는 선의의 마음들은 이렇게 돌고 돌아 더욱 가치 있는 세상을 만드는 것이 아닐까. 대가를 바라는 마음 없이 언젠가 내가 누군가에게 베푼 도움이 이 넓은 세상을 돌고 돌아 나에게, 혹은 내 주변의 누군가에게로 돌아오는 선순환이 우리 세상을 좀 더 살아볼 만한 곳으로 만드는 것이 아닐까 생각한다. 그리고 이것을 가장 잘 경험할 수 있었던 것이 나에게는 여행의 순간들이었다. 여행하다 보면 결코 나 혼자만의 힘으로 여행을 마무리할 수 없었다는 것을 깨닫게 된다. 여행지에서 만난 무수히 많은 낯선 이들의 도움과 응원이 여행을 이어나갈 수 있도록 한 힘이었다. 여행 후에 변한 것은 좁디좁은 나만의 우물에서 벗어나 우리 모두가 인류라는 한 배를 타고 있다는, 우리의 세상을 바라보는 시선과 태도였던 것 같다. 이런 선순환의 경험으로 세상에 대한 Lovely sense* 세계 최고 레벨의 마스터 코치 MCC가 가져야 하는 역량 중 하나로, ICF 국제코칭연맹이 제시하고 있는 기준를 갖게 됐다.

　특히 나는 라이프 코치가 되어 사람들을 만날 때 그런 도움의 순환을 종종 경험하곤 한다. 여행을 하면서 여행자들로부터 받았던 물질적 도움뿐만 아니라, 그들과의 대화를 통해 얻었던 삶의 지혜들, 여행 그 자체가 나에게 던졌던 그 질문들을 나의 고객들에게 되돌려 주는 기분이 들 때가 있다. 내가 그랬던 것처럼, 나의 고객들도 삶이라는 여행의 질문들과 만나고 그것을 통해 한 발 앞으로 전진하게 되는 것을 보면서 인류라는 한 배를 탄 우리 모두가 하나로 연결돼 있는 것은 아닐까 생각하곤 한다.

혼자서는 결코 여행을 완성할 수 없다. 우리의 삶 역시 내가 주인이 되어 혼자서 걸어 나가지만 혼자만의 힘으로는 온전히 완성할 수 없다는 삶의 진리를 새삼 생각한다. 지금껏 어느 순간에 나에게 건넨 무수히 많은 이들의 응원과 도움이 어쩌면 지금의 나를 있게 했는지도 모르듯, 나의 응원과 도움이 돌고 돌아 수많은 이들의 여행과 삶을 이어나가도록 돕고 있음을 생각하면 묘한 기분이 들기도 한다. 여행의 길 위에서 나에게 선뜻 손을 내밀어 주었던 이들에게, 내가 또 다른 누군가에게 베푼 선의의 마음이 돌고 돌아 가 닿기를, 그로 인해 누군가의 여행이 완성되고, 누군가의 삶이 조금 더 앞으로 나아갈 수 있기를 응원한다.

누군가의 여행이 지속될 수 있도록 하는
선의의 마음들은 이렇게 돌고 돌아
더욱 가치 있는 세상을 만드는 것이 아닐까.

대가를 바라는 마음 없이
언젠가 내가 누군가에게 베푼 도움이
이 넓은 세상을 돌고 돌아 나에게,
혹은 내 주변의 누군가에게로 돌아오는 선순환이
우리 세상을 좀 더 살아볼 만한 곳으로
만드는 것이 아닐까 생각한다.

그리고 이것을 가장 잘 경험할 수 있었던 것이
나에게는 여행의 순간들이었다.

2장

우리는 누군가의
기적이다.

코로나19 시대를 살면서 나의 고통과 이웃의 고통이 이어져 있음을 실감하게 된다. 가끔은 하루하루를 안전하게 건너 오늘에 닿은 것이 기적처럼 느껴질 때가 있다. 여행도 마찬가지다. 뒤돌아보면 아무일 없이 온전하게 여행을 마칠 수 있었던 것 역시 분명 나 혼자만의 일은 아니었을 것이다. 이런 생각을 할 때면, 나는 창밖으로 몰디브 옥빛 바다를 내려다보며 깨달았던 어느 한 순간이 떠오른다.

어쩌면 하루하루가 기적일지도 몰라

승무원이라는 직업은 하늘 위에서 일하는 직업이지만 정작 하늘을 볼 수 있는 시간은 그리 많지 않았다. 비행 근무는 눈에 보이는 것보다 보이지 않는 곳에서 바쁘게 돌아가는 것이 훨씬 많다. 승객이 탑승하기 전부터 승무원들은 매우 분주하다. 예정된 비행시간보다 몇 시간 전부터 회사에 나와 비행 관련 서류와 비행에 필요한 여러가지를 챙겨야 한다. 함께 비행하게 된 팀을 만나 브리핑 시간을 갖고 공항을 거쳐 항공기에 탑승하면 그때부터는 출발시각까지 촌각을 다투는 일이 시작된다. 승객 탑승 전까지 기내 보안 점검부터

4부 여행을 돌아보는 당신에게

기내식 탑재 여부, 기내 청결 상태 등등을 챙기느라 정신이 없다.

승객 탑승 시간이 되면 유니폼을 가다듬고 웃는 얼굴로 승객을 반갑게 맞이하고, 비행기가 이륙하고 나면 목적지에 도착할 때까지 또다시 정신없이 움직여야 하는 것이 비행 근무의 실상이다. 그러다 보니 승객으로 갈 때처럼 창밖으로 하늘을 구경할 겨를이 없다. 비행 내내 숨 가쁘게 근무를 하다가 비행기가 목적지에 착륙할 즈음이 되어야 잠시 창밖의 하늘을 내려다 볼 여유가 조금 생기는 경우가 다반사다. 점프 시트 항공기의 비상구 근처에 설치된 좌석으로 승무원들이 이/착륙시에 앉는 좌석에 앉아 한숨 돌릴 때, 그제야 눈에 들어오는 창문 밖의 하늘 풍경들. 그럴 때마다 나도 모르게 바쁘고 고단했던 비행 근무를 뒤돌아보며 '오늘도 무사히'라고 생각하곤 했다. 그리고 비행 중 가장 위험한 시점 중 하나인 '착륙'까지 무사히 마치길 바라며 비상상황에 대비하는 30second review를 외우곤 했다. 비행 중 가장 위험도가 높은 이착륙 시점에 승무원이 비상상황 발생시 대처해야 하는 순서를 리마인드 하는 것.

이날도 마찬가지였다. 게다가 바쁘기로 유명한 몰디브 노선이었다. 몰디브는 신혼여행지로 유명한 곳이지만, 비행 업무로써는 그리 낭만적인 곳은 아니다. 직항이 없어 스리랑카의 콜롬보를 경유해야 한다. 경유한다는 것은 비행 근무를 연달아 두 번 한다는 것을 의미한다. 그렇다 보니 비행시간이 길어 체력적으로도 부담이 되는 노선이다. 이날도 예상과 다르지 않았다. 승객들의 요구도 까다롭고 좌석도 만석이라 쉴 틈 없이 비행 근무가 돌아갔다. 특히 이날은 비행 시작 전에 기내식을 체크하는 과정에서 잠깐 혼선이 있어 신경이 예민해졌었다. 신혼 여행객들이 많다 보니 특별식으로 축하 케이크

신청이 많았는데, 내가 받은 자료와 케이크의 개수가 달라서 기내식 담당자와 확인을 하고 급하게 추가분을 요청했다. 이런 이유로 비행기 출발 시간이 지연될 수도 있는 상황이 발생했다. 정시 출발을 원칙으로 하는 비행 근무의 특성상, 출발 지연은 예민한 문제였다. 다행히 케이크는 늦지 않게 도착했고 비행기도 늦지 않게 출발할 수 있었다.

비행 중에도 이런저런 사건 사고가 끊이질 않았다. 한 승객이 몸이 좋지 않다며 승무원을 불렀다. 결혼식을 마치고 급하게 비행기에 탑승한데다 종일 긴장한 탓에 기내식을 먹고 체한 것 같다고 했다. 기내에 비치된 비상약을 제공하고 우리가 할 수 있는 조치를 다 취했지만, 승객의 상태는 점점 더 나빠졌다. 결국은 의사의 도움이 필요한 것으로 판단해 기내에 응급환자가 발생했음을 알리며 닥터 페이징_{의사 호출} 방송이 나갔고 의사 몇 분이 방송을 듣고 찾아와 환자의 상태를 살피고 적절한 처치를 해 도움을 주었다. 다행히 환자의 상태가 호전되면서 컨디션을 되찾았고 무사히 응급상황이 마무리되었다. 나는 그렇게 한바탕 긴장된 상황을 넘기고 한숨 돌리고 있는데 그제서야 비행 내내 한 끼도 먹지 못한 것이 생각났다. 잠시 정신을 가다듬으며 간단히 챙겨 먹고 나니 벌써 착륙할 시간이었다.

경유지를 포함해 정신없는 장거리 비행이 끝나갈 무렵, 착륙 준비를 하고 점프 시트에 앉아 지친 마음을 달래며 창밖을 내다보았다. 그제야 몰디브의 옥빛 바다와 섬들이 눈에 들어왔다. 하늘 위의 구름처럼, 바다 위에 점점이 떠 있는 섬들의 아름다운 모습이 가히 인도양의 보석이라고 불릴만했다.

4부 여행을 돌아보는 당신에게

그런데 이상했다. 출발 전부터 이런저런 일들이 많아서 힘들었기 때문일까. 비행기 아래로 지나가는 몰디브의 섬들처럼, 그날은 이상하게도 비행 준비부터 지금까지 비행의 순간들이 무수히 많은 점들이 되어 거꾸로 영상을 돌리듯 머릿속을 스쳐 지나갔다.

300명이 넘는 이 수많은 승객을 태우고 인천공항을 출발해 경유지를 거쳐, 10시간이 넘게 걸린 긴 여정. 이런 먼 곳에 무사히 도착하기까지는 수많은 과정이 존재한다. 비행기에 탑승한 승객들은 여행을 위해 비행 스케줄을 알아보고 좌석을 예매한다. 여행 당일, 공항에 일찍 나와 발권을 하고 수하물을 맡기고 보안검색과 출국심사를 거쳐 오랜 기다림 끝에 항공기에 탑승한다. 필요에 따라서는 기내 특별식알레르기나 병 등의 이유로 특별히 사전에 항공사에 요청하는 기내식 서비스을 주문하거나, 아이가 있을 경우 기내에서 필요한 아기 바구니baby bassinet를 신청하는 경우도 있다. 발권 데스크에서 일하는 직원들은 승객의 예약상황을 확인하고 좌석을 배정하고 목적지가 맞는지, 입국에 필요한 여권과 서류는 문제 없는지 확인한다. 꼼꼼히 비행과 관련한 정보를 안내하고 위탁 수하물을 처리한다.

운항승무원들pilot, 기장의 공식 명칭이다.은 항공 경로와 날씨를 확인하고 치밀하게 안전점검을 한다. 정비사들은 항공기에 문제는 없는지 점검을 마치고, 마치 자식을 멀리 떠나보내듯 항공기가 무사히 이륙해저 하늘 멀리 보이지 않을 때까지 활주로에 서서 손을 흔든다. 기내식을 담당하는 직원들은 노선마다 정해진 메뉴의 기내식을 착오 없이 승객 수대로 준비하고 항공기에 실어 나른다. 신선도를 유지해야 하고, 기내식 이외에도 다양한 아이템을 착오 없이 탑재해야 한다. 특별 기내식을 신청한 승객이 있다면 그것 역시도 꼼꼼히 챙겨야 한다. 만약 실리지 않으면 그 승객은 비행 내내 쫄쫄 굶어야 할지도 모른다.

객실승무원들은 승객들이 탑승하기 전까지 분주하게 안전점검을 하고 기내 서비스를 준비한다. 이륙하고 나면, 정해진 매뉴얼에 맞춰 안전과 서비스를 담당하며 승객들의 편안한 여정을 책임진다. 기내를 청소해 주시는 분들은 정해진 촉박한 시간에 기내 청소를 마치기 위해 늘 동분서주한다. 그 외에도 수많은 사람들이 각자의 위치에서 자신의 일을 한다.

항공기 한 대가 떠서 무사히 목적지에 도착하기까지, 그야말로 전쟁이 따로 없다. 만약에 이 수많은 과정과 연결고리 사이에서 누군가 한 명이라도 실수하거나 본인의 책임을 다하지 않는다면 자칫 큰 사고로 이어질 수 있다. 혹은 승객이 여행에 큰 불편을 겪게 된다. 승객들은 기내에서 식사하지 못하거나, 어떤 승객은 비행 내내 불쾌한 경험을 하게 될 수도 있고, 자신의 여행 가방이 도착하지 않아 낭패를 볼 수도 있다.

여기까지 생각이 미치자, 이 순간이 그저 '오늘도 무사히'라고 안도하는 것 그 이상이란 생각이 들었다. 훨씬 더 값지고 감사한 순간이었다. 아무런 착오 없이, 큰 불만 없이 수많은 승객들과 함께 이 큰 항공기가 머나먼 이국땅에 무사히 도착한다는 것은 어쩌면 기적에 가까운 일인지도 모른다. 아니, 이것은 기적임에 틀림없다.

기적을 만드는 일

◆

첫 유럽 배낭여행에서 일정이 길어지면서 피로감을 많이 느끼고 있을 때였다. 당시에는 매번 어디서 자야 할지 숙소를 구하는 일이 가장 큰 스트레스였다. 지금처럼 스마트폰이 있던 시절이 아니라 컴퓨터 사용이 가능한 곳에서 예약하거나 전화 예약을 하지 않으면 그 도시에 도착해 직접 숙소를 찾아가 구해야 했다. 어디서 잘지 알아보고 선택하는 일도, 그곳까지 찾아가는 일도, 때로는 터무니없는 가격에 흥정해야 하는 일도, 짐을 매번 싸고 푸는 일도 여행 후반으로 갈수록 나를 지치게 했다.

한번은 스페인 일주를 마치고 프랑스로 올라가는 길목에 있는 '산세바스티안 San Sebastian'이라는 도시에서 하루 묵기로 결정했다. 당시에는 한국 관광객들은 거의 가지 않는 도시여서 여행 정보를 얻기 어려웠다. 직접 가서 숙소를 확인하고 가격을 흥정해서 구해야했다. 늦은 저녁 시간에 기차역에 내려 숙소를 구할 생각을 하니 생각만으로도 피로감이 몰려왔다. 누군가 나를 위한 숙소를 마련해 기다려주었으면 하는 마음이 절로 들었다. 물론 그럴 리는 없었다. 유명한 관광 도시들에는 호객하는 사람들이 나와 기차에서 내리는 여행자들을 붙잡는 것이 흔한 일이었지만, 나는 대체로 그들을 피해 다니곤 했다. 하지만 이번에는 호객하는 사람들이 역에서 나를 기다리고 있었으면 좋겠다는 마음이 들 정도였으니, 많이 지친 시기였던 것 같다. 내가 여행하던 시기는 점점 추워지기 시작하는 비수기여서 산세바스티안에서는 그런 호객행위를 기대할 수 없을 것 같았다. 나는 이번에도 '어떻게든 되겠지'하는 마음으로 그간의 경험을 믿고 덜컹거리는 기차에서 지친 마음을 달래고 있었다.

드디어 기차가 목적지에 도착했고, 나는 자포자기한 마음으로 산 세바스티안 역에서 내렸다. 그런데 이게 웬일인가. 한 청년이 'hostel'이라는 푯말을 들고 역 안에 있는 벤치에 앉아 있었다! 호스텔 자체가 아니라 'hostel이라고 쓴 푯말을 들고 있는 사람'이 이렇게 반가운 적은 처음이었다. 나는 지금까지와는 다르게 호객하고 있는 그에게 먼저 다가가 숙소를 구하고 있다고 적극적으로 말했고, 청년이 내민 사진의 숙소와 위치를 확인한 후 안전한 곳이라는 생각이 들어 그를 따라나섰다. 청년은 청바지에 흰색 티셔츠를 입은 앳된 모습이었다. 불필요한 말을 하지 않았고 큰 목소리로 말하지도 않았다. 쓸데없이 웃어 보이거나 지나치게 친절하지도 않아서 나는 오히려 그런 모습에서 성실함을 느낄 수 있었다. 청년을 따라 도착한 곳은 넓은 광장 근처에 있는 깨끗한 곳이었다. 이렇게 쉽게 숙소를 구하게 될 줄은 몰랐기에 기쁜 마음이 들었다.

청년은 내가 쓰게 될 방으로 안내해 주었고, 호스텔의 주인아주머니를 소개해 주었다. 인상 좋은 아주머니는 저녁 식사 준비를 하고 있는 듯했다. 알고 보니 청년은 주인아주머니의 아들이었다. 어쩐지 둘이 닮아 보였다. 그는 저녁 시간이 되면 호스텔을 운영하는 부모님을 대신해 매일 같은 시간에 역으로 나가 손님이 있건 없건 아까 나를 만난 그 자리를 지키고 있다고 했다. 손님을 만나는 날도 있지만 요즘 같은 비수기는, 더구나 기차역에서는 그렇지 않은 날이 훨씬 더 많다고 했다. 하지만 그것이 자신의 역할이기 때문에 비가 오나 눈이 오나, 하루도 빼먹은 적이 없다고 한다. 기특한 아들을 둔 호스텔의 주인 부부가 부럽기도 했고 성실한 그가 왠지 더 믿음직 스러워 보이기도 했다. 나 역시도, 그가 자신의 자리에서 묵묵히 기 다려 준 덕을 본 셈이었다. 그 덕분에 나는 숙소를 구하는 피로감을 줄이고 좋은 숙소에서 여행의 피로를 조금 덜어낼 수 있었다. 그것 도, 안전하게 말이다.

오늘도 어김없이 자신의 자리를 지켜준 그에게 감사한 마음이 절 로 생겼다. 나는 짐을 풀고 우선은 깨끗한 시트로 덮여 있는 침대 위 에 지친 몸을 눕혔다. 그렇게 포근하고 안락할 수가 없었다. 배고픈 것도 잊고 그대로 자고 싶은 마음으로 누워있는데, 누군가 노크를 했다. 나가 보니 아까 그 청년이었다. 괜찮다면 나와서 가족과 함께 저녁 식사를 하지 않겠냐고 물었다. 나는 흔쾌히 'thank you'를 외 치고 염치없이 그들의 저녁 식사에 숟가락을 보탰다.

한번은 어느 도시였는지 이제는 기억이 잘 나지 않지만, 야간열차 를 타고 다음 도시로 이동하는 중이었다. 침대칸을 예약해 밤새 자 다가 새벽에 도착하는 스케줄이었다. 침대칸에는 2층 침대 2개가 있었고, 나를 포함해 각국에서 온 여성 여행자 4명이 서로 인사를 나누고 과자를 나눠 먹으며 이야기를 나누다가 각자 잘 준비를 했 다. 나는 내가 내릴 목적지에 열차가 도착할 시간에 내릴 준비를 미 리 하기 위해 알람을 맞추고 잠이 들었다. 하지만 너무 피곤한 나머 지 알람 소리도 듣지 못할까봐 살짝 불안했다. 하지만 걱정하는 마 음과는 달리 나는 이내 곯아떨어져 있었던 모양이다. 얼마나 잤을 까. 누군가 뭐라고 부르는 소리가 들려 잠에서 깼다. 제복을 입은 승무원이 내 티켓을 들고 서서 나의 이름을 부르고 있었다. 10분 후면 내가 내릴 역에 도착한다는 말과 함께 나를 깨우고 난 후 그는 사라졌다. 나는 깜짝 놀라 부랴부랴 짐을 챙겨 내릴 준비를 했다. 아마도 야간열차에는 나 같은 승객이 많았는지 승무원이 밤새 잠도 자지 않고 일일이 돌아다니면서 티켓 정보를 통해 내려야 하는 승객들을 찾아다니며 깨워주는 모양이었다. 말 그대로 모닝콜 서비스인 셈이다. 그는 밤새 한숨도 자지 못하고 매번 이렇게 칸칸이 돌아다니며 승객들을 깨우고 다녔을 것이다. 덕분에 나는, 그리고 여러 여행자들은 역을 지나치지 않고 내려 여행을 이어나갈 수 있었다.

그 외에도 많은 여행의 경험을 통해 자신의 자리에서 묵묵히 자신의 일을 해내는 사람들 덕분에 나 역시도 당시 나의 역할이었던 '여행하기'를 무사히 마칠 수 있음을 깨닫곤 했다.

그럴 때마다 종종 생각한다. 우리 모든 인류가 한 배를 탄 승객이자 보이지 않는 끈으로 모두 연결되어 있는 것은 아닐까 하고 말이다. 그리고 그 자리에서 묵묵히 자신의 삶을 그저 살아가고 있는 모든 이들에게 감사한 마음과 함께 경외의 마음이 들기도 한다. 우리가 우리의 위치에 그저 존재하는 것만으로도 어쩌면 우리는 누군가의 여행이, 누군가의 삶이 지속되는데 미세하게 영향을 미치고 있는지도 모른다.

몰디브에 무사히 도착했다. 출발 전부터 도착하기까지 이런저런 일이 많았지만, 어쨌든 잘 도착했다. 내리는 승객들 모두가 감사하다, 고생 많았다는 인사를 잊지 않고 건네왔다. 그들의 여행이 본격적으로 시작되는 시간이었고, 나의 업무가 무사히 마무리되는 시간이었다. 의사의 도움을 받아 컨디션을 회복한 승객도 한결 편안한 표정으로 감사 인사를 전하며 내렸다. 보람을 느끼는 순간이었다.

착륙하며 창밖을 보다가 생각한 '기적' 때문일까. 이날 이후로 나는 어떤 일을 할 때마다 '오늘도 무사히'를 너머, 오늘도 각자의 위치에서 자신의 일을 묵묵히 해 준 수많은 이들을 생각하곤 한다. 각자의 위치에 존재함으로써 매일매일 기적 같은 일을 만들어 내는 것에 감사하는 마음을 갖게 되었다.

여행하다 보면 내가 이 광활한 우주의 먼지 같은 존재이면서도 이 세상의 수많은 사람들 중 유일무이한 고유함을 지닌 존재라는 아이러니한 두 가지 사실을 동시에 깨닫곤 했다. 그러면서 나는 우리 모두가 인류라는 거대한 퍼즐을 이루고 있는 하나의 퍼즐 조각일지도 모른다는 생각을 한다. 퍼즐 조각은 각자가 있어야 할 위치가 있고 역할이 있으면서도 하나하나는 그 모양도 색깔도 제각각 다르다. 조각이 있어야 할 자리에 없으면 다른 조각들도 맞출 수가 없게 된다. 퍼즐 조각 하나라도 없다면 결국 그 퍼즐은 완성될 수 없다.

각자의 위치에서 책임을 다하며 멋진 퍼즐을 꿰 맞춰준 얼굴을 다 알 수 없는 그들처럼 오늘도 나는 나의 자리에서 나의 삶에 최선을 다하는 것으로 기적을 만들고 있다. 당신과 함께 말이다. 가끔 내가 제대로 하고 있는지 의심이 든다면, 내가 하는 일이 초라하게 느껴진다면, 나는 말해 주고 싶다. 당신은 이미 최선을 다해 충분히 잘 살고 있다고 말이다. 당신의 존재로 누군가의 여행이 완성되고 있고, 누군가의 삶이 이어져 나아가고 있다고. 우리 모두는 누군가의 기적이라고 말이다.

그럴 때마다 종종 생각한다.

우리 모든 인류가 한 배를 탄 승객이자
보이지 않는 끈으로
모두 연결되어 있는 것은
아닐까 하고 말이다.

그리고 그 자리에서 묵묵히
자신의 삶을 그저 살아가고 있는 모든 이들에게
감사한 마음과 함께 경외의 마음이 들기도 한다.
우리가 우리의 위치에 그저 있는 것만으로도
어쩌면 우리는 누군가의 여행이,
누군가의 삶이 지속되는데
미세하게 영향을 미치고 있는지도 모른다.

3장

모든 여행은
소중하다.

우리는 흔히 '자신이 항상 옳다고 믿고 다른 사람들은 항상 틀렸다'고 생각하며 자신의 기준을 강요하거나 무례하게 대하는 사람들을, 일명 '꼰대'라고 부른다. 주로 나이가 많은 사람들을 빗대어 말하지만 이러한 태도는 나이의 많고 적음의 문제가 아니다. '젊은 꼰대'가 더 무섭다고 하지 않던가. 놀라운 사실은, 다양성과 자유로움의 장이라고 할 수 있는 여행지에서도 이렇게 자신의 경험이 정답인 듯, 다른 사람들의 여행을 존중하지 않는 태도를 가진 사람들이 존재한다는 사실이다. 이런 사람을 우리는 일명 '여행 꼰대'라고 부른다.

여행 꼰대 이야기

스페인은 유럽여행을 다니면서 찾아낸 보물 같은 곳이었다. 처음 유럽여행을 계획할 때는 보통 영국, 프랑스, 이탈리아 등에 관심을 갖게 됐었다. 하지만 많은 곳을 돌아다니면서도 이곳에서 한번 살아보고 싶다고 생각해 본 곳이 별로 없는데, 스페인 여행을 다녀와서는 언젠가 기회가 된다면 한 번쯤 살아보고 싶다는 생각을 많이 했다. 그 이유를 설명하기는 힘들지만, 밤늦은 시간까지 이유 없이 광장에 모여 낭만을 즐기는 스페인 사람들의 모습이 왠지 우리나라와

닮았다고 느꼈기 때문일 수도 있다. 멋진 해변과 함께 있는 도시들, 좋은 날씨, 흥 많은 문화도 나의 마음을 빼앗는데 한몫했다.

건축가 가우디의 상상력 풍부한 아름다운 건축물뿐만 아니라, 피카소의 작품, 돈키호테의 유쾌함과 엉뚱함, 투우의 열정을 만날 수 있는 것도 이유일 것이다. 다른 유럽 도시들과는 사뭇 다른 무어족들의 흔적이 고스란히 남아 있는 이국적 풍경도 매번 나를 매료시켰다. 그래서 처음에는 바르셀로나와 마드리드만 나의 루트에 포함돼 있었지만, 스페인의 첫 도시였던 바르셀로나의 경쾌함에 마음을 빼앗긴 후, 애초 계획보다 2배 이상 많은 시간을 스페인 일주를 하는데 할당하게 됐다. 마드리드 외에도 탱고의 본고장이라는 세비야, 중세도시 똘레도, 백설공주 성의 모델인 세고비아, 알함브라 궁전이 있는 그라나다, 그 외에도 스페인의 작은 도시들에 관심을 갖게 되었다. 지도를 펴 놓고 스페인 땅이 이렇게 컸었나 새삼 놀라며 가보고 싶은 도시들을 찍고 동선을 다시 짜기 시작했다. 어쩌다보니 바르셀로나에서 스페인의 중심부 마드리드로 갔다가 남부의 해안가 도시들을 돌게 되는 동선이 나왔고, 이왕이면 포르투갈까지 다녀오자 싶어서 포르투갈의 수도인 리스본과 대륙의 서쪽 끝이라고 하는 호카곶 Cabo da Roca 을 계획에 추가했다.

새롭게 추가된 스페인의 도시들을 여행하기 위해 바르셀로나를 떠나 마드리드로 갔다. 마드리드에서는 잠시 지친 몸과 마음을 쉬게 하고, 생각지 못하게 많은 시간을 보내게 된 스페인에서의 여행을 준비하기 위해 한국인이 운영하는 민박집에서 묵기로 결정했다. 시내 중심가에서 멀지 않은 곳에 위치해 아주 마음에 드는 곳이었다.

그곳에는 혼자 여행을 온 2명의 한국인 여성들이 이미 짐을 풀고 며칠째 묵고 있었다. 그중 K는 우리 세 명 중 나이는 가장 어렸지만 가장 오랫동안 배낭여행을 하는 중이었다. 1년간 세계 일주를 할 계획으로 시작해 여행의 후반쯤 와 있다고 했다. P는 일주일 남짓의 휴가를 얻어 급하게 마드리드를 목적지로 정해서 왔다고 했다. 자연스럽게 우리는 맥주를 들고 침대에 걸터앉아 여행 이야기를 주고받기 시작했다. 비교적 대화가 잘 통한다고 느꼈던 우리는 시간 가는 줄 모르고 밤새 여행 이야기로 수다를 떨었다.

다음 날, 우리는 각자 시간을 보낸 후 해가 질 무렵 저녁 식사를 하기 위해 마요르 광장에서 다시 만났다. K가 발견한 스페인 전통 레스토랑이 있는데 아주 맛있었다고 추천했고 우리는 함께 그곳으로 갔다. K는 결코 실패하지 않을 거라고 자신하면서 메뉴판을 보고 주도적으로 저녁 메뉴를 정해나갔다. 우리는 스페인의 대표 음식인 빠에야Paella를 비롯해 몇 가지 음식을 주문해서 함께 나누어 먹기로 했다. 나는 여행경비가 넉넉하지 않은 형편이다 보니 대체로 간단하게 식사를 해결하곤 했지만, 마드리드에서는 몸과 마음을 쉬려고 작정했으니 저녁 식사에도 한 번쯤 사치를 부려보기로 했다. 오랜만에 말이 잘 통하는 사람들과 풍족한 식사를 마주하니 기분이 좋았다.

마요르 광장에 울려 퍼지는 음악과 사람들의 웃음소리가 나의 흥을 더욱 돋우었다. 마드리드의 밤은 흥겨운 얼굴을 하고 있었다. 음식이 하나둘씩 나오고 와인을 한 잔씩 마시면서 우리는 자연스럽게 앞으로의 여행 일정에 대해서 이야기 나누기 시작했다. P는 멀리 가지 않고 프라도 미술관을 한 번 더 방문하고 싶다고 했다. 기대 이상으로 좋았다고 했다. 마드리드에 도착하자마자 프라도 미술관 _{Museo} _{del Prado}부터 들렀던 나는 그녀의 말에 동의하며, 나의 다음 일정을 떠올렸다. 마드리드에서 당일치기로 다녀올 수 있는 주변 도시를 둘러 본 후, 그라나다와 세비야를 거쳐 포르투갈의 리스본까지 갈까 생각 중이라고 이야기했다. 이미 마드리드의 곳곳과 다른 스페인 도시들을 다녀온 그들에게 혹시 추천해 줄 만한 도시가 있는지도 물었다. 그러자 아주 오랫동안 세계일주를 하고 있다고 은근 자랑하듯 말해오던 K가 갑자기 목소리를 높이며 리스본에 간다는 나를 뜯어 말리기 시작했다.

"리스본은 가지 마요. 거기 내가 이미 다 가 봤는데, 볼 것도 없고 그냥 유럽의 평범한 도시일 뿐이에요. 신트라에 있는 페나 성도 가봤는데, 다른 유럽도시들의 성보다도 훨씬 작고 별로 볼 것도 없더라구요. 호카곶은 그냥 절벽이라니까요. 정말 실망할 거예요. 내 말 들어요. 시간 아깝게 힘들여서 리스본까지는 절대로 가지 마요."

갑작스러운 K의 반응에 나는 당황했다. 뭐라고 대꾸해야 할지 몰라 그저 듣고만 있었다. 함께 식사를 하던 P도 당황해하는 건 마찬가지였다. 자신도 가보진 않아서 뭐라고 말할 순 없지만, 포르투갈이 좋았다고 하는 사람도 많더라고 조심스레 말했다. 하지만 아랑곳하지 않고 포르투갈로 가는 것이 시간 낭비, 돈 낭비라고 열변을 토하던 그녀가 다시 한번 말했다.

"다른 더 멋진 유럽을 도시를 아직 가보지 않아서 다들 그렇게 말하는 거예요. 그냥 마드리드에서 며칠 더 묵는 편이 나아요. 아직 여행 초기라 그런 것조차도 아름다워 보이는 거죠. 내 말이 맞다니까요."

이후로 그녀는 마드리드 중에서도 어디는 좋았고 어디는 별로였다고 평가하며, 세계일주를 하면서 유럽 외에도 다른 나라와 수많은 도시들을 이미 가본 자신의 경험을 믿으라고 강한 어조로 말했다. 자신은 무려 1년 가까이 세계일주를 해 오고 있는 사람이라는 은근한 자랑이 섞여 있었다. 그녀는 취향의 문제를 태도의 문제로 착각하고 있는 듯했다. 우리는 식사를 하면서 더 이상 말을 하지 않았다. 어차피 말을 해도 소용이 없다는 것을 알았기 때문이다. P는 짧은 대답만 이어나가며 언짢은 듯한 표정을 감추지 못했고, 나는 적당히 맞추며 묵묵히 앞에 있는 음식에 전념했다. 오랜만에 사치를 부려본 저녁 식사가 체할 것만 같았다. 그런 분위기를 아는지 모르는지 K는 그녀만의 경험이 정답이고, 그녀가 가진 기준이 옳다고 믿으며 다른 여행자들에게 자신의 안목을 강요하고 있었다. 자신의 경험이 세상의 전부이자 정답이라고 믿는 그녀가 세계일주를 하고 있다는 사실이 아이러니했다. 그녀는 지금껏 자신만의 잣대로 세상을 평가하며 이곳까지 온 것일까.

K와 같은 여행 꼰대를 만나는 일은 내가 여행을 하며 마주치는 여러 상황 중 가장 불쾌한 상황이었다. 타인에 대한 존중의 마음이 결여된 상태라고 느껴졌기 때문이다. 하지만 나는 여행을 하면서 그녀외에도 의외로 많은 '여행 꼰대'들을 만나곤 했다. 먼저 가본 자신의 경험만이 정답이라는 듯, 그들은 가도 되는지 아닌지 나에게 서슴지 않고 조언했다. 자신의 기준으로 여행지들을 평가하고 별점을 주었고 그것이 옳다고 은근 강요하기도 했다. 자신의 여행은 대단하고 특별하며 다른 사람의 여행은 여행답지 못하다고 은근히 깔보는 사람도 있었다. 자신의 취향이 옳고 다른 사람의 취향은 너무 평범하다고 무시하는 것이 느껴지는 경우도 있었다. 이렇게 자기 세계가 경직되고 닫혀 있는 사람이 여행을 하고 세상을 본다는 것이 무슨의미가 있을까. 안타깝게도 이런 여행 꼰대들은 긴 여행 후에도 내적인 변화를 기대하기 어려울 것 같다. 그저 내가 어디를 다녀왔노라는 자랑거리 하나가 더 늘어나는 것뿐이지 않을까. 그녀는 상상이나 할까. 자신의 태도로 누군가의 여행의 한 순간이 얼룩지기도 한다는 것을 말이다. 그녀를 보면서 나는 생각했다. 혹시 나 역시도 내가 모르는 사이에 꼰대가 되는 경우가 있지 않을까. 어쩌면 이는 나만의 고민은 아닐 것 같다. 오죽하면 '이렇게 말하면 나도 꼰대라고 생각할까?'라고 걱정하는 '꼰대포비아'라는 말까지 생겨났을까.

그렇다면 우리는 꼰대가 되지 않기 위해 어떤 태도를 가져야 할까. 그것은 아마도 우리가 여행에서 발휘할 수 있었던 그런 태도일 것이다. '다름'을 '틀린 것'으로 받아들이지 않고 호기심을 갖는 태도, 자신의 경험에만 의존해 섣불리 답을 정해버리지 않고 세상 모든 것을 열린 마음으로 배우고자 하는 태도, 다른 사람들의 경험과 다른 문화를 존중하는 태도, 타인의 여행과 삶을 공감하는 태도. 바로 그것이다. 여행에서 우리는 새로운 환경을 마주하며 호기심은 커지고, 새로운 자극에 감각이 살아나게 되면서 공감 능력은 향상된다. 여행은 다른 삶을 들여다 보고 공감하는 일이기도 하며, 내 스스로 쌓아놓은 생각의 성을 벗어나는 일이기도 하다. 그래서 더욱 유연해지고 섬세해지고 '다름'에 대한 수용도가 높아질 수 있다. 다양한 생각과 다른 문화에 대한 포용력이 높아지고 존중의 마음을 가질 수 있는 기회가 많아지는 것이 여행의 환경이다.

꼰대는 오직 가르치려고만 하고 only teaching, 아재는 배우려 하지 않으며 no learning, 어른은 끊임없이 배우려 한다 open learning 는 말이 있다. 여행의 태도를 우리 삶으로 옮겨와 내가 가진 경험의 폭으로 이 세상 전부를 평가하지 않고, 고정된 답을 강요하지 않는 자세. 공감하고 수용할 수 있는 여유와 호기심을 가질 수 있다면 우리는 꼰대가 아니라 어른으로 성장할 수 있을 것이다. 그리고 이것은 상대방의 경험과 삶을 존중하는 태도에서 비롯된다.

내가 쌓아놓은 생각의 성을 벗어나는 일

자, 그렇다면 여행 꼰대로 기억되는 그녀가 열변을 토하며 뜯어말렸던 나의 포르투갈은 어땠을까? 결론부터 말하자면, 나에게는 너무나 멋진 곳이었다. 그녀는 어쩌면 자신의 실수(?)를 다른 사람도 하지 않길 바라는 좋은 의도로 그렇게 말했을지도 모른다. 나는 그런 그녀의 선한 의도를 존중하지만, 나 자신의 결정 역시 존중했고, 직접 경험해 봐야 알 수 있다는 내 삶의 태도를 존중해 계획대로 리스본으로 향했다. 여행은 내가 직접 경험했을 때 의미가 있다고 믿기 때문이다. 직접 선택하고 경험해 보고, 만약에 별로라면 어쩔 수 없는 것이고, 마음에 들면 좋은 일인 것이다. 어차피 우리 삶도 리뷰를 보거나 별점을 미리 확인하고 선택할 수 있는 것이 아니지 않던가. 직접 경험해 봐야 알 수 있는 것이 여행이고 삶이다.

그렇게 마주한 리스본은 의외로 웅장한 멋이 있는 해변 도시였고, 저녁 무렵 상 조르제 성 위에서 내려다 본 노을 지는 리스본의 전경은 말로 다 표현할 수 없었다. 트램이 다니는 리스본의 야경은 아름다웠고, 아기자기한 페나 성을 품고 있는 신트라는 포루투갈의 또다른 모습을 보여주기에 충분했다. 저렴하게 즐길 수 있는 포르투갈의 달달한 와인 맛은 또 어떤가. 혼자 와인을 홀짝거리며 바다를 내려다볼 수 있었던 리스본의 밤이 나는 무척 좋았다. 대륙의 최서단 호카곶은 말로는 표현할 수 없는 오묘한 분위기의 벅찬 감동을 안겨주었다. 그곳에서 3유로인가에 구입한, 대륙의 끝에 섰다는 것을 증명하는 인증서는 내 여행 기념품 중 가장 뿌듯한 것이 되었다. 나는 호카곶의 탁 트인 절벽 위에 서서 넋을 놓고 수평선을 바라보다가 마드리드에서 만난 K의 말을 믿고 이곳에 오지 않았더라면 어쩔 뻔했나 하는 아찔한 생각을 했다.

이렇듯 여행에 정답이 어디 있단 말인가. 모두의 입맛이 다르듯이

다른 사람들에게는 별 감흥이 없는 곳이 누군가에게는 인생 최고의 장소가 될 수도 있는 것이 여행이지 않던가. 그저 내가 걷는 곳이 나의 길이고 내가 좋아하는 곳이 나에게 최고의 여행지인 것을. 그 누구도 자신의 잣대로 다른 사람의 여행을 함부로 평가할 수는 없다.

나에게 여행은 항상 내가 쌓아놓은 생각의 성을 벗어나는 일이었으며, 내 안의 편견들을 마주하는 시간이었다. 내가 경험한 것이 세상의 전부가 아니었음을 매번 깨닫고, 내가 살아온 방식만이 길이 아니었다는 것을 여행하며 매번 배웠다. 길 위에서 만난 다양한 삶의 모습들은, 내가 당연하다고 믿어왔던 것들이 얼마나 좁은 세상이었는지 깨닫게 하면서 나를 부끄럽게 하기도 했다. 이런 경험은 다양성에 대한 포용력과 호기심을 길러주었고, 상대방의 기준과 삶을 존중하는 태도를 갖게 해 주었다. 그럼에도 불구하고 어느 순간에는, 나 역시 꼰대였을 수도 있겠다는 부끄러운 순간들을 마주하곤 하니, 결국은 부단한 자기 성찰이 답인 것 같다.

여성 탐험가 프레야 스타크 Freya Stark 는 여행자가 갖춰야 할 일곱 가지 항목 중 첫 번째로 이것을 꼽았다.

'자신의 기준과 맞지 않는 기준을 인정하고 자신의 가치관과 다른 가치관이 있다는 것을 인정할 것.'

이것은 비단 여행자에게만 해당하는 이야기는 아닐 것이다. 삶이라는 여행을 하고 있는 우리 모두에게 필요한 자세일 것이다. 모든 여행은 소중하고, 우리 모두의 삶은 있는 그대로 가치가 있다.

그렇다면 우리는 꼰대가 되지 않기 위해
어떤 태도를 가져야 할까.

그것은 아마도 우리가 여행에서 발휘할 수 있었던
그런 태도일것이다.

'다름'을 '틀린 것'으로 받아들이지 않고
호기심을 갖는 태도,
자신의 경험에만 의존해
섣불리 답을 정해버리지 않고
세상 모든 것을 열린 마음으로 배우고자 하는 태도,
다른 사람들의 경험과 다른 문화를 존중하는 태도,
타인의 여행과 삶을 공감하는 태도가
바로 그것이다.

4장

인생이라는
배낭 꾸리기

승무원으로 일하던 시절, 비행을 갈 때마다 함께 근무하는 동료들이 나에게 가장 놀라워했던 것은 바로 가방이다.

"어머, 왜 이렇게 짐이 없어요?"
"여기에 필요한 게 다 들어가요?"
"집에다가 가방 하나 두고 나온 거 아니에요?"
"가방에 뭐가 들었는지 정말 궁금하다!"

단출하다 못해 부족해 보이는 나의 가방을 보고 다들 한마디씩하며 궁금해했다. 물론, 10년 가까이 승무원 생활을 하고, 자주 여행을 다니면서 나는 자연스럽게 짐 싸기의 달인이 된 것은 사실이다. 한정된 공간 안에 필요한 것들을 빠짐없이 넣기 위해서는 마치 테트리스 게임이라도 하듯 이렇게 저렇게 가방 안의 공간 활용을 잘해야 한다. 하지만 정작 나의 짐 싸기 비결은 공간 활용이 아닌 다른데에 있었다. 바로 여행을 통해 배운 배낭을 꾸리는 지혜였다.

여행의 필수품

첫 해외여행을 결심하고 여행가방 하나를 구입했다. 90일 동안 유럽을 누비고 다녀야 하니 여러 가지를 고려하지 않을 수 없었다. 배낭은 어깨에 무리가 가서 메고 다니기 힘드니 바퀴가 달린 수트케이스를 가지고 가라는 사람이 있는가 하면, 유럽의 바닥은 수트케이스를 끌고 다니기에 어려운 돌바닥이니 배낭이 제일 좋다고 하는 사람도 있었다. 모두 그럴듯했다. 고민 끝에 나는 배낭처럼 어깨에 멜 수도 있고 바퀴가 달려서 수트케이스처럼 끌고 다닐 수도 있는 가방을 우연히 발견하고는 이거다 싶어서 유레카를 외치며 냉큼 구입했다. 모양은 배낭이었지만, 지퍼로 여닫을 수 있고 바퀴가 달려 수트케이스 같기도 했다. 장고 끝에 악수를 둔다고, 나에게는 맞지 않는 선택이었음을, 첫 도시인 런던에 도착하자마자 깨달았다. 끌기엔 어렵고, 배낭처럼 메기에는 바퀴 무게 때문에 더 무거웠다.

처음으로 혼자 마주하는 다른 세상에는 신기한 것 투성이었다. 풍경 하나하나가 소중했고, 모든 것이 놓치고 싶지 않은 추억이었다. 내가 여행을 자주 하게 될지, 심지어 직업으로까지 하게 될 줄 알 수 없었던 그때는 내가 언제 또다시 와보나 하는 생각에 여행지에서 만나는 모든 것을 기념하고 싶은 욕망에 사로잡혔다. 여행지를 통째로 가지고 올 수 없는 아쉬움은 곧 기념품을 사 모으는 행동으로 이어졌다.

그래서 나는 가는 곳마다 기념품을 사 모으기 시작했다. 런던에 가서는 빨간 우체통 모양의 마그넷을 구했다. 베네치아에서는 망가

4부 여행을 돌아보는 당신에게

지지 않게 옮길 수 있을까 100번 고민한 끝에 무도회에서나 쓸 법한 가면을 구입했다. 이탈리아에서 피노키오 마을 콜로디까지 갔는데 나무로 만든 피노키오 인형을 사지 않는 것은 예의가 아니었다. 각 도시를 상징하는 마그넷을 사 모으는 것은 기본 중의 기본이었다. 암스테르담에서는 풍차 모양의 장식품을 샀다. 가는 곳마다 내 사진 실력으로는 담을 수 없는 풍경을 담아오고 싶어서 엽서도 한두 장씩 사 모으다 보니 책 한 권은 족히 될법한 두께가 되었다.

현지의 관광 안내소에서 무료로 나눠주는 지도도 좋은 기념품이었다. 현지의 입장권과 영수증도 왠지 멋있어 보이고 추억이 될 것 같아 버리지 않고 차곡차곡 모았다. 이런 것들은 소소하고 부피가 큰 것들은 아니니 크게 문제 될 게 없었다. 어찌어찌 넣으니 가방의 구석구석에 다 들어갔다. 나의 '바퀴 달린 배낭'은 무엇이든 집어삼키는 마술 가방이 돼 있었다.

어느 날, 게스트하우스에서 체크아웃을 하기 위해 짐을 싸고 있는데 같이 같은 방을 쓰던 언니가 배낭과 씨름하고 있는 나를 보며 말했다.

"아유~ 뭐가 그렇게 많아?"
"여행 다니면서 이것저것 사 모았더니 이제 제법 많아졌네요."
"한국 들어가 봐~ 그런 거 다 쓸데 없어~ 꼭 필요한 것만 가지고 다녀요. 여행다닐 때 짐 무거우면 얼마나 피곤한데!"

오랫동안 짊어지고 다녀야 할 가방이 너무 무거워 보이는 나를 위한 그녀의 조언이었다. 하지만 나에게는 모두 중요하고 다 필요한 것들이었기에 어쩔 수 없다고 생각했다. 그렇게 배낭과 오랜 시간 사투를 벌인 끝에 억지로 배낭의 지퍼를 우겨 닫았다. 이번에도 내가 이겼다. 나는 무거운 배낭을 짊어지고, 전혀 무겁지 않다는 표정을 애써지어 보이며 같은 방 사람들과 인사를 나누고 게스트하우스를 나섰다. 하지만 여행의 시간이 길어질수록, 여행지마다 모으고 있는 것들이 꽤 큰 짐이 되고 있다는 것을 어느 순간부터 나도 인정하지 않을 수 없게 됐다. 더 넣을 곳이 없어서 지퍼를 닫기가 어려워져서 매번 짐을 다시 꾸릴 때마다 배낭 위에 올라앉아 내 온 체중을 실어 납작하게 만드느라 애를 먹곤 했다. 점점 무거워지다 보니 어깨에 멜 수 있는 배낭의 기능은 더 이상 쓸모가 없었다. 주로 수트케이스처럼 끌고 다녔지만, 이것 역시 쉽지 않았다. 무거우니 가방과 함께 걷는 것 자체가 피곤했다. 어디를 가든 가방을 맡길 수 있는 곳부터 찾아다니느라 시간을 낭비하거나 루트가 꼬이곤 했다.

장렬히 전사하다

그러다 결국 로마에서 탈이 나고 말았다. 꾸역꾸역 먹기만 하던 나의 배낭은 배탈이 났고, 더 이상을 거부했다. 지퍼가 고장 났고 배낭 한쪽이 터져버렸다. 다 담을 수 없을뿐더러 봉합할 수도 없는 지경이 된 것이다. 난감했다. 망가진 배낭으로 여행을 계속할 수는 없었다. 그렇다고 현지에서 수선을 맡길 수도 없는 노릇이었다. 바느

질로 해결될 문제가 아니었기 때문이다. 결국 나는 배낭 하나를 새로 구입하기로 했다. 주머니 사정이 넉넉하지 않았기 때문에 온갖 것을 다 팔고 있는 로마의 벼룩시장으로 향했다. 한참을 돌아다니다 적당해 보이는 것을 하나 골라 흥정에 흥정을 거쳐 배낭을 구입하면서 현실을 점점 깨닫기 시작했다. 정작 여행에 꼭 필요한 배낭 하나 사는 데에는 1유로가 아까워서 흥정을 하면서, 기념품을 사 모으는 쇼핑 욕구에는 10유로를 아까워하지 않았다는 모순을 말이다.

적당한 배낭을 구입해 숙소로 돌아온 나는 모든 짐을 전부 꺼내어 다시 살피기 시작했다. 아직 남은 여행을 위해 부피와 무게를 줄여야만 했다. 모두 다 펼쳐놓고 보니 한심했다. 꼭 기념품이 아니더라도, 필요할 것 같아 한국에서부터 가지고 온 것이나 현지에서 산 물건 중 한 번도 사용하지 않은 것들이 수두룩하게 나왔다.

나는 처음으로 나의 배낭에 대해 생각해 보게 됐다. 애초에 나는 이 배낭을 무엇으로 채우고 싶었을까? 처음 낯선 나라로 여행을 떠나올 때는 다양한 삶과 경험으로 채우고 싶다고 생각하지 않았던가. 그러기 위해서는 자유로워야 했다. 나는 배낭을 비우기 위해 이것이 여행에서 나에게 꼭 필요한 것인가 질문하기 시작했다. 처음에는 쉽게 답할 수 없었다. 하지만 남은 여행을 위해 냉정해져야만 했다. 우선 필요할 것 같아서 챙겼지만 거의 사용하지 않은, 배낭 깊숙이 처박혀 있던 잡동사니들을 골라내 과감하게 쓰레기통으로 보냈다. 날씨를 가늠할 수 없어서 이것저것 챙겨왔지만, 여행중에 입지 않은 옷들은 다른 여행자들에게 나누어 주었다. 필요 없어진 여행책들과 가이드북 역시 다음 여행자들을 위해 숙소에 기부했다. 부피를 줄일 수 있는 것들은 갖가지 아이디어로 줄이기 시작했다. 공간 활용을 위해 테트리스를 하듯 머리를 굴리기도 했다. 생각해 보면 진짜 필요하면 현지에서 구할 수도 있고, 급하면 옆에 있는 여행자에게 빌릴 수도 있는 노릇이었다. 사실 여행에서 정말 필요한 것은 그렇게 많지 않았다.

몇 시간 동안 냉정함과 과감함을 발휘하니 배낭이 꽤 홀쭉해졌다. 짐이 가벼워지니 일단은 몸이 자유로워졌다. 여행안내소나 기차역에서 짐을 맡길 곳부터 찾아다니지 않아도 됐다. 짐을 다시 꾸릴 때마다 지퍼를 닫기 위해 씨름을 하는 시간도 아낄 수 있었다. 이후부터 나는 짐을 늘리는 것에 신중해졌다. 무엇을 살 때는 정말 필요한 것인지 스스로에게 물었다. 필요 없어진 것들은 과감하게 버리거나 필요한 사람들에게 나누어주며 여행을 이어나갔다. 그러면서 여행을 통해 얻고 싶었던 것들, 내가 정말로 원하는 것들로 나의 배낭을 채워 돌아올 수 있었다.

어쩌면 우리의 배낭은 아직 닥치지 않은 여행에 대한 걱정만큼 무거워지는 것 같다. 대부분 '만약에 필요할지도 모르는 상황'에 대비하는 것들이다. 하지만 정작 그 '만약'이 실제로 일어날 일은 그렇게 흔하지 않다. 그리고 동시에 '여행의 질'과는 반비례한다. 배낭의 무게가 여행의 질을 좌우하는 가장 중요한 요소라는 것을, 무거운 배낭을 메고 오랫동안 걸어본 사람은 알 것이다. 나는 생각했다. 필요했던 것은 배낭을 가득 채울 '필수품'혹은 그렇다고 믿는 것들이 아니라, 꼭 필요한 것인지 스스로 질문하는 것과 때가 되면 비워낼 줄 아는 용기였다는 것을 말이다. 그리고 더 중요한 것은 나의 배낭을 무엇으로 채우고 싶은지에 대한 성찰이다. 그것이 비우고 채울 기준이 되어줄 것이기 때문이다. 그렇게 여행 중 터져버린 가방은 나에게 배낭을 꾸리는 지혜를 남기고 장렬히 전사했다.

배낭을 꾸리는 지혜

한번은 여행하다가 배낭을 도둑맞았다는 여행자를 만난 적이 있다. 수염이 덥수룩하게 자란 영국 청년이었다. 그는 잠시 배낭을 내려놓고 지도를 보며 한눈을 판 사이, 자신의 배낭이 감쪽같이 없어졌다고 당시 상황을 담담하게 설명했다. 처음엔 무척이나 당황스러웠지만, 다행히 여권과 비행기 티켓, 약간의 돈은 몸에 지니고 있어서 그나마 여행을 계속 이어나가는 중이라고 했다. 어떻게 짐도 없이 여행을 할 수 있느냐고 내가 물었다. 급한 대로 간단한 세면도구와 속옷을 샀고, 갈아입을 여벌의 바지와 티셔츠 한 장을 사고 나니 그 외에는 또 딱히 필요한 것이 없다고 했다. 오히려 그 무거운 것들을 어떻게 다 짊어지고 다녔는지 모르겠다는 말도 덧붙였다. 그럭저럭 큰 불편함 없이 여행이 가능하다고 했다. 그의 말처럼 여행을 하는 데는 그리 많은 것이 필요하지 않은지 모른다. 여행 중에는 내가 가지지 못한 것보다 지금 가진 것에 더욱 집중하게 된다.

'나는 나의 배낭을 무엇으로 채우고 싶은가?'

나는 짐을 쌀 때마다 그것이 꼭 필요한지 자문한다. 판단이 잘 서지 않을 때는 최악의 상황을 떠올리며 넣을지 말지를 결정한다. 여행 중에 배낭 때문에 나의 발걸음이 늦어지고 자유롭게 여행하지 못한다고 느껴지면 그때가 바로 배낭을 비울 때라는 사실을 알게 되었다.

이것이 내가 장거리 비행을 앞두고 많은 사람들의 궁금증과 호기심을 불러일으키는 나만의 비법이라면 비법이다. 오랫동안 여행을 갈 때도 다른 사람들에 비해 단출하게 짐을 싸고 가볍게 움직일 수 있는 짐 싸기 비결이다. 이러한 비결은 이것이 없더라도 어떻게든 되겠지, 하는 일종의 믿음(?)과 필요한 것이 없을 때의 불편함을 기꺼이 감수할 수 있다는 마음 자세이기도 하다. 그리고 불필요한 것들로 정작 소중한 것들을 놓치지 않겠다는 다짐이기도 하다. 하지만 그렇게 했는데도 여행을 하고 돌아와 짐을 정리할 때면 여행 중 한 번도 쓰지 않은 물건들이 왜 그렇게 많이 나오는지 모르겠다. 그런 것들을 보며 또 쓸데없는 것들을 지고 힘겹게 다녔구나 한심해하면서 나는 늘 생각한다. 이제는 딱 내가 자유로울 수 있을 만큼만 짊어지고 소중한 것들로 채우며 살아야겠다고 말이다.

여행자들은 한 번쯤 자신의 배낭에 대해 생각하게 된다. 여행지에서는 그 누구도 나의 짐을 대신 들어주지 않는다. 나만의 배낭을 채우고 있는 것들과 그 무게가 여행의 질을 결정한다. 삶도 마찬가지인 것 같다. 삶에서도 한 발짝 나아가기 위해서는 가벼워야 한다. 우리 각자가 짊어져야 할 인생의 짐이라는 것이 있다. 누구도 내 삶의 짐을 대신 들어주지 않는다. 혹시 나는 그 가방에 필요하지 않은 것들을 욕심껏 욱여넣고 짊어지고서는 힘들다고 하는 것은 아닐까. 비워내도 괜찮을 것들도 욕심껏 움켜쥐고서 한 발짝 내딛기 버거워 낑낑대고 있는 것은 아닐까. 그러느라 정작 내 삶에서 소중한 것들을 놓치고 있는 것은 아닐까. 나답고 자유로운 삶이라는 여행을 이어나가려면 우리는 가끔씩 멈춰서서 자신의 배낭에 대해 생각해 봐야 한다.

그대, 인생이라는 배낭에 무엇을 채우고 싶은가? 혹시 인생이라는 배낭이 버겁게 느껴진다면 우리는 멈춰 서서 스스로에게 질문해야 한다. 그럴 때 필요한 것은 채울 것과 비울 것, 그리고 그때를 아는 지혜, 이를 위해 스스로에게 질문하는 것과 비워낼 줄 아는 용기일 것이다.

여행지에서는 그 누구도
나의 짐을 대신 들어주지 않는다.

삶도 마찬가지인 것 같다.
삶에서도 한 발짝 나아가기 위해서는 가벼워야 한다.
우리 각자가 짊어져야 할 인생의 짐이라는 것이 있다.
누구도 내 삶의 짐을 대신 들어주지 않는다.

혹시 나는 그 가방에 필요하지 않은 것들을
욕심껏 욱여넣고 짊어지고서는
힘들다고 하는 것은 아닐까.

비워내도 괜찮을 것들도 욕심껏 움켜쥐고서
한 발짝 내딛기 버거워 끙끙대고 있는 것은 아닐까.
그러느라 정작 내 삶에서 소중한 것들을 놓치고 있
는 것은 아닐까.

계획대로 되지 않았던 여행에서 더 많은 깨달음이 있었던 것처럼 모든 상황에 유연해지

기 시작하면서부터 더욱 새로운 세상으로의 확장이 이어졌다. 우연한 만남이 한 사람의

새로운 세상을 이해할 수 있게 되는, 가령 예상치 못하게 한 사람을 인생이라는 여행에

서 꾸준하게 마주치게 된다든가 하는 그런 기막힌 인연 말이다.

여행은 삶의 태도입니다.

일본인 친구 아키노는 2002년 유럽 배낭여행 당시, 암스테르담에서 벨기에 브뤼셀로 가는 기차 안에서 처음 만났다. 혼자 여행하고 있었던 우리는 서로를 알아봤다. 영혼의 친구 soul mate 가 있다면 바로 이런 느낌일까. 함께 지낸 시간은 고작 일주일 남짓이지만, 여행에서의 첫 만남 이후로 우리는 한국과 일본을 오가며 인생의 중요한 순간마다 각자의 삶을 공유하며 인연을 이어갔다.

여행이 이어준 특별한 만남

그녀와의 인연이 범상치 않다고 느낀 것은 내 삶의 중요한 시작과 끝에는 항상 그녀가 있었다는 것을 깨달았을 때였다. 내가 결혼할 때도 일본에서 날아온 그녀였다. 내가 출산을 하고 엄마가 되었을 때, 아이와의 첫 여행지는 일본 고베에 있는 아키노의 집이었다. 나는 나대로 그렇게 한 사람으로서 여정을 이어나갔고, 그녀 역시 결혼을 하거나 직업을 바꾸면서 그녀 나름대로 인생을 이어나가고 있었다. 특히 10년 가까이 일하며 커리어의 대부분을 차지했던 일의 시작과 끝에 역시 그녀가 함께했다는 것은 나에게 남다른 의미로 다가왔다. 승무원이 되고 첫 번째 일본 스케줄은 오사카에서 하룻밤을 묵는 스케줄이었다. 나는 오사카 근처에 살고 있던 아키노에게 가장 먼저 연락했고 우리는 또 다른 모습으로 만나게 되었다. 기차 안에서 우연히 만나 일주일 남짓 벨기에의 골목골목을 함께 걸으며 웃고 울었던, 화장기 없던 그때의 우리를 떠올리며 먼 길을 달려왔을 그녀는 나의 새로운 시작을 진심으로 기뻐하며 축하해 주었다.

그리고 약 10년 후. 나의 마지막 비행 역시 묘하게도 하와이에서 도쿄를 경유해 한국으로 돌아오는 스케줄이었다. 도쿄에서 하룻밤 묵어야 하는 흔하지 않은 스케줄이었다. 마침 아키노는 고베가 아니라 도쿄에 살고 있었다. 우리는 운명처럼 그렇게 도쿄의 공항에서 다시 만나게 됐고 아키노는 나의 마무리와 또 다른 새로운 시작을 축하해 주었다. 참 묘한 인연이라고 생각했다.

아키노와 아쉬운 작별인사를 나누고 호텔로 돌아오며 그녀를 처음 만난 20대의 나를 떠올렸다. 그때는 어쩌면, 내가 마음만 먹으면 무엇이든지 해낼 수 있다고, 내가 나의 인생을 통제할 수 있다고 믿던 오기 충만한 나이였을 것이다. 하지만 십여 년이 지나 또다시 삶의 새로운 장면을 준비하고 있는 나는 삶이 나를 어디로 데려갈지 알 수 없다는 것을 조금은 이해할 수 있는 나이가 되어 있었다. 어차피 알 수 없다면 수많은 여행에서 우연히 마주친 충만한 순간들처럼, 나를 어디로 데려다 줄지 기대해 보자는 마음을 먹을 수 있는 유연함이 생겼다.

실수 하나에 송곳처럼 예민했던 예전의 나는 실수에 걸려 넘어지지 않고 본질에 집중하는 법을 알게 되었다. 욕심껏 채워 넣기만 하던 배낭은 때가 되면 비워낼 줄도 알게 됐고, 공백이 생기는 것에 조금 더 너그러워졌으며 나이다움보다 나다움을 선택하는 힘이 조금 더 생겨났다. 무엇인가를 얻기 위해 떠난 여행은 아니었지만, 그 길 위에 섰던 무수한 시간은 나에게 여행자의 태도가 스며들게 했고 그런 태도는 삶으로 이어졌다.

나 역시 불확실한 삶이 전혀 두렵지 않은 것은 아니었다. 처음 혼자서 비행기에 몸을 싣고 낯선 땅에 발을 디뎠던 20대의 나도, 안정적인 직장을 버리고 불확실한 프리랜서의 세계에 두 발을 담가 보겠다고 결심한 30대 후반의 나도 여전히 두렵고 불안했다. 정말 괜찮은 걸까? 가끔은 나의 선택을 뒤돌아보기도 하고 괜찮다고 스스로를 다독이기도 했다.

혼자서 여행하는 사람들이 늘 용감한 것은 아니다. 모두가 뚜렷한 목표를 갖고 걷고 있는 것도 아니다. 똑같이 두렵고 불안하지만, 내 스스로 맞다고 생각하는 것, 하고 싶다고 생각한 것에 약간의 용기를 낼 줄 아는 마음의 근력이 조금 더 단련돼 있을 뿐이다. 어디로 갈지 알 수 없지만, 그저 맡겨보는 여행과 삶에 대한 믿음이 조금 더 쌓였을 뿐이다. 그래서 불확실함을 견디며 혹은 즐기며, 그저 지금 할 수 있는 것들을 묵묵히 하며 지금-여기를 살 수 있는 것인지도 모르겠다. 내가 여행을 다녀온 뒤, 늘 후회했던 것은 용기를 내지 못해, 미처 하지 못한 것들에 대한 아쉬움과 여행을 대하는 내 태도에 대한 아쉬움이었다. 좀 더 용감했다면, 나는 더 많은 것을 할 수 있었을 텐데. 좀 더 다양한 기회를 만났을 텐데. 좀 더 용감했다면 무엇보다 나는 더 자유로웠을 텐데… 이런 아쉬움이 그다음 여행에서 좀 더 용기를 낼 수 있게끔 했고, 더 나답게 여행할 수 있는 근력을 기르게 했다. 비단 용기는 어떤 거창한 도전을 하는 데에만 필요한 것은 아닐 것이다. 여행의 순간순간, 나다움을 선택하는 용기, 그것이 더욱 풍성한 여행을 만들고 나다운 삶으로 이어지는 것 같다.

이런저런 생각을 하다 보니 버스가 호텔 앞에 도착했다. 공항 근처에 있는 이 호텔은, 꽤나 감각적인 인테리어가 돋보이는 곳이었다. 나는 늦은 밤, 아무도 없는 조용한 호텔의 로비를 지나 엘리베이터로 향하고 있었다. 그때 호텔 한쪽 벽을 멋스럽게 장식하고 있는 커다란 글씨가 눈에 들어왔다. Transit, 환승, 다른 곳으로 가기 위한 통과 공항을 오고 가며 수도 없이 봐 왔던 단어. Transit이라는 이 짧은 단어가 쿵하고 내 가슴에 박혔다. 지금도 그날의 이 단어를 나는 잊을 수가 없다.

당신은 지금, 인생의 다음 장을 지나고 있습니다.

나는 그때 내 인생의 아주 중요한 전환의 구간을 지나고 있었다. 어느 날 갑자기 시작된 내 안의 목소리를 그냥 흘려보내지 않고 정면으로 마주했다. 내 삶의 방향성을 새롭게 정하고, 아무것도 정해

지지 않은 불확실한 미래에 두 발을 담가 보기로 결단을 내렸고, 하
나씩 실행해 나가고 있었다. 나에게 소중한 가치를 소홀히 하지 않
기로 다짐했고, 그것을 실현할 수 있는 삶의 구조를 만들고자 했다.

그러다 우연히 '코칭'이라는 분야를 접하게 됐다. 인간을 무한한
가능성이 있는 창의적인 존재로 보고 우리 안에 모든 해답이 있다
고 믿는 코칭 철학이 나를 매료시켰다. 그리고 자신만의 해답을 각
자의 삶에서 구현해 낼 수 있도록 돕는 라이프 코치라는 직업이, 반
대로 내가 원하는 삶의 모습을 구현해 줄 수 있으리라는 생각을 했
다. 그래서 나는 내 인생의 다음 장은 라이프 코치로 살아보기로 했다.

지금도 나는 그때의 나와 비슷한 고민을 하는 고객들을 많이 만난

다. 많은 여성들은 결혼과 출산, 육아라는 인생의 커다란 생애 주기를 거치며 갈림길을 마주하게 된다. 그리고 둘 중 하나를 선택해야 하는 고민에 놓이곤 한다. 아이를 위해 회사를 그만둬야 하는 게 아닐까, 다시 일을 시작하고 싶은데 어떻게 해야 할까, 나는 나 자신으로, 엄마로 어떻게 살아야 할까, 이러지도 저러지도 못하는 선택의 순간들을 나 역시도 지나왔고 현재도 지나고 있기에 그 무게와 불안함, 복잡한 마음들에 손을 내밀 수 있었다.

내가 삶의 mooring line을 자르기로 결심한 순간, 인생의 Trasit 구간을 묵묵히 지나온 순간들처럼, 그들이 나의 질문을 통해 자신의 목소리에 귀 기울이기 시작하고, 해답을 찾고, 무엇이든 한발씩 내딛는 변화들을 보며 코치로서 보람 있는 순간들을 만나곤 한다. 결국 해답은 우리 안에 있었고, 남들이 만들어 놓은 정답을 맞추는 것이 아니라, 나만의 해답을 만들어 가는 위대한 순간들을 무수히 마주했다.

나다운 삶을 즐기듯 여행하는 당신에게

물론 나름대로 만족스럽게 경력 전환을 했다 하더라도 항상 즐겁기만 한 것은 아니다. 인생이라는 여행은 여전히 진행형이고 여행은 어느 정도의 고단함을 동반한다. 한치 앞을 알 수가 없고, 내가 잘하고 있는 걸까 여전히 고민한다. 더구나 평범한 맞벌이 부부의 삶을 함께하고 있는 직업인으로서 숙명은 경제적인 활동에서도 완전히 자유로울 수 없으니, 가끔은 또한 불안하다. 일이 없을 때는 이대로 끝나는 것이 아닐까 조바심이 나기도 한다. 나만 그런 것은 아닌지, 얼마 전 퇴사를 하고 N잡러로 프리랜서의 삶을 시작한 지인이 나에게 물었다.

"프리랜서는 평생 이렇게 살아야 하는 거야? 당장 다음을 알 수가 없어서 불안하잖아."

그 말을 들으니 나도 프리랜서 첫해에 느꼈던 그 두려움과 불안함이 떠올랐다. 그리고 몇 년간 그 길을 지나온 나는 어떤 변화가 생겼을까 곰곰이 생각하고 대답했다.

"응, 프리랜서의 숙명이지. 자유로움과 맞바꾼 숙명이랄까. 정해져 있는 것이 없으니 모든 것이 불안하고 불확실하고. 하지만 우리 인생에 그렇지 않은 것이 있을까? 안정적이라고 믿는 직장도 마찬가지 아닐까? 과연 안정적이라는 것을 확신할 수 있는 게 요즘 세상에 가능하기는 한가 싶기도 해. 그치만 몇 년 지내보니 프리랜서의 내공이 쌓일수록 불확실함과 모호함을 견디는 근력이 길러지는 것 같기는 해. 지금 당장 확신할 수 없지만, 때가 되면 일이 생길 것이라는 미래에 대한 긍정적인 믿음이 생기고, 실제로 그렇기도 하고. 그걸 위해 무엇이든 늘 준비하고 있는 게 프리랜서지. 불확실한 삶에서 우리가 할 수 있는 일은 오늘을 충실히 살며 그저 씨앗을 뿌리는 일인 것 같아. 지금 할 수 있는 것을 묵묵히 이어나가는 것. 그것이 어떤 모습으로 열매를 맺어서 우리에게 다시 찾아올지는 아무도 알 수 없으니까. 뭐든 하고 있으면 언젠가 기적처럼 어딘가 도착해 있더라고. 그게 삶에 대한 믿음이 아닐까."

프리랜서의 삶은 그런 것이다. 인생의 지도에 나와 있지 않은 길을 내가 만들고 헤쳐나가는 일. 그러면서 한편으로는 이번 달은 벌이가 좋았더라도 다음 달 고정지출을 떠올리는 일. 어디서 어떻게 뜻밖의 일들이 찾아올지 모르지만 또 그렇게 하루하루 준비하며 한 걸음씩 나아가는 일. 거기에 엄마라는 역할에 대한 고민이 더해지면 인생은 한층 더 복잡해진다. 충분히 고민하고 지금의 삶을 선택했지만, 또다시 일과 엄마의 역할 사이에서 균형을 잃은 것은 아닌지 고민하게 되고 좋은 엄마이자 행복한 나로서의 밸런스 지점을 찾으려고 시소를 타곤 한다. 그것이 어디 프리랜서의 삶뿐일까. 삶이라는 여행의 길 위를 걷고 있는 모든 사람들이 자신의 방향을 명확히 알고 확신에 차서 걷는 것은 아니다. 다만 불안해하며 걷는 사람과 기꺼이 즐기며 여행하듯 걷는 사람의 차이는 불확실성과 모호함을 견디내는 근력이 있느냐 없느냐의 차이인 것 같다. 나는 여행을 통해 불확실성에 기꺼이 나를 내던지고 모호함을 견디며 묵묵히 앞으로 나아가는 힘을 배웠다. 다양한 여행의 경험을 통해 불확실성이 항상 두렵고 불안한 것만은 아니라는 것, 오히려 불확실하기 때문에 가질 수 있는 기회들이 있다는 것, 그로 인해 불확실성을 두려움이 아니라 호기심으로 받아들이고 즐길 수 있는 자세를 배웠다. 그리고 이것을 삶으로 옮겨와, 삶이라는 여행을 나답게 걸어가고자 노력하고 있다. 내가 선택한 길을 믿고 사랑하며 나의 발걸음 하나하나가 나를 원하는 곳으로 데려다줄 것이라는 믿음, 나의 선한 마음과 시도들 하나하나가 모이고 돌고 돌아 내가 원하는 곳으로 데려다주는 길이 될 것이라는 믿음을 가지게 됐다. 이러한 여행의 태도를 우리의 삶으로 옮겨온다면, 우리는 보다 나답게 살 수 있을 것이라고 생각한다.

여행 중 스스로에게 던졌던 질문들, 여행이 나에게 선물한 삶에 대한 질문에 대해 여전히 그 답을 찾아가는 중이다. 하지만 인생도 여행하듯 사는 것이 결국은 그 질문들에 대한 나만의 해답을 만들어가는 과정이 아닐까 믿는다. 모든 여행이 같을 수 없듯, 그 답도 모두 같을 수 없을 것이다. 그저 우리는 인생이라는 여행의 어느 지점에서 우연히 만나 잠시 대화를 나누고 다시 각자의 길을 걷는 여행자들일 뿐이니까 말이다. 그리고 나는 자신만의 해답을 만들며 삶이라는 여행의 길을 묵묵히 걷고 있는 우리 모두를 여행자의 마음으로 묵묵히 응원할 뿐이다.

코로나19가 유행하면서 아키노와 나는 인스타그램을 통해 서로를 걱정하며 안부를 물었다. 불과 1년 전에도 상상할 수 없었던 일상이 익숙해진 요즘이다. 그래서 '지금-여기', 오늘의 시간이 소중하게 느껴진다. 각자의 삶에서 여러번의 Transit 구간을 지나 묵묵히 나만의 여행을 이어나가고 있는 우리. 언젠가 다시 건강한 모습으로 아키노와 자유롭게 만날 날을 기대해 본다.

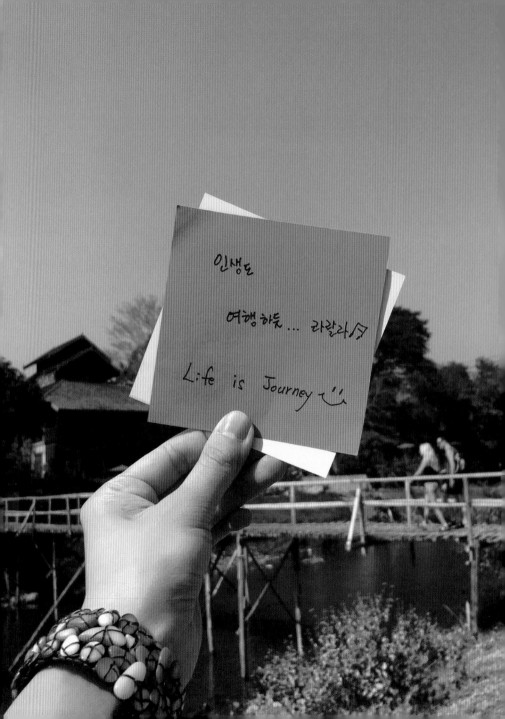

올해로 초등학교 5학년이 된 큰아이와 지금도 가끔 7살 때 함께 다녀왔던 배낭여행 이야기를 하곤 합니다. 그때 먹었던 수박 주스의 맛이라든지, 스쿠터 대신 자전거로 돌았던 빠이의 아침 풍경이라든지, 길에서 만난 사람들의 이야기. 아침에 숙소에서 먹었던 소고기죽의 맛은 지금까지도 최고라며 엄지를 치켜세우곤 합니다. 그 여행의 경험은 아이에게 어떤 씨앗으로 남았을까, 새삼 궁금해지다가도 언젠간 자연스럽게 싹을 틔우리라 믿으며 오랜 시간이 지나도 아이와 함께 이야기 나눌 수 있음에 감사하곤 합니다.

그러던 어느 날, 아이가 말했습니다.

"난 '잘할 수 있어'라는 마음보다 '일단 한 번 해보자. 열심히'라는 마음이 더 중요한 것 같아. 왜냐하면, 잘할 수 있다고 무작정 믿고 했다가 잘되지 않으면 실망할 수도 있고, 잘해야 한다는 생각에 시작조차 하지 못할 수도 있지만, 일단 열심히 해보자는 마음으로 뭐든 시작하기만 하면 뭐라도 되는 것 같아. 맘처럼 잘되지 않더라도 최선을 다했으니까 후회는 없거든. 일단은 해보는 게 중요한 것 같아. 열심히, 최선을 다해서. 우리가 여행 갔을 때처럼."

우리가 여행 갔을 때처럼. 아이의 마지막 문장이 저를 가슴 뛰게 했습니다. 이 책을 쓰면서 이 이야기가 책이 될 만한 이야기인가, 아닐까 하는 무수한 의심과 잘 쓰고 싶다는 부담감을 수도 없이 마주해야 했습니다. 그래서 이 책을 쓰는 그 시간이 저에게는 꼭 아이가 말한 이러한 태도로 만들어진 시간이기도 합니다. 또한, 그렇게 고군분투하고 있는 엄마의 부재를 잘 견뎌준 아이들과 가족의 이해 덕분에 비로소 완성된 것이기도 합니다. 사랑하고 감사합니다.

당신의 여행은 지금 어떤가요?

1년 전 오늘을 알려주는 사진을 보고 새삼 놀란 적이 있습니다. 1년 전, 이 무렵에 저는 국제코칭컨퍼런스에 참가하기 위해 프라하에 있었습니다. 마스크를 쓰는 것이 당연해지고, 해외로의 여행은 몇 년간 불가능해 보이는 요즘. 1년 전에는 결코 상상할 수 없었던 오늘을 살아내려니, 문득 '지금-여기'의 시간이 더욱 소중해집니다. 오늘 당연했던 것들이 당장 내일은 어떻게 될지 모르는 그런 불확실한 시대를 사는 우리입니다. 이런 불확실한 삶을 사는 가장 현명한 방법은 어쩌면 오늘 하루하루를 소중히 대하고 충실히 보내는 것이란 생각이 더욱 간절해집니다. 마치 하와이에서 배운 파도타기의 자세처럼, 원하는 방향을 바라보며 불확실함을 견디며 지금 할 수 있는 것들을 하는 것, 나다운 선택을 하며 내 안에 있는 것을 믿는 것. 불확실함에 스스로 내맡겼던 여행에서처럼, 여행자의 세포를 깨우고 여행자의 마음가짐과 태도를 우리의 삶으로 옮겨온다면 우리의 불확실한 삶도 불안함보다는 호기심으로 즐기며 나답게 여행할 수 있을 것이라 믿게 되었습니다. 그렇기에 『여행의 질문』이 탄생하기까지의 여정을 마무리하며, 그동안 길 위에서 만났던 수많은 사람들에게 안부를 묻고 싶습니다. 함께 길을 걷다 헤어져 각자의 길을 갔던 여행자들, 잠시 만나 함께 여행의 온기를 나누었던 사람들, 나에게 길을 알려주었던 이름을 알 수 없는 수많은 사람들, 위기의 순간에 도움의 손길로 여행을 무사히 마칠 수 있도록 이어준 수많은 사람들, 그리고 삶이라는 여행길 위에서 울고 웃으며 함께 걸었던 감사한 분들에게 안부를 묻고 싶습니다. 당신의 여행은 지금, 어떤가요? 당신들이 있었기에 여행을 온전히 즐길 수 있었고, 무사히 마칠수 있었습니다. 그리고 그 시간이 오늘의 저를 만들었습니다. 감사합니다.

해답은 우리 안에

처음 유럽으로 배낭여행을 갔을 때, 각 나라의 풍경을 담은 엽서를 사서 한국으로 부치곤 했습니다. 그 엽서의 수신인은 다름 아닌, 여행 이후의 나 자신이었습니다. 이미 도착해 있는 엽서도 있었고, 그제야 도착하기 시작한 엽서들도 있었습니다. 스마트폰이 없던 시절, 와이파이가 없던 시절의 일입니다. 그때 여행지에서 나에게 보낸 엽서들을 보니, 어떤 날에는 두렵고 막막해서 이제라도 다시 집으로 돌아갈까 생각했다고 적혀 있었습니다. 여행을 마치고 돌아와 다시 보니, 오랜 여행에 지쳐있던 제 모습이 떠올랐습니다. 그때도 저는 나다운 선택을 하며 묵묵히 걷고 있었고 여행은 무사히 마무리됐고 삶으로 다시 돌아왔습니다. 같지만 다른 모습으로.

해답은 우리 안에 있다는 것을 이제는 믿게 되었습니다. 무수한 여행을 통해 깨달았고, 지금도 깨달아 가는 중입니다. 저는 마지막으로, 그 누구보다도 나 자신에게 안부와 감사의 말을 전하고 싶습니다. 그러고 보면, 다른 사람들에게는 무수히 건넨 안부의 인사를, 그 누구보다 나답게 살고자 매 순간 애쓰고 있는 소중한 나 자신에게는 전한 적이 없는 것 같습니다. 이 책의 마지막을 함께하는 여러분 모두가, 정성스럽게 나 자신을 사랑하고자 하는 스스로에게 안부를 물을 수 있기를 기대합니다.

"안녕? 잘 지내고 있니? 너의 여행은 어떠니? 너의 여행을 즐겨줘서…고마워."

올해의 안식월, 제주도에서
봄코치 이재경 드림.